U0346760

独立思考，个性书写，充分表达，
拥有独属于自己的风格和调性。

科 幻
硬阅读
DEEP READ
不求完美 追逐极致

科 幻
硬阅读
DEEP READ
献给那些聪明的头脑
和有趣的灵魂

第3季

奇怪的外星人
STRANGE ALIENS

刘慈欣 王晋康 等 著

北京理工大学出版社
BEIJING INSTITUTE OF TECHNOLOGY PRESS

科幻硬阅读

—— 献给那些聪明的头脑和有趣的灵魂

独立思考，个性书写，充分表达，拥有独属于自己的风格和调性——郑重向喜欢阅读和思考的读者，推出一套虽然烧脑，但能让神经更粗壮大条的作品："科幻硬阅读"系列图书。

科幻不是目的，思考才是根本。有趣的灵魂诗意栖居大地。理性使其无惑，感性助其丰盈，个性使其独特，青春致其张扬，而奔向星辰大海、诗与远方的冲动，则为灵魂刻下一抹深沉隽永……

所以这套书里除了"烧脑"科幻，兼或还会有其他一些提神醒脑类作品，希望它们能给读者朋友带来一丝极致的阅读体验——极致的思考或震撼、极致的美丽与忧愁、极致的愉悦和放松……不求完美，但求在某方面达到极致——极致，便是"硬阅读"的注脚。

但这种"硬"绝不应该是艰深晦涩，故作深沉！

好看的作品通常都是柔软而流动的，如水、亦似爱人或者时光，默默陪伴，于悄无声息间渗透血脉、融入心魂，让我们在一条注定是一去不返的人生路上，逐渐、逐渐，获得一分坚强和硬度！

愿所有可爱而有趣的灵魂，脚踩大地，仰望星辰，追逐梦想。

—— 小威

科幻
硬阅读
DEEP READ
不求完美 追逐极致

目录

山

刘慈欣／作品

光速是一个山脚，空间是一个山脚，

被禁锢在光速和空间这狭窄的深谷中，

你不觉得……憋屈吗？

科幻
硬阅读
DEEP READ
不求完美 追逐极致

山在那儿

"今天一定要搞清楚你这个怪癖,为什么从不上岸?"船长对冯帆说,"五年了,我都记不清'蓝水号'停泊过多少个国家的多少个港口了,可你从没上过岸。如果'蓝水号'退役了,你是不是也打算像那个电影主人公一样随它沉下去?"

"我会换条船。海洋考察船总是欢迎我这种不上岸的地质工程师的。"

"是陆地上有什么东西让你害怕吧?"

"相反,陆地上有东西让我向往。"

"什么东西?"

"山。"

他们现在站在"蓝水号"海洋地质考察船的左舷,看着赤道上的太平洋。一年前"蓝水号"第一次过赤道时,船上还娱乐性地举行了古老的仪式。但随着这片海底锰结核沉积区的发现，"蓝水号"在一年中反复穿越赤道无数次，他们已经忘了赤道的存在。

现在，夕阳已沉到了海平线下，太平洋异常平静。冯帆从未见过平静的海面，这让他想起了喜马拉雅山上的那些湖泊，清澈得发黑，像地球的眸子。一次，他和两个队员偷看湖里的藏族姑娘洗澡，被几个牧羊汉子拎着腰刀追，后来追不上，就用石抛子朝他们抡石头，特别准，他们只好做投降状停下。那几个汉子走近打量了他们一阵儿就走了，冯帆听懂了他们嘀咕的那几句藏语：还没见过外面来的人能在这地方跑这么快。

"喜欢山？那你是山里长大的了？"船长说。

"不，"冯帆说，"山里长大的人一般都不喜欢山，他们总是感觉山把自己与世界隔绝开来。我认识一个尼泊尔夏尔巴族登山向导，他登了 41 次珠峰，但每一次都在距峰顶不远处停下，看着雇用他的登山队登顶。他说只要自己愿意，无论从北坡还是南坡，都可以在 10 个小时内登上珠峰，但他没有兴趣。山的魅力是从两个方位感受到的：一是从平原上远远地看山，再就是站在山顶上。

"我的家在河北大平原上，向西能看到太行山。家和山之间就像这海似的一马平川，没遮没挡。我生下来不久，我妈第一次把我抱到外面，那时我脖子刚硬得能撑住小脑袋，就冲着西边的山咿咿呀呀地叫。学走路时，总是摇摇晃晃地朝山那边走。大一些后，我曾在一天清晨出发，沿着石太铁路向山走，一直走到中午肚子饿了才回头，但那山看上去还是那么远。上学后还骑着自行车向山行进，那山似乎在随着我向后退，丝毫没有近些的感觉。时间长了，远山对于我已成为一种象征，像我们生活中那些清晰可见但永远无法得到的东西，那是凝固在远方的梦。"

"我去过那一带。"船长摇摇头说，"那里的山很荒，上面只有乱石和野草，所以你以后注定要失望。"

"不，我和你想的不一样，我只想爬上去，并不指望得到山里的什么东西。第一次登上山顶时，看着抚育我长大的平原在下面延展，真有一种新生的感觉。"

冯帆说到这里，发现船长并没有专注于他们的谈话，而是仰头看着天。那里已出现了稀疏的星星，"那儿，"船长用烟斗指着正上方天顶的一处说，"那儿不应该有星星。"

但那里有一颗星星，很暗淡，丝毫不引人注意。

"你肯定？"冯帆将目光从天顶转向船长，"GPS 早就代替了六分仪，你肯定自己还是那么熟悉星空？"

"那当然，这是航海专业的基础知识……你接着说。"

冯帆点点头，继续说："后来在大学里，我组织了一支登山队，登过几座海拔七千米以上的高山，最后登的是珠峰。"

船长打量着冯帆："我猜对了，果然是你！我一直觉得你面熟。改名了？"

"是的，我曾叫冯华北。"

"几年前你可引起了不小的关注啊。媒体上说的那些都是真的？"

"基本上是吧。反正那四个大学登山队员确实是因我而死的。"

　　船长划了根火柴，将熄灭的烟斗重新点着，"我感觉，做登山队长和做远洋船长有一点是相同的：最难的不是学会争取，而是学会放弃。"

"可我当时要是放弃了，以后也很难再有机会。你知道登山运动是一件很花钱的事，我们是一支大学生登山队，好不容易争取到赞助……由于我们雇的登山协同向导闹罢工，在建一号营地时耽误了时间，然后得知会有风暴，但从云图上看，风暴到那儿至少还有20个小时。我们当时已经在海拔 7 900 米的高山建好了二号营地，立刻登顶的话，时间应该够了。你说我能放弃吗？"

"那颗星星在变亮。"船长又抬头看了看。

"是啊，天黑了嘛。"

"好像不是因为天黑……说下去。"

"后面的事你应该都知道。风暴来时，我们正在海拔 8 680 米到 8 710 米最险的一段上，那是一道接近 90 度的峭壁，登山界管它叫第二台阶中国梯。当时离峰顶已经很近了，天还很晴，只在峰顶的一侧雾化出一缕云。我清楚地记得，当时觉得珠峰像一把锋利的刀子，把天划破了，流出那缕白血……很快一切都看不见了，风暴刮起的雪雾那个密啊，一下子就把那四名队员从悬崖上吹下去了，只有我死死拉着绳索。可我的登山镐当时只是卡在冰缝里，根本不可能支撑五个人的重量。也就是出于本能吧，我割断了登山索，任他们掉下去……其中两个人的遗体至今还没找到。"

"这是五个人死还是四个人死的问题。"

"是，从登山运动紧急避险的准则来说，我也没错，但就此背上了沉重的十字架……你说得对，那颗星星不正常，还在变亮。"

"别管它……那你现在的这种……状况，与那次经历有关吗？"

"还用说吗？你也知道当时媒体上铺天盖地的谴责和鄙夷，说我不负责任，说我是个自私怕死的小人，为了自己活命，牺牲了四个同伴……我至少可以部分澄清后一种指责，于是那天我穿上登山服，戴上太阳镜，顺着排水管，登上了学院图书馆的顶层。就在我准备跳下去之前，导师上来了，在我后面说：'你这么做是不是太轻饶自己了？你这是在逃避更重的惩罚。'我问他有那种惩罚吗，他说：'当然有，你找一个离山最远的地方过一辈子，让自己永远看不见山，不就行了？'于是我就没有跳下去。这当然招来了更多的耻笑，但只有我自己知道导师说得对，那对我真的是一种比死更重的惩罚。我视登山为生命，学地质也是为的这个。让我一辈子永远离开自己痴迷的高山，再加上良心的折磨，实在是极重的惩罚。于是，我毕业后就找到了这个工作，成为'蓝水号'考察船的海洋地质工程师，来到海上 —— 离山最远的地方。"

船长盯着冯帆看了好半天，不知该说什么好，终于认定最好的选择是摆脱这个话题，好在现在头顶上的天空中就有一个转移话题的目标:"再看看那颗星星。"

"天啊,它好像在显出形状来!"冯帆抬头看后惊叫道。那颗星星已不是一个点,而是一个小小的圆形。那圆形很快扩大,转眼间成了天空中一个醒目的发着蓝光的小球。

一阵急促的脚步声把他们的目光从空中拉回了甲板,头上戴着耳机的大副急匆匆地跑来,对船长说:"收到消息,有一艘外星飞船正向地球飞来,我们所处的赤道位置看得最清楚。看,就是那个!"

三人抬头仰望。天空中的小球仍在急剧膨胀,像吹了气似的,很快胀到满月大小。

"所有的电台都中断了正常播音在说这事儿呢!那个东西早被观测到了,现在才证实它是什么。它不回答任何询问,但从运行轨道看,它肯定是有巨大动力的,正高速向地球扑过来!他们说那东西有月球大小呢!"

现在看,那个太空中的球体已远不止月亮大小了,它的内部现在可以装下 10 个月亮,占据了天空相当大的一部分,这说明它比月球距地球要近得多。大副捂着耳机接着说:"他们说它停下了,正好停在 36 000 千米高的同步轨道上,成了地球的一颗同步卫星!"

"同步卫星?就是说它悬在那里不动了?!"

"是的,在赤道上,正在我们上方!"

冯帆凝视着太空中的球体。它似乎是透明的,内部充盈着蓝幽幽的光。真奇怪，他竟有种盯着海面看的感觉。每当海底取样器升上来之前，海呈现出来的那种深邃都让他着迷。现在，那个蓝色巨球的内部就是这样深不可测，像是地球海洋在远古丢失的一部分正在回归。

"看啊，海！海怎么了？！"船长首先将目光从具有催眠般魔力的巨球上挣脱出来，用烟斗指着海面惊叫。

前方的海天连线开始弯曲，变成了一条向上拱起的正弦曲线。海面隆起了一个巨大的水包，这水包急剧升高，像是被来自太空的一只无形的巨手提了起来。

"是飞船质量的引力！它在拉起海水！"冯帆说，他很惊奇自己这时还能进行有效的思考。飞船的质量相当于月球，而它与地球的距离仅是月球的十分之一！幸亏它静止在同步轨道上，引力拉起的海水也是静止的，否则滔天的潮汐将毁灭世界。

现在，水包已升到了顶天立地的高度，呈巨大的圆头锥形，表面反射着空中巨球的蓝光，而落日的光芒又用艳丽的血红勾勒出它的边缘。水包的顶端在寒冷的高空雾化出了一缕云雾，那云飘出不远就消失了，仿佛是傍晚的天空被划破了似的。这景象令冯帆心里一动，他想起了……

"测测它的高度！"船长喊道。

过了一分钟有人喊道："大约9 100米！"

在这地球上有史以来最恐怖也是最壮美的奇观面前，所有人都像被施了咒语似的定住了。"这是命运啊……"冯帆梦呓般地说。

"你说什么？！"船长大声问，目光仍固定在水包上。

"我说这是命运。"

是的，是命运。为逃避山，冯帆来到太平洋中，而就在这距山最远的地方，竟出现了一座比珠穆朗玛峰还高 200 多米的水山。现在，它是地球上最高的山。

"左舵五，前进四！我们还是快逃命吧！"船长对大副说。

"逃命？有危险吗？"冯帆不解地问。

"外星飞船的引力已经造成了一个巨大的低气压区，大气旋正在形成。我告诉你吧，这可能是有史以来最大的风暴，说不定能把'蓝水号'像树叶似的刮上天！但愿我们能在气旋形成前逃出去。"

大副示意大家安静，捂着耳机听了一会儿，说："船长，事情比你想的更糟！电台里说，外星人是来毁灭地球的，他们仅凭飞船巨大的质量就能做到这一点！飞船引力产生的不是普通的大风暴，而是地球大气的大泄漏！"

"泄漏？向什么地方泄漏？"

"飞船的引力会在地球的大气层上拉出一个洞，就像扎破气球一样，空气会从那个洞逃逸到太空中去，地球大气会跑光的！"

"这需要多长时间？"船长问。

"专家们说，只需一个星期左右，全球的大气压就会降到致命的低限。他们还说，当气压降到一定程度时，海洋会沸腾起来。天啊，那是什么样子啊……现在各国的大城市都陷入了混乱，人们一片疯狂，都拥进医院和工厂抢氧气……还说，美国卡纳维拉尔角的航天发射基地已经有疯狂的人群拥入，想抢作为火箭发射燃料的液氧……"

"一个星期？就是说我们连回家的时间都不够了。"船长说着，摸出火柴，再次点燃熄灭的烟斗。

"是啊，回家的时间都不够了……"大副茫然地说。

"要这样，我们还不如分头去做自己最想做的事。"冯帆说。他突然兴奋起来，感到热血沸腾。

"你想做什么？"船长问。

"登山。"

"登山？登……这座山？！"大副指着海水高山吃惊地问。

"是的，现在它是世界最高峰了。山在那儿了，当然得有人去登。"

"怎么登？"

"登山当然是徒步的 —— 游泳。"

"你疯了？！"大副喊道，"你能游上9 000米高的水坡？那坡看上去有45度！那和登山不一样，你必须不停地游动，一松劲儿就滑下来了！"

"我想试试。"

"让他去吧。"船长说,"如果我们在这个时候还不能照自己的愿望生活,那什么时候能行呢?这里离水山的山脚有多远?"

"20千米吧。"

"你开一艘救生艇去吧,"船长对冯帆说,"记住多带些食品和水。"

"谢谢!"

"其实你挺幸运的。"船长拍拍冯帆的肩说。

"我也这么想。"冯帆说,"船长,还有一件事我没告诉你,在珠峰遇难的那四名大学生登山队员中,有我的恋人。当我割断登山索时,脑子里闪过的念头是这样的:我不能死,还有别的山呢。"

船长点点头:"去吧。"

"那……我们怎么办呢?"大副问。

"全速冲出正在形成的风暴,多活一天算一天吧。"

冯帆站在救生艇上,目送着"蓝水号"远去。他原准备在这艘船上度过一生的。

另一边,在太空中的巨球下面,海水高山静静地耸立着,仿佛亿万年来一直就在那儿一样。

海面仍然很平静,但冯帆感觉到了风力在缓缓增强。空气已经开始向海山的低气压区聚集了。救生艇上有一面小帆，冯帆升起了它。风虽然不大，但方向正对着海山，小艇平稳地向山脚驶去。随着风力的加强，帆渐渐鼓满，小艇的速度很快增加，艇首像一把利刃划开海水，到山脚的20千米路程只用了40分钟。当感觉到救生艇的甲板在水坡上倾斜时，冯帆纵身一跃，跳入被外星飞船的光芒照得蓝幽幽的海中。

他成为第一个游泳登山的人。

现在，已经看不到海山的山顶。冯帆在水中抬头望去，展现在他面前的，是一道一望无际的海水大坡，坡度有45度，仿佛是一个巨人把海洋的另一半在他面前掀起来一样。

冯帆用最省力的蛙泳游着，想起了大副的话。他大概算了一下，从这里到顶峰有13千米左右，如果是在海平面，他的体力游出这么远是不成问题的，但现在是在爬坡，不进则退，登上顶峰几乎是不可能的。但冯帆不后悔这次努力，能攀登海水珠峰，这也算是圆了他的登山梦吧。

这时，冯帆产生了某种异样的感觉。他已明显地感到海山的坡度在增加，身体越来越随着水面向上倾斜，游起来却没有感到更费力。回头一看，看到了被自己丢弃在山脚的救生艇。他离艇之前已经落下了帆，此刻小艇却仍然稳稳地停在水坡上，没有滑下去。他试着停止游动，仔细观察周围，发现自己也没有下滑，而是稳稳地浮在倾斜的水坡上！冯帆一砸脑袋，骂自己和大副都是白痴：既然水坡上呈流体状态的海水不会下滑，上面的人和船怎么会滑下去呢？

现在冯帆知道，海水高山是他的了。

冯帆继续向上游，感到越来越轻松。头部出水换气的动作能够轻易完成，这是他的身体变轻的缘故。重力减小的其他迹象也开始显现出来——冯帆游泳时溅起的水花下落的速度变慢了，水坡上海浪起伏和行进的速度也在变慢。这时大海阳刚的一面消失了，呈现出了正常重力下不可能有的轻柔。

随着风力的增大，水坡上开始出现排浪。在低重力下，海浪的高度增加了许多，形状也发生了变化，变得薄如蝉翼，在缓慢的下落中翻卷起来，像一把无形的巨刨在海面上推出的一卷卷玲珑剔透的刨花。海浪并没有增加冯帆游泳的难度，反而推送着他向上攀游，因为浪的行进方向是向着峰顶的。随着重力的进一步减小，更美妙的事情发生了：薄薄的海浪不再是推送冯帆，而是将他轻轻地抛起来。有一瞬间，他的身体完全离开了水面，旋即被前面的海浪接住，再抛出。他就这样被一只只轻柔而有力的海之手传递着，快速向峰顶进发。他发现，这时用蝶泳的姿势效率最高。

风力继续增强，重力继续减小，水坡上的浪已超过了10米，但起伏的速度更慢了。由于低重力下水之间的摩擦并不剧烈，这样的巨浪居然没有发出声音，只能听到风声。身体越来越轻盈的冯帆从一个浪峰跃向另一个浪峰。他突然发现，现在自己腾空的时间已大于在水中的时间了，不知道自己是在游泳还是在飞翔。有几次，薄薄的巨浪把他盖住了，他发现自己进入了一个由翻卷的水膜形成的隧道中。在他的上方，薄薄的浪膜缓缓卷动，浸透了巨球的蓝光。

透过浪膜，可以看到太空中巨球般的外星飞船像在变形、抖动，犹如是用泪眼看去一般。

冯帆看看左腕上的防水表，发现自己已经"攀登"了一个小时。照这样出人意料的速度，最多再有这么长时间就能登顶了。

冯帆突然想到了"蓝水号"。照目前风力增长的速度推断，大气旋很快就要形成，"蓝水号"无论如何也逃不出超级风暴了。他突然意识到船长犯了一个致命的错误：应该将船径直驶向海水高山。既然水坡上的重力分量不存在，那"蓝水号"登上顶峰将如同在平海上行驶一样轻而易举，而峰顶就是风暴眼，是平静的！想到这里，冯帆急忙掏出救生衣上的步话机，但没人回答他的呼叫。

冯帆已经掌握了在浪尖飞跃的技术。他从一个浪峰跃向另一个浪峰，又"攀登"了20分钟左右，已经走过了三分之二的路程。浑圆的峰顶看上去不远了，在外星飞船洒下的光芒中柔和地闪亮，像是等待着他的一个新的星球。这时，呼呼的风声突然变成了恐怖的尖啸，这声音来自所有方向。风力骤然增大，二三十米高的薄浪还没来得及落下，就在半空中被飓风撕碎。冯帆举目望去，水坡上布满了被撕碎的浪峰，像一片在风中狂舞的乱发，在巨球的照耀下发出一片炫目的白光。

冯帆进行了最后一次飞跃。他被一道近30米高的薄浪送上半空，那道浪在他脱离的瞬间就被疾风粉碎了。他向着前方的一排巨浪缓缓下落，那排浪像透明的巨翅缓缓向上张开，似乎在迎接他。就在冯帆的手与升上来的浪头接触的瞬间，这面晶莹的水晶巨膜在强劲的风中粉碎了，化作一片雪白的水雾。浪膜粉碎时，发出一阵很像是大笑的怪声。与此同时，冯帆已经变得很轻的身体不再下落，而是离癫狂的海面越来越远，像一片羽毛般被狂风吹向空中。

冯帆在低重力下的气流中翻滚着。晕眩中，他只感到太空中发光的巨球在围绕着他旋转。当他终于能够初步稳住自己的身体时，竟然发现自己在海水高山的顶峰上空盘旋！水山表面的排排巨浪从这个高度看去像一条条长长的曲线，标示出旋风呈螺旋状汇聚在山顶。冯帆在空中盘旋的圈子越来越小，速度越来越快。他正在被吹向气旋的中心。

当冯帆飘进风暴眼时，风力突然减小，托着他的无形的气流之手松开了，冯帆向着海水高山的峰顶坠下去，在峰顶的正中扎入了蓝幽幽的海水中。

冯帆在水中下沉着，过了好一会儿才开始上浮，这时周围已经很暗了。当窒息的恐慌出现时，冯帆突然意识到了他所面临的危险：入水前的最后一口气是在海拔近万米的高空吸入的，含氧量很少，而在低重力下，他在水中的上浮速度很慢，即使自己努力游动加速，肺中的空气怕也支持不到他自己浮上水面。一种熟悉的感觉向他袭来，他仿佛又回到了珠峰的风暴卷起的黑色雪尘中，死亡的恐惧压倒了一切。就在这时，他发现身边有几个银色的圆球正在与自己一同上浮，最大的一个直径有一米左右。冯帆突然明白这些东西是气泡！低重力下的海水中有可能产生很大的气泡。他奋力游向最大的气泡，将头伸过银色的泡壁，立刻能够顺畅地呼吸了！当缺氧的晕眩缓解后,他发现自己置身于一个球形空间中,这是他再一次进入由水围成的空间。透过气泡圆形的顶部,可以看到变形的海面波光粼粼。在上浮中,随着水压的减小,气泡迅速增大,头顶的圆形空间开阔起来,他感觉自己是在乘着一只水晶气球升上天空。上方的蓝色波光越来越亮,最后到了刺眼的程度。随着"啪"的一声轻响,大气泡破裂,冯帆升上了海面。在低重力下,他冲上了水面近一米高,然后又缓缓落下来。

冯帆首先看到的是周围无数缓缓飘落的美丽水球。水球大小不一,最大的有足球大小。这些水球映着空中巨球的蓝光,细看内部还分许多层,显得晶莹剔透。这都是冯帆落到水面时溅起的水,在低重力下,由于表面张力而形成球状。他伸手接住一个,水球破碎时发出一种根本不可能是水所发出的清脆的金属声。

海山的峰顶十分平静,来自各个方向的浪在这里互相抵消,只留下一片碎波。这里显然是风暴的中心,是这狂躁世界中唯一平静的地方。这平静以另一种洪大的轰鸣为背景,那就是旋风的呼啸。冯帆抬头望去,发现自己和海山都处于一口巨井中,巨井的井壁是由气旋卷起的水雾构成的,这浓密的水雾在海山周围缓缓旋转,一直延伸到高空。巨井的井口就是外星飞船,它像太空中的一盏大灯,将蓝色的光芒投到井内。冯帆发现那个巨球周围有一片奇怪的云,呈丝状,像一张松散的丝网。它们看上去很亮,像自己会发光似的。冯帆猜测,那可能是泄漏到太空中的大气所产生的冰晶云。它们看上去像围绕在外星飞船周围,实际与之相距3万多千米。要真是这样，地球大气层的泄漏已经开始了。这口由大旋风构成的巨井，就是那个致命的漏洞。

不管怎么样，冯帆想："我登顶成功了。"

顶峰对话

周围的光线突然闪烁着暗了下来。冯帆抬头望去，看到外星飞船发出的蓝光消失了。他这时才明白那蓝光的意义：那只是一个显示屏空屏时的亮光，巨球表面就是一块显示屏。现在，巨球表面出现了一幅图像 —— 图像是从空中俯拍的 —— 浮在海面上的一个人在抬头仰望，那人就是冯帆自己。半分钟左右，图像消失了。冯帆明白图像的含义 —— 外星人只是表示他们看到了自己。这时，冯帆真正感到自己站在了世界的顶峰上。

接着显示屏上出现了两排单词，各国文字的都有，冯帆只认出了英文的"ENGLISH"、中文的"汉语"和日文的"日本语"，其他的也显然是用地球上各种文字所标明的相应语种。有一个深色框在各个单词间快速移动，冯帆觉得这景象很熟悉。他的猜测很快得到了证实 —— 他发现深色框的移动竟然是受自己的目光控制的！他将目光固定到"汉语"上，深色框就停在那里。他眨了一下眼，没有任何反应。"应该双击。"他想着，连眨了两下眼，深色框闪了一下，

巨球上的语言选择菜单消失了,出现了一行很大的汉字:

你好!

"你好!"冯帆向天空大喊,"你能听到我的话吗?!"

能听到,你用不着那么大声,我们连地球上一只蚊子的声音都能听到。我们从你们行星外泄的电波中学会了这些语言,想同你随便聊聊。

"你们从哪里来?"

巨球的表面出现了一幅静止的图像,由密密麻麻的黑点构成,复杂的细线把这些黑点连接起来,构成一张令人目眩的大网,这分明是一幅星图。果然,其中的一个黑点发出了银光,越来越亮。冯帆什么也没看懂,但他相信这幅图像肯定已被记录下来,地球上的天文学家们应该能看懂的。巨球上又出现了文字,星图并没有消失,而是成为文字的背景,或者叫桌面。

我们造了一座山,你就登上来了。

"我喜欢登山。"冯帆说。

这不是喜欢不喜欢的问题,我们必须登山。

"为什么?你们的世界有很多山吗?"冯帆问。他知道这显然不是人类目前迫切要谈的话题,但他想谈。既然周围的人都认为登山者是傻瓜,那他只好与声称必须登山的外星人交流了。他为自己争取到了这一切。

山无处不在，只是登法不同。

冯帆不知道这句话是哲学比喻还是现实描述，他只能傻傻地回答："那么你们那里还是有很多山了？"

对于我们来说，周围都是山，它把我们封闭了，我们要挖洞才能登山。

这话令冯帆迷惑，他想了半天也没想出是怎么回事。

泡世界

显示屏继续跟冯帆对话：我们的世界十分简单，是一个球形空间。按照你们的长度单位计量，半径约为3 000千米。这个空间被岩层所围绕，向任何一个方向走，都会遇到一堵致密的岩壁。

我们的第一宇宙模型自然而然地建立起来了：宇宙由两部分构成，其一就是我们生存的半径为3 000千米的球形空间；其二就是围绕着这个空间的岩层，这岩层向各个方向无限延伸。所以，我们的世界就是这固体宇宙中的一个空泡，我们称它为泡世界。这个宇宙理论被称为密实宇宙论。当然，这个理论不排除这样的可能：在无限的岩层中还有其他的空泡，离我们或近或远。这就成了以后我们探索的动力。

"可是，无限厚的岩层是不可能存在的，会在引力下塌缩的。"

我们那时不知道万有引力这回事，泡世界中没有重力，我们生活在失重状态中。真正意识到引力的存在是几万年以后的事了。

"那这些空泡就相当于固体宇宙中的星球了？真有趣，你们的宇宙在密度分布上与真实宇宙正好相反，像是真实宇宙的底片啊。"

真实宇宙？这话很浅薄，只能说是现在已知的宇宙。你们并不知道真实宇宙是什么样子，我们也不知道。

"那里有阳光、空气和水吗？"

都没有，我们也都不需要。我们的世界中只有固体，没有气体和液体。

"没有气体和液体，怎么会有生命呢？"

我们是机械生命，肌肉和骨骼由金属构成，大脑是超高集成度的芯片，电流和磁场就是我们的血液。我们以地核中的放射性岩块为食物，靠它提供的能量生存。没有谁制造我们，这一切都是自然进化的，由最简单的单细胞机械和由放射性作用下的岩石上偶然形成的 PN 结进化而来。我们的原始祖先首先发现和使用的是电磁能，至于你们所谓的火，我们从来就没有发现过。

"那里一定很黑吧？"

亮光倒是有一些，是放射性物质在岩壁上产生的，那岩壁就是我们的天空了。光很弱，在岩壁上游移不定，但我们也由此进化出了眼睛。空泡中是失重的，我们的城市就悬浮在那昏暗的空间中，它们的大小与你们的城市差不多，远看去像一团团发光的云。机械生命的进化时间比你们碳基生命要长得多，但我们殊途同归，都走到了对宇宙进行思考的那一天。

"不过，这个宇宙可真够憋屈的。"

憋……这是个新词汇。所以，我们对广阔空间的向往比你们要强烈。早在泡世界的上古时代，向岩层深处的探险就开始了。探险者们在岩层中挖隧道前进，试图发现固体宇宙中的其他空泡。

关于这些想象中的空泡，有着很多奇丽的神话。对远方其他空泡的幻想构成了泡世界文学的主体。但这种探索最初是被禁止的，违者将被短路处死。

"是被教会禁止的吗？"

不，没什么教会。一个看不到太阳和星空的文明是产生不了宗教的。元老院禁止隧洞探险是出于很现实的理由：我们没有你们近乎无限的空间，我们的生存空间半径只有3 000千米。隧洞挖出的碎岩会在空泡中堆积起来，由于相信有无限厚的岩层，所以隧洞就可能挖得很长，最终挖出的碎岩会把空泡填满的！换句话说，是把空泡的球形空间转换成长长的隧洞空间。

"好像有一个解决办法：把挖出的碎岩放到后面已经挖好的隧洞中，只留下供探险者们容身的空间就行了。"

后来的探险确实就是这么进行的。探险者们容身的空间其实就是一个移动的小空泡，我们把它叫作泡船。但即使这样，仍然有相当于泡船空间的一堆碎石进入空泡，只有等待泡船返回时，这堆碎石才能重新填回岩壁。如果泡船有去无回，那么这一小堆碎石占据的空泡空间就无法恢复，就相当于这一小块空间被泡船偷走了，所以探险者们又被称为空间窃贼。对于那个狭小的世界，这么一点点空间也是宝贵的。天长日久，随着一艘艘泡船的离去，被占据的空间也将十分巨大。因此，泡船探险在远古时代也是被禁止的。同时，泡船探险是一项十分艰险的活动。一般的泡船中都有若干名挖掘手和一名领航员，那时还没有掘进机，只有靠挖掘手（相当于你们船上的桨手）使用简单的工具不停地挖掘，泡船才能在岩层中以极其缓慢的速度前进。在一个仅能容身的小小空洞里像机器一般劳作，在幽闭中追寻着渺茫的希望，无疑需要巨大的精神力量。由于泡船一般是沿着已经挖松的来路返回，所以相对容易些，但赌徒般的发现欲望往往会驱使探险者越过安全的折返点，继续向前。这时，返回的体力和给养都不够了，泡船就会搁浅在归程中，成为探险者的坟墓。尽管如此，泡世界向外界的探险从未停止过。

哈勃红移

在泡纪元33281年的一天（这是模仿地球纪年法，泡世界自己的纪年十分古怪，你理解不了），泡世界的岩层天空上突然出现了一个小小的洞，从洞中飞出的一堆碎岩在空中飘浮着，在放射性物质产生的微光中像一群闪烁的星星。中心城市的一队士兵立刻向小破洞飞去（记住，泡世界是没有重力的），发现这是一艘返回的探险泡船。它在八年前就出发了，谁也没有想到竟能回来。这艘泡船叫"针尖号"，它在岩层中前进了200千米，创造了返回泡船航行距离的新纪录。"针尖号"出发时有20名船员，但返回时只剩随船科学家一人了，我们就叫他哥白尼吧。船上其余的人，包括船长，都被哥白尼当食物吃掉了。事实上，这种把船员当给养的方式，是早期地层探险效率最高的航行方式。

按照严禁泡船探险的法律，犯下食人罪的哥白尼将在泡世界首都被处死。这天，几十万人聚集在行刑的中心广场上，等着观赏哥白尼被短路时美妙的电火花。但就在这时，世界科学院的一群科学家漂过来，公布了他们的一个重大发现：根据"针尖号"带回的沿途各段的岩石标本，科学家们发现，地层岩石的密度，竟是随着航行距离的增加而减小的！

"你们的世界没有重力，怎么测定密度呢？"

通过惯性，比你们的方法要复杂一些。科学家们最初认为，这只是由于"针尖号"偶然进入了一个不均匀的地层区域。但在以后的一个世纪中，在不同方向上，有多艘泡船以超过"针尖号"的航行距离深入地层并返回，带回了岩石标本。人们震惊地发现，所有方向上的地层密度都是向外递减的，而且减幅基本一致！这个发现动摇了统治泡世界两万多年的密实宇宙论。如果宇宙密度以泡世界为核心向外递减，那总有密度减到零的距离。科学家们依照已测得的递减率，很容易计算出，这个距离是3万千米左右。

"嘿，这很像我们的哈勃红移啊！"

是很像。你们想象不出星系的退行速度能够大于光速，所以把退行速度接近光速的星系定为可视宇宙的边缘。而我们的先祖却很容易知道密度为零的状态就是空间，于是新的宇宙模型诞生了。在这个模型中，从泡世界向外，宇宙的密度逐渐减小，直至淡化为空间，这空间延续至无限。这个理论被称为太空宇宙论。

密实宇宙论是很顽固的，它的忠实拥护者推出了一个打了补丁的密实宇宙论，认为密度的递减只是由于泡世界周围包裹着一个较疏松的球层，穿过这个球层，密度的递减就会停止。他们甚至计算出了这个疏松球层的厚度是300千米。其实对这个理论进行证实或证伪并不难，只要有一艘泡船穿过300千米的岩层就行了。事实上，这个航行距离很快就达到了，但地层密度的递减趋势仍在继续。于是，密实宇宙论的拥护者又说前面的计算有误，疏松球层的厚度应是 500 千米。10 年后，这个距离也被突破了，密度的递减仍在继续，而且递减率有增加的趋势。密实派们接着把疏松球层的厚度增加到 1 500 千米……

后来，一个划时代的伟大发现将密实宇宙论永远送进了坟墓。

万有引力

那艘深入岩层 300 千米的泡船叫"圆刀号"，它是有史以来最大的探险泡船，配备有大功率挖掘机和完善的生存保障系统，因而它向地层深处航行的距离创造了纪录。

在到达 300 千米深度（或说高度）时，船上的首席科学家（我们叫他牛顿吧）向船长反映了一件不可思议的事：当船员们悬浮在泡船中央睡觉时，醒来后总是躺在靠向泡世界方向的洞壁上。

船长不以为然地说那是思乡梦游症而已，认为他们想回家，所以睡梦中总是向着家的方向移动。

但泡船中与泡世界一样是没有空气的，如果想移动身体就只有两种方式：一是蹬踏船壁，这在悬空睡觉时是不可能的；另一种方式是喷出自己体内的排泄物作为驱动，但牛顿没有发现这类迹象。

船长仍对牛顿的话不以为然，但这个疏忽使他自己差点被活埋了。这天，向前的挖掘告一段落，由于船员十分疲劳，挖出的一堆碎岩没有立刻运到船底，大家就休息了，想等睡醒后再运。船长也与大家一样在船的正中央悬空睡觉，醒来后却发现自己与其他船员一起被埋在了碎岩中！原来，在他们睡觉时，船首的碎岩与他们一起移到了靠向泡世界方向的船底！牛顿很快发现，船舱中的所有物体都有向泡世界方向移动的趋势，只是它们移动得太慢，平时觉察不出来而已。

"于是牛顿没有借助苹果就发现了万有引力！"

哪有那么容易？！但在我们的科学史上，万有引力理论的诞生比你们要艰难得多，这是我们所处的环境所决定的。当牛顿发现船中物体定向移动的现象时，想当然地认为引力来自泡世界那半径3 000千米的空间。于是，早期的引力理论出现了让人哭笑不得的谬误：认为产生引力的不是质量，而是空间。

"能想象，在那样复杂的物理环境中，你们的牛顿的思维比我们的牛顿的思维可要复杂多了。"

是的，直到半个世纪后，科学家们才拨开迷雾，真正认清了引力的本质，并用与你们相似的仪器测定了万有引力常数。引力理论获得承认也经历了一个漫长的过程，但一旦意识到引力的存在，密实宇宙论就完了，引力是不允许无限固体宇宙存在的。

太空宇宙论得到最终承认后，它所描述的宇宙对泡世界产生了巨大的诱惑力。在泡世界，守恒的物理量除了能量和质量外，还有空间。泡世界的空间半径只有 3 000 千米，在岩层中挖洞增大不了空间，只是改变了空间的位置和形状而已。同时，由于失重，地核文明是悬浮在空间中，而不是附着在洞壁（相当于你们的土地）上，所以在泡世界，空间是最宝贵的东西。整个泡世界文明史，就是一部血腥的空间争夺史。而现在惊闻空间可能是无限的，怎能不令人激动！于是，从此出现了前所未有的探险浪潮，数量众多的泡船穿过地层向外挺进，企图穿过太空宇宙论预言的 32 000 千米的岩层，到达密度为零的天堂。

地核世界

说到这里，如果你足够聪明，应该能够推测出泡世界的真相了。

"你们的世界，是不是位于一个星球的地心？"

正确，我们的行星大小与地球差不多，半径约 8 000 千米。但这颗行星的地核是空的，空核的半径约为 3 000 千米。我们就是地核中的生物。

不过，发现万有引力后，我们又经过了过许多个世纪才最后明白自己世界的真相。

地层战争

太空宇宙论建立后，追寻外部无限空间的第一个代价却是消耗了泡世界的有限空间。众多的泡船把大量的碎岩排入地核空间，这些碎岩悬浮在城市周围，密密麻麻，无边无际，使原来可以自由漂移的城市动弹不得，因为城市一旦移动，就将遭遇毁灭性的密集石雨。这些被碎岩占掉的空间，至少有一半永远无法恢复。

这时，元老院已由泡世界政府代替。作为地核空间的管理者和保卫者，政府严厉地镇压了疯狂的泡船探险。但最初这种镇压效率并不高，因为当得知探险行为发生时，泡船早已深入地层了。所以政府很快意识到，制止泡船的最好工具就是泡船。于是，政府开始建立庞大的泡船舰队，深入岩层拦截探险泡船，追回被它们盗走的空间。这种拦截行动自然遭到了探险泡船的抵抗，于是，地层中爆发了一场旷日持久的战争。

"这种战争真的很有意思！"

也很残酷。首先，地层战争的节奏十分缓慢，因为以那个时代的掘进技术，泡船在地层中的航行速度一般只有每小时 3 千米左右。地层战争推崇巨舰主义，因为泡船越大，续航能力越强，攻击力也更强。但不管多大的地层战舰，其横截面都应尽可能的小，这样可以将挖掘截面降到最小，以提高航行速度。所以，所有泡船的横截面都是一样的，大小只在于其长短。大型战舰的形状就是一条长长的隧道。由于地层战场是三维的，所以其作战方式类似于你们的空战，但要复杂得多。当战舰接触敌舰发起攻击时，首先要快速扩大舰首截面，以增大攻击面积，这时的攻击舰就变成了一根钉子的形状。必要时，泡舰的舰首还可以形成多个分支，像一只张开的利爪那样，从多个方向攻击敌舰。地层作战的复杂性还表现在：每一艘战舰都可以随意分解成许多小舰，多艘战舰又可以快速组合成一艘巨舰。所以当两支敌对舰队相遇时，是分解还是组合，是一门很深的战术学问。

地层战争对于未来的探险并非只有负面作用。事实上，在战争的刺激下，泡世界发生了技术革命。除了高效率的掘进机器外，还发明了地震波仪，它既可用于地层中的通信，又可用作雷达探测，强力的震波还可作为武器。最精致的震波通信设备甚至可以传送图像。

地层中曾出现过的最大战舰是"线世界号"，它是泡世界政府建造的。当处于常规航行截面时，"线世界号"的长度达 150 千米，正如舰名所示，相当于一个长长的小世界了。身处其中，有置身于你们地球上的英法海底隧道的感觉。每隔几分钟，隧道中就有一列高速列车驶过，这是向舰尾运送掘进碎石的专列。"线世界号"当然可以分解成一支庞大的舰队，但它大部分时间还是以整体航行的。"线世界号"并非总是呈直线形，在进行机动航行时，它那长长的舰体隧道可以形成一团自相贯通或交叉的、十分复杂的曲线。"线世界号"拥有最先进的掘进机，巡航速度是普通泡舰的两倍，达到每小时 6 千米，作战速度可以超过每小时 10 千米！它还拥有超高功率的震波雷达，能够准确定位 500 千米外的泡船。它的震波武器可以在 1 千米的距离上粉碎目标泡船内的一切物体。这艘超级巨舰在广阔的地层中纵横驰骋，所向披靡，消灭了大量的探险泡船，并每隔一段时间将吞并的探险泡船空间送还泡世界。

在"线世界号"的毁灭性打击下，泡世界向外部的探险一度濒于停滞。在地层战争中，探险者们始终处于劣势，他们不能建造或组合舰身长度超过 10 千米的战舰，因为在地层中这样的目标极易被"线世界号"上的或泡世界基地中的雷达探测定位，进而被迅速消灭。但是，要使探险事业继续下去，就必须消灭"线世界号"。经过长时间的筹划，探险联盟集结了 100 多艘地层战舰围歼"线世界号"，这些战舰中最长的也只有 5 千米。战斗在泡世界向外 1 500 千米处展开，史称"1 500 千米战役"。

探险联盟首先调集 20 艘战舰，在 1 500 千米处组合成一艘长达 30 千米的巨舰，引诱"线世界号"前往攻击。当"线世界号"接近诱饵，成一条直线高速冲向目标时，探险联盟埋伏在周围的上百艘战舰沿着与"线世界号"垂直的方向同时出击，将这艘 150 千米长的巨舰截为 50 段。"线世界号"被截断后分裂出来的 50 艘战舰仍具有很强的战斗力，双方的 200 多艘战舰缠斗在一起，在地层中展开了惨烈的大混战。战舰空间不断地组合分化，渐渐已分不清彼此。在战役的最后阶段，半径达 200 千米的战场已成了蜂窝状，就在这个处于星球地下 3 500 千米深处的错综复杂的三维迷宫中，到处都是短兵相接的激战。在这个位置，星球的重力已经很明显，而与政府军相比，探险者对重力环境更为熟悉。在迷宫内规模宏大的巷战中，这微弱的优势渐渐起了决定性的作用，探险联盟取得了最后胜利。

海

战役结束后，探险联盟将战场的所有空间合为一体，形成了一个半径为 50 千米的球形空间。就在这个空间中，探险联盟宣布脱离泡世界独立。独立后的探险联盟与泡世界的探险运动遥相呼应，不断地有探险泡船从地核来到联盟，它们带来的空间使联盟领土的体积不断增大，探险者们得以在 1 500 千米高度获得了一个前进基地。被漫长的战争拖得筋疲力尽的泡世界政府再也无力阻止这一切，只得承认探险运动的合法性。

随着高度的增加，地层的密度也逐渐降低，使得掘进变得容易了。另外，重力的增加也使碎岩的处理更加方便。以后的探险变得顺利了许多。在战后第八年，就有一艘名叫"螺旋号"的探险泡船走完了剩下的 3 500 千米的航程，到达了距泡世界中心——距星球中心 8 000 千米、距泡世界边缘 5 000 千米的高度。

"哇，那就是到达星球的表面了！你们看到了大平原和真正的山脉，这太激动人心了！"

没什么可激动的,"螺旋号"到达的是海底。

"……"

当时,震波通信仪的图像摇了几下就消失了,通信完全中断。在更低高度的其他泡船监听到了一个声音,转换成你们的空气声音就是"啵"的一声,后来我们才知道这是高压海水在瞬间涌入"螺旋号"空间时发出的。泡世界的机械生命和船上的仪器设备是绝对不能与水接触的,短路产生的强大电流迅速汽化并渗入身体和机器内部,"螺旋号"的乘员和设备在海水涌入的瞬间都像炸弹一样爆裂了。

接着,联盟又向不同的方向派出了10多艘探险泡船,但都在同样的高度遇到了同样的事情。除了那神秘的"啵"的一声,再没有传回更多的信息。有两次,在监视屏幕上看到了怪异的晶状波动,但不知道那是什么。跟随的泡船向上方发出的雷达震波也传回了完全不可理解的回波,那回波显示上方既不是空间,也不是岩层。

一时间,太空宇宙论动摇了,学术界又开始谈论新的宇宙模型。新的理论将宇宙半径确定为8 000千米,认为那些消失的探险船接触了宇宙的边缘,没入了虚无。

探险运动面临着严峻的考验。以往无法返回的探险泡船所占用的空间,从理论上说还是有希望回收的,但现在,泡船一旦接触宇宙边缘,其空间就永远损失了。到这一步,连最坚定的探险者都动摇了,因为在这个地层中的世界,空间是不可再生的。联盟决定,再派出最后 5 艘探险泡船，在接近宇宙边缘 5 千米时以极慢的速度上升，如果发生同样的不测，就暂停探险运动。

又损失了两艘泡船后，第三艘"岩脑号"取得了突破性的进展。"岩脑号"以极慢的速度小心翼翼地向上掘进，接近海底时，海水并没有像以前那样压塌船顶的岩层瞬间涌入，而是通过岩层上的一道窄缝呈一条高压射流喷进来。"岩脑号"在航行截面上长250 米，在高地层探险船中算是体积较大的，喷射进来的海水用了近一小时才充满船的空间。在触水爆裂前，船上的震波仪记录了海水的形态，并将数据和图像完整地发回联盟。就这样，地核人第一次见到了液体。

泡世界的远古时代可能存在过液体，那是炽热的岩浆。后来星球的地质情况稳定了，岩浆凝固，地核中就只有固体了。有科学家曾从理论上预言过液体的存在，但没人相信宇宙中真有那种神话般的物质。现在，从传回的图像中，人们亲眼看到了液体。他们震惊地看着那道白色的射流，看着水面在船内空间缓缓上升，看着这种似乎违反所有物理法则的魔鬼物质适应着它的附着物的任何形状，渗入每一道最细微的缝隙。岩石表面接触它后似乎改变了性质，颜色变深了，反光性增强了。最让他们感兴趣的是，大部分物体都会沉入这种物质中，但有部分爆裂的人体和机器碎片却能浮在其表面！而这些碎片的性质与那些沉下去的没有任何区别。地核人给这种液体物质起了一个名字，叫"无形岩"。

以后的探索就比较顺利了。探险联盟的工程师们设计了一种叫

"引管"的东西。这是一根长达200米的空心钻杆，当钻透岩层后，钻头可以像盖子那样打开，将海水引入管内，管子的底部有一个阀门。携带引管和钻机的泡船上升至距海底5千米的位置后，引管很顺利地钻透岩层，伸入海底。钻探毕竟是地核人最熟悉的技术，但另一项技术他们却一无所知，那就是密封。由于泡世界中没有液体和气体，所以也没有密封技术。引管底部的阀门很不严实，还没有打开阀门，海水就已经漏了出来。

事后证明这是一种幸运，因为如果将阀门完全打开，冲入的高压海水的动能将远大于上次的射流，那道高压射流会像激光一样切断所遇到的一切。现在从关闭的阀门渗入的水流却是可以控制的。你可以想象，泡船中的探险者们看着那一道道细细的海水在他们眼前喷出，是何等震撼啊！

他们这时对于液体，就像你们的原始人对于电流一样无知。在用一个金属容器小心翼翼地接满一桶水后，泡船下降，将引管埋在岩层中。在下降的过程中，探险者们万分谨慎地守护着那桶作为研究标本的海水，很快又有了一个新的发现：无形岩居然是透明的！由于上次裂缝中渗入的海水混入了沙土，他们没有发现这一点。随着泡船下降深度的增加，温度也在增加，探险者们惊恐地看到，无形岩竟是一种生命体！它在活过来，表面愤怒地翻滚着，呈现出由无数涌泡构成的可怕形态。但这怪物在展现生命力的同时也在消耗自己，化作幽灵般的白色影子消失在空中。当桶中的无形岩都化作白色魔影消失后，船舱中的探险者们相继感到了身体的异常。短路的电火花在他们体内闪烁，最后他们都变成一团团焰火，痛苦地死去了。联盟基地中的人们通过监视器传回的震波图像看到了这可怕的情景，但监视器也很快短路停机了。前去接应的泡船也遭遇了同样的命运，在与下降的泡船对接后，接应泡船中的乘员也同样短路而死，仿佛无形岩化作了一种充满所有空间的死神。但科学家们也发现，这一次的短路没有上一次那么剧烈，他们得出结论：随着空间体积的增加，无形死神的密度也在降低。接下来，在付出了更多的生命代价后，地核人终于又发现了一种他们从未接触过的物质形态：气体。

星 空

这一系列的重大发现终于打动了泡世界政府，使其与昔日的敌人联合起来，投身于探险事业之中。一时间，对探险的投入急剧增加，最后的突破就在眼前。

虽然对水蒸气的性质有了越来越多的了解，但缺乏密封技术的地核科学家一时还无法避免它对地核人生命和仪器设备的伤害。不过，他们已经知道，在距海底 4 500 米以内的区间中，无形岩是死的，不会沸腾。于是，地核政府和探险联盟一起在距海底 4 800 米的位置建造了一所实验室，装配了更长、性能更好的引管，专门进行无形岩的研究。

"直到这时，你们才开始做阿基米德的工作。"

是的，可你不要忘记，我们在原始时代，就做了法拉第的工作。

在无形岩实验室中，科学家们相继发现了水压和浮力定律，同时与液体有关的密封技术也得以发展和完善。人们终于发现，在无形岩中航行，其实是一件十分简单的事，比在地层中航行容易得多。只要船体的密封性和耐压性达到要求，无须任何挖掘，船就可以在无形岩中以令人难以想象的速度上升。

"这就是泡世界的火箭了。"

应该称作"水箭"。水箭是一个蛋形耐高压金属容器，没有任何动力设施，内部仅可乘坐一名探险者，我们就叫他泡世界的加加林吧。水箭的发射平台位于距海底5 000米的位置，是在地层中挖出的一个宽敞的大厅。在发射前一小时，加加林进入水箭，关上了密封舱门。确定所有仪器和生命维持系统正常后，自动掘进机破坏了大厅顶部厚度不到10米的薄岩层，随着轰隆一声，岩层在上方无形岩的巨大压力下坍塌了，水箭浸没于深海的无形岩之中。周围的尘埃落定后，加加林透过由金刚石制造的透明舷窗，惊奇地发现，发射平台上的两盏探照灯在无形岩中打出了两道光柱，由于泡世界中没有空气，光线不会散射，这时地核人第一次看到了光的形状。震波仪传来了发射命令，加加林扳动手柄，松开了将水箭锚固定在底部岩层上的铰链。水箭缓缓升离海底，在无形岩中急剧加速，向上浮去。

科学家们按照海底压力，很容易地计算出了上方无形岩的厚度，约 1 万米。如无意外，上浮的水箭能够在 15 分钟内走完这段航程，但以后会遇到什么，谁都不知道。

水箭在一片寂静中上升着，透过舷窗看出去，只有深不见底的黑暗。偶尔有几粒悬浮在无形岩中的尘埃在舷窗透出的光亮中飞速掠过，标示着水箭上升的速度。

加加林很快感到恐慌。他是生活在固体世界中的生命，现在第一次进入了无形岩的空间，一种无依无靠的虚无感攫住了他。15 分钟的航程是那么漫长，仿佛浓缩了地核文明 10 万年的探索历程，永无止境……就在加加林的精神即将崩溃之际，水箭浮上了这颗行星的海面。

上浮惯性使水箭冲上了距海面十几米的空中。在下落的过程中，加加林从舷窗中看到了下方无形岩一望无际、波光粼粼的广阔表面，但他没有时间去想这表面反射的光来自哪里。水箭重重地落在海面上，飞溅的无形岩白花花一片洒落在周围，水箭像船一样平稳地浮在海面上，随波浪轻轻起伏着。

加加林小心翼翼地打开舱门，慢慢探出身去，立刻感到了海风的吹拂。过了好一阵儿，他才悟出这是气体。恐惧使他战栗了一下。他曾在实验室的金刚石管道中看到过水汽的流动，但宇宙中竟然有如此巨量的气体存在，是任何人都始料未及的。加加林很快发现，这种气体与无形岩沸腾后转化的那种不同，不会导致肌体的短路。他在以后的回忆录中有过一段这样的描述：我感到这是一只无形巨手温柔的抚摸，这巨手来自一个我们不知道的无限巨大的存在，在这个存在面前，我变成了另一个全新的我。

加加林抬头望去，这时，地核文明 10 万年的探索得到了最后的报偿。

他看到了灿烂的星空。

山无处不在

"真是不容易，你们经历了那么长时间的探索，才站到我们的起点上！"冯帆赞叹道。

所以，你们是一个很幸运的文明。

这时，逃逸到太空中的大气形成的冰晶云面积扩大了很多，天空一片晶亮，外星飞船的光芒在冰晶云中散射出一圈绚丽的彩虹。下面，大气旋形成的巨井仍在轰隆隆地旋转着，像是一台超级机器在一点点碾碎这颗星球。而周围的山顶却更加平静，连碎波都没有了。海面如镜，又让冯帆想起了藏北的高山湖泊……冯帆强迫自己把思绪拉回了现实。

"你们到这里来干什么？"他问。

我们只是路过，看到这里有智慧文明，就想找人聊聊。谁先登上这座山顶我们就和谁聊。

"山在那儿,总会有人去登的。"

是,登山是智慧生物的本性,他们都想站得更高些,看得更远些,这并不是生存的需要。比如你,如果为了生存就会远远逃离这山,可你却登上来了。进化赋予智慧文明登高的欲望是有更深的原因的,这原因是什么我们还不知道。山无处不在,我们都还在山脚下。

"我在山顶上。"冯帆说。他不容别人挑战自己登上世界最高峰的荣誉,即使是外星人也不行。

你在山脚下,我们都在山脚下。光速是一个山脚,空间是一个山脚,被禁锢在光速和空间这狭窄的深谷中,你不觉得……憋屈吗?

"生来就这样,习惯了。"

那么,我下面要说的事你会很不习惯的。看看这个宇宙,你感觉到什么?

"广阔啊,无限啊,这类的。"

你不觉得憋屈吗?

"怎么会呢?宇宙在我眼里是无限的,在科学家们眼里好像也有 200 亿光年呢。"

那我告诉你,这是一个 200 亿光年半径的泡世界。

"……"

我们的宇宙是一个空泡,一块更大固体中的空泡。

"怎么可能呢?这块大固体不会因引力而坍缩吗?"

至少目前还没有,我们这个气泡还在超固体块中膨胀。引力引起坍缩是对有限的固体块而言的,如果包裹我们宇宙的这个固体块是无限的,就不存在坍缩问题。当然,这只是一种猜测,谁也不知道那个超固体宇宙是不是有限的。有许多种猜测,比如引力在更大的尺度上被另一种力抵消,就像电磁力在微观尺度上被核力抵消一样,我们意识不到这种力,就像处于泡世界中意识不到万有引力一样。从我们收集到的资料上看,对于宇宙的气泡形状,你们的科学家也有所猜测,只是你不知道罢了。

"那块大固体是什么样子的?也是……岩层吗?"

不知道,5万年后我们到达目的地时才能知道。

"你们要去哪里?"

宇宙边缘。我们是一艘泡船,叫"针尖号",记得这名字吗?

"记得,它是泡世界中首先发现地层密度递减现象的泡船。"

对,不知我们能发现什么。

"超固体宇宙中还有其他的空泡吗?"

你已经想得很远了。

"这让人不能不想。"

想想一块巨岩中的几个小泡泡,就是有,找到它们也很难,但我们这就去找。

"你们真的很伟大。"

好了，聊得很愉快，但我们还要赶路。5万年太久，只争朝夕。认识你很高兴。记住，山无处不在。

由于冰晶云的遮拦，最后这行字已经很模糊。接着，太空中的巨型屏幕渐渐暗下来，巨球本身也在变小，很快缩成一点，重新成为星海中一颗不起眼的星星，这变化比它出现时要快许多。这颗星星在夜空中疾驶而去，转眼消失在西方天际。

海天之间黑了下来，冰晶云和风暴巨井都看不见了，天空中只有一片黑暗的混沌。冯帆听到周围风暴的轰鸣在迅速减小，很快变成了低声的呜咽，然后完全消失了，只能听到海浪的声音。

冯帆有了下坠的感觉。他看到周围的海面正在缓缓地改变形状，海山浑圆的山顶在变平，像一把正在撑开的巨伞一样。他知道，海水高山正在消失，他正在由9 000米高空向海平面坠落。在他的感觉中，只过了两三分钟，他就停止了下降。他知道这是由于自己身体下降的惯性使他没入了已停降的海面之下。好在这次沉得并不深，他很快游了上来。

周围已是正常的海面，海水高山消失得无影无踪，仿佛从来就没有存在过一样。风暴也完全停止了。风暴强度虽大，但持续时间很短，只是刮起了表层浪，所以海面也很快平静下来。

天空中的冰晶云已经散去，灿烂的星空再次出现。

冯帆仰望着星空,想象着那个遥远的世界。真的太远了,连光都会走得疲惫。那是很早以前,在那个星球的海面上,泡世界的加加林也像他现在这样仰望着星空。穿越广漠的时空荒漠,他们的灵魂相通了。

冯帆一阵恶心,吐出了些什么。凭嘴里的味道,他知道是血。他在9 000米高的海山顶峰得了高山病,肺水肿出血了,这很危险。在突然增加的重力下,他虚弱得动弹不得,只能靠救生衣把自己托在水面上。尽管不知道"蓝水号"现在何处,但基本上可以肯定,方圆1 000千米内没有船了。

在登上海山顶峰的时候,冯帆感觉此生足矣,那时他可以从容地去死。但现在,他突然变成了世界上最怕死的人。他攀登过岩石的世界屋脊,这次又登上了海水构成的世界最高峰,下次会登什么样的山呢?他得活下去才能知道。几年前在珠峰雪暴中的感觉又回来了,那感觉曾使他割断了连接同伴和恋人的登山索,将他们送进了死亡世界,现在他知道自己做对了。如果真要通过背叛才能拯救自己的生命,他会背叛的。

他必须活下去,因为山无处不在。

『五月花号』

王 晋 康／作 品

这种木星生命，我暂且命名为木星蚁吧。

此前我是用宝盖头的它来称呼，

从现在起我要改用单人旁的他了。

　　近 7 亿千米的 120 天航程就要结束了。每年一次到木星采运液氢，在抵达前照例有一次庆祝，就像地球上海员们经过赤道时的狂欢。今年是"五月花号"处女航 20 年，船长马修·沃福威茨准备好好庆祝一下。庆祝会定在飞船的减速阶段，因为 —— 有重力时开香槟才够味！为了让大伙玩得尽意，船长特意把飞船的减速度调大了一点 ——0.6G，而正常减速是 0.2G。

　　我和马特①赶到飞船的活动厅，其他四名船员已经等候在那里。他们今天都是水兵打扮，戴着带飘带的水兵帽，穿着海魂衫，每人笑嘻嘻地抱着一个超大的香槟酒瓶。有中国人陈大富、埃及人艾哈默德·马希尔、俄罗斯人德米特里·雷博诺夫列夫，南非人瓦杜，都是马特的老伙伴，跟着他干了 30 年，现在全都两鬓微霜了。再加上 52 岁的船长、美国人沃福威茨，这就是五月花机组的全部成员。

　　也许还要加上我，35 岁的宇宙生命学家黄小艺。我每年免费搭乘"五月花号"，到木星的第二个卫星欧罗巴考察生命，就像达

---

① 马修的爱称。

尔文搭乘"贝格尔号"巡洋舰环球考察。欧罗巴卫星上有液态海洋（是水的海洋，而非木星上的液氢海洋），是科学界认为最有可能存在地外生命的星球。10 年来我已经搭乘了 10 次，算得上机组的编外人员了。四位船员都成了我的"铁哥儿们"，至于马特，则比"铁哥儿们"还要更亲密一些。

四个伙伴见我俩走近，同时猛摇香槟。四条酒柱像消防水枪一样向我们射来。马特一手搂着我的腰，一手护着我的脑袋，在水箭中穿行。他的保护毫无用处，很快我就被浇得"花容失色"，伙伴们笑成一片。

第一次见到"五月花号"，我认为它是天下最丑的飞船。时间长了，才体会到它在设计上力求简约的匠心。"五月花号"由三大部分组成，左右是两个圆柱形的货舱区，可容纳 20 万吨的液氢，形状完全像呆头呆脑的汽油桶，因为按马特的话，没有空气的太空中不需要流线型，更不需要照顾局外人的美感。两个货舱区之间用金属圆管相连，而生活区就吊在这根圆管上，可以绕着枢轴自由转动。这样的设计，一则是为了尽量隔绝生活区与货舱区的热传递（货舱应保持低温，至少在 130K 以下，以免液氢气化），二则不管是加速阶段还是减速阶段，都可以随着重力方向的改变，让生活区的"地板"永远自动保持在"下方"，这样便于乘员的生活，在无重力阶段则可保持在任意角度。生活区中包括活动大厅、指挥舱和六间单独的卧室，还有一个健身房，一个负压厕所，一个负压淋浴室，一个简易厨房。这样的宽敞是早年的飞船无法想象的。

两个货舱上对称趴着四只昵称"小蜜蜂"的飞艇，它们是飞船的动力之源，配有最先进的氢聚变发动机，使用氢离子作工质，配备 180 度可变矢量喷管。行进途中，靠它们之中的两个来对整艘飞船加速或减速。等抵达木星时，飞船悬停在木星的引力区域之外，小蜜蜂就脱离飞船到木星上"采蜜"。它的动力十分强劲，足以背负着 1 000 吨液氢，在 2.3G 的木星赤道重力下，使飞船达到每秒 59.56 千米的脱离速度。这样的设计还很好地符合了"冗余原则"，即使一半飞艇发生故障，余下两只也能完成采蜜，并轻轻松松把母船送回地球。

用四只小蜜蜂把 20 万吨货舱装满，需要在木星起落 50 次，每次按 16 个小时计（包括睡眠，机组中没人可以换班），共需 800 小时，也就是 33 天。至于回地球时的卸货则有专门的卸货飞船，只用三天时间就行。33 天的采蜜时间是长了一点，但"五月花号"花得起这个时间。它每年只需往返一次，运回的液氢就足够地球一年之用了。

香槟喷射结束，伙伴们安静下来，等着船长致辞。沃福威茨今天同样是水兵打扮，被浇湿的海魂衫凸显出强壮的胸肌。虽然这 20 年间他大半生活在太空失重环境，但他一向坚持锻炼，所以肌肉萎缩症完全与他扯不上。他喜气洋洋地大声说："老伙计们，'五月花号'已经在这条路上奔波 20 年了，算上制造飞船的时间，咱们搭伙已经有 30 年了。这 30 年可不容易呀。咱走过的路，各位都没忘吧？"

伙伴们笑着说："忘不了！"

"你们没忘，我也要重说一遍。别忘了年轻的密斯黄也是咱们的船员，前辈们有责任让后辈了解飞船的历史，对不对？"

"对！"

我笑着捅他一下。马特回过头问我："黄，你还记得 35 年前，地球上的氢盛世是如何开始的吗？"

"记得！怎么不记得，那年我已经零岁大了。"

伙伴们大笑，马特倚老卖老地说："年轻人啊，可惜你错过了那段浓墨重彩的历史。那时地球上的石油已经基本枯竭，油价飙升到 3 000 美元一桶，但替代能源一直没能真正解决，世界经济严重萎缩，人类都快绝望了。忽然，几乎是一夜之间，冷聚变技术取得重大突破，而且是使用普通氢作原料，而不是氘和氚！"

我插话说："科学家们说，这是人类历史上能源技术最伟大的突破，前无古人，后边也不会有来者。因为，从宇宙大爆炸到今天，宇宙中所有能量实际都储存在氢核中，其他能量形式像太阳能、化石能，甚至重金属的裂变能，归根结底都来自氢。只有引力能除外，但引力能人类很难应用，不必提它。所以，氢聚变技术的成功，已经刨到了宇宙能量最老最老的根儿。而且它非常干净，连它产生的废品——氦，也是次级能源。"

"对。从此氢盛世开始了。地球上再没有穷人，没有环境污染，没有资源战争，没有捉襟见肘的艰难日子。再不必担心能源枯竭，因为氢资源基本是无限的。人类就像是一个忽然得到巨额遗产的乞丐，不知道该怎么花钱了。要知道，依照那时的经济水平，全人类每年所需的总能量，只需几百吨氢就可以满足。"

"咱们的'五月花号'一次就可运回20万吨。"

"其实，开始时科学家没打算'向木星要氢'。在我最先提出这个想法时，几乎被人当成傻子。因为，从水中制氢的技术，像交换制氢法啦，生物制氢法啦，阳光制氢法啦，都已经十分成熟，也十分廉价，何必迢迢万里到木星上去呢？但是，我，稍后再加上他们四位，仍坚定不移地推行自己的想法。我们这样做基于三个原因。第一个原因：尽管按照当时的全球能耗水平，每年只需几百吨氢，但我们相信，尝到廉价能源甜头的人类绝不会满足于这个水平。果不其然，30年后，这个数字已经激升到10万吨以上。"

我感叹地说："是的，在氢盛世长大的年轻人大手大脚惯了，很难想象此前的窘迫日子是怎样过的。"

"第二个原因：氢聚变不比普通的化学燃烧，它将永久性地降低地球中氢元素的比率。虽然当时觉得微不足道，但从长远上说仍会破坏地球环境。第三个，也是最重要的原因，是费用。那时人们由于思维惯性，把太空运输看作昂贵的同义词。其实呢，木星运输几乎是免费的，比在地球上人工制氢还要廉价，因为太空航行所需的燃料可以从木星上免费获得！我们要花的钱，仅仅是飞船的建造费用，还有五个船员的工资。"

"不过，飞船的建造费用一定是个天文数字吧？"

"当然是笔巨款，但比人们想象得要少得多。关键是，按我们的设计，飞船的主体部分永远在无重力条件下使用，组装也是在太空进行，不需要经受起飞降落时的恶劣条件。这种使用条件甚至远比地面上还优越，有人开玩笑，用纸糊一个飞船都能满足。只有四只小飞艇需要在高重力的木星上反复起落，必须有强壮的骨架和强劲的动力，但它们毕竟个头小，建造费用相对较低。"

德米特里插话说："飞船设计中曾遇到一个难题：尽管太空航行途中环境温度很低，只有3K，但免不了日光照射，特别是接近地球时阳光较强。阳光将使货舱急剧升温，使液氢气化。为了防止气化，就要对货舱隔热，建一套制冷系统，这会使建造费用大大增加。但咱们的老大来了一次'非常规思维'，很利索地把它解决了。方法是在货舱上覆盖一层热管，把光照热量迅速传到货舱的头尾部，在那里对液氢加热，让气化的氢气带走热量，顺便提供飞船的辅助动力。当然，这是把宝贵的核燃料当成普通工质用了。"

马特笑着说："这个办法非常简单，但我敢说没有哪个工程师能想出来。关键是：在所有工科学生的圣经里，都把降低能耗放在最神圣的位置。他们的思维全都定型了，所以都忘了一条：木星的氢不必节约。"

我沉默了。在我与马特的亲密关系中免不了一些小的争吵，这便是其中之一。我总觉得这个方法太奢侈，甚至近乎霸道。即使木星上的氢储量近乎无限，也不能这样随意抛撒吧。这有点类似于食肉动物的

"过杀"行为。马特对我的观点不以为然,反问我:"我只不过把木星上的一点氢转移到太空了,总有一天它们还会沉聚到某个星体上。换句话说,我并没有浪费上帝的总资产。那么,我的做法有什么害处?"

他的反驳很雄辩,我无法驳倒他。但他也改变不了我的观点。不过,总的说我对这个男人非常佩服,可以说是崇拜。30年前,他是第一个提出"向木星要氢"的人,并凭一己之力将它实现,这需要何等的勇气和毅力!现在,就靠这么一个微型私人公司(包括地球上的职员,不超过50人),就提供了全地球的能源。这样的功绩确实前无古人。地球政府倒是建了两艘备用飞船,但明确规定,在"五月花号"报废之前不得启用。世界政府是用这样的方式向马特表示敬意的。

这是一个粗犷坚毅、带几分野性的男人,我喜欢他。

马特扼要回顾了"五月花号"的历史,完成了对我的"革命传统教育"。他笑着说:"今天是大喜的日子,我为四位老弟兄准备了一份小礼物。喏,就是它。"他从口袋里掏出四个银色的金属胸牌,有硬币的两倍大小,上面的花饰是一朵五瓣花,即"五月花号"飞船的船徽。胸牌上穿着银白色的项链,做工精细。"知道这是什么材质吗?白银?白金?锇铱合金?不,说出底细后你们可别失望。它们是用铁结核做的,就是木星液氢中的铁结核。"

早在第一船木星液氢运回地球后,人们就发现其中杂有细小的颗粒,大小如芝麻,形状不一,上面有微孔,材质主要是铁和硅,也有锂、碳、氧等微量杂质。矿物学家们比照地球深海中锰结核的名称,把它称作铁结核。液氢中杂有这样的铁结核并不奇怪,因为人们早就知道，木星星核就是铁硅质的。奇怪的是它们的比重远比液氢大，为什么能悬浮在海洋表面？否则"小蜜蜂"采不到它们。可能是因为狂暴的木星风暴一直在搅着海洋吧。

液氢用于聚变发电前必须滤去这些杂质，虽然它们的含量不高，但 20 年下来，每个氢聚变电厂都积攒了大大的一堆。这种铁结核有一个有趣的特点——不会生锈，20 年来一直银光闪闪，所以常有人拿去打"白金首饰"。有一段时间，来自木星的首饰曾经成为时尚，不过现在已经不时髦了，毕竟铁太廉价。

我微笑地看着马特。今天这个特殊日子里，他当然不会送这样廉价的礼物，应该还有什么讲究吧。马特笑着揭了谜底："它们的后盖可以打开，里面有一张纸，记着一串密码。凭着各自的密码，每人可以在地球任何银行支取两亿世界币。这是我的一点小意思。"

四个伙伴欢呼起来。瓦杜笑着说："老大，这趟结束后我立马辞职！我要陪我的 4 个妻子和 14 个孩子，快点把这两个亿花完。"

瓦杜是一位黑人酋长的后裔，他的家乡还保留着一夫多妻制，18 个家人的花销是他片刻不能卸下的担子。马特哼了一声："是吗？那你先把钱退还我。"

"到手的肥肉我能再给你？没门儿！"

"那你就在'五月花号'上老实待着，等我什么时候先辞职，才能轮上你。"

陈大富是个细心人，看到我一人被晾在圈外，便大声提议：

"喂，静一静，听我说句话！按照中国一些狩猎民族的习俗，打到猎物时见者有份，不管他是不是猎人。小艺和咱们在一块儿搅了10年，说得上生死与共。我提个建议，每人分出1000万给她。"

其他三位一向都是一掷千金的主儿，何况是送给他们的"小艺妹妹"，都豪爽地当即同意。

我又是摇头又是摆手："别别！我怎么会要你们的养家钱！这些年我一直免费乘船，已经感恩不尽了。"

马特也笑着摆手："用不着你们瞎豪爽，你们想把我置于何地？就我一个是夏洛克或葛朗台？我早给她另外准备了礼物。"他掏出一个精致的首饰盒，打开，取出一枚银色戒指。"黄，它也是铁结核打造的。不要嫌这个礼物菲薄，这是我的求婚戒指。"

他深情地看着我。这个突如其来的礼物让我吃惊，心中漫过带着苦味的喜悦。10年来，我已经爱上这个比我大17岁的宽肩膀的男人。我俩一直没有谈婚论嫁，但我在默默等着这一天。他是世人心目中的英雄，但家庭生活却很不幸。因为长年在太空，聚少离多，他的妻子另有所爱，十几年前就离开了他。他的儿女已经成年，似乎对他也比较冷淡。平时他是一位叱咤风云的太空船长，只有一个女人的眼睛能看透他深埋心底的苦楚，我知道他渴望着一个温暖的怀抱……但我看见了戒指上的花饰，心中突然涌出强烈的不快。

戒指的花饰和胸牌一样，也是"五月花号"的船徽。我从一开始就不喜欢"五月花号"这个名字。1620年，以布雷德福为首的

102 名英国新教徒，乘着一艘名叫"五月花号"的木制帆船冒死出海，历经 66 天的苦难终于抵达美洲。他们虔诚祈祷，感谢上帝赐予他们的肥美之地。这是一个很经典的关于奋斗和成功的故事，只可惜大背景上带着血光和肮脏。白人上帝赐予的美洲并非无主之地，而"五月花号"的名字也就与其后一场历史上最血腥的种族屠杀密不可分。这都是历史了，屠杀者的后代是无辜的。我并非多事，非要苛责他们；但我总觉得，美国白人更应该小心避免碰着被害民族的伤口——比如，不要大张旗鼓地重提"五月花号"或哥伦布的名字（那位白人的英雄同样是一个杀人恶魔）。

马特曾骄傲地说，他的直系祖先就是"五月花号"的一位船员，所以把太空船命名为"五月花号"，他认为那是一种精神上的维系。我曾委婉地表达过我的意见，但马特不以为然。他说他不会为历史上的罪恶辩护，问题是有些罪恶是不能避免的。作为种族而言，最重要的是生存，是拓展生存空间。所以，如果他，或者我，处于那个时代，也许会做同样的事。

我没有同他认真争论。我不想让世界观的分歧影响爱情。所以，平时我很注意回避这类分歧。但这样的善良意愿应该是双向的，他既然知道我的观点，那么在婚戒这样重要的事情上，总该照顾我的感受吧！

......

马特正等着我伸出右手的无名指，四个伙伴兴高采烈地围观，他们早就祝福我俩有这一天了。我不想扫伙伴们的兴头，更不想伤马特的心，但同样不想太委屈自己。于是我玩了个小花招，从马特手里接过戒指，放在首饰盒里，关上盒盖，笑着说："谢谢你的求婚戒指，我太高兴啦。可是 —— 你这个粗心男人，难道不知道我一向不喜欢这种花饰吗？随后你必须给我换一个。"

尽管我用笑容包装了我的拒绝，还是扫了马特的兴头，他的表情变冷了。

陈大富看出端倪，忙问我："小艺，听船长说。这次你不去欧罗巴考察了？"

我很高兴他把话头扯开，就顺着说下去："对，不去了。10 年考察，我基本能确定欧罗巴上没有生命。"

德米特里说："真可惜，这么说，人类还是上帝的独子，没有一个兄弟姊妹，太孤单了。"

我忙说："这只是阶段性结论，不一定正确。你们别把'宇宙生命学家'看得多神秘，其实我和你们一样，迄今为止只见过一种生命，即地球生命，视野太窄，标准的井中之蛙。也许此刻有某种外星生命摆到面前，我也认不出来呢。20 世纪，太平洋深海热泉中发现了靠化学能生存的细菌，南非金矿中发现了靠放射能生存的细菌。在此之前，谁敢想象生物能离开光合作用，仅靠化学能和放射能为生？我们一直在寻找外星生命，找了 200 年了，但其实连生命最基本的定义是什么，还没能取得共识。"

陈大富说："我知道一般说法是：生命的特征是能自我繁衍。

龙生龙凤生凤，老鼠的儿子会打洞。我说的对不对？"

我摇摇头："但广义的繁衍到处都是：宇宙大爆炸中生出夸克、氢氦原子，星云中诞生星体，电脑病毒自我复制，甚至岩浆中析出晶体，云中诞生雪花等，都说得上是'自我繁衍'。这个定义不确切。"

德米特里说："还有一种最普遍的说法：生命即负熵过程，是利用外界能流来维持一个小系统里的有序状态。忘了是哪位著名物理学家提的了。"

"这个定义同样不全面。因为像在恒星熔炉中聚合出重金属原子、电脑病毒的复制等，也都是'利用外界能量来维持自身的有序状态'。"我笑着说，"其实，我对生命倒有一个独特的定义，是我自己提出来的。"

"什么定义？说说看。"艾哈默德性急地说。

"上面说的例子都属于自组织过程。地球生命从无到有，其实也是一种自组织。但它与广义的自组织不同，它必须先诞生一个特殊的模板——DNA。这种模板来自特殊的机遇，是上帝的妙手偶得，在其他星球上没有可重复性。这才是'生命'与'自组织'的本质区别。我相信，今后发现的外星生命，不一定有双螺旋的 DNA，但一定有另外一种独特的模板。"

这个观点是教科书中没有的。我并非心血来潮贸然提出，而是考虑好久了，不过没有绝对把握之前我不会捅到学术杂志上。

和大伙儿闲扯时，我也悄悄瞄着马特。他的表情很平和，有时插几句话。如果他心中受了伤，至少没有表现在外面。这时广播中说："各位，减速阶段即将结束，请做好失重的准备。"

几个香槟酒瓶开始浮起来，大伙儿赶忙把它们收到箱里。至于刚才喷出的香槟已经由电脑自动处理了（失重环境下，空中飘浮的液体微粒可能危及生命）。我们的身体也变轻了。四个伙伴同我俩告别，分头去各自的"小蜜蜂"，耗时 33 天的"采蜜"工作即将开始，这是飞船上最忙碌的时刻，就像地球上的收麦天。马特要到指挥舱，我亲热地挎上他的臂弯。等与其他人分开，我歉然说："马特，刚才我……"

他截断我的话："不必解释，今天是我的错，是我疏忽了。你把戒指给我吧，等回到地球，咱们去蒂凡妮或卡迪亚挑一个你满意的戒指。"

我想了想，说："也不要用铁结核，因为这牵涉到我的一个忌讳，以后我会告诉你。白银或白金都行。"

"一切随你。"

我笑着说："谢谢啦，我这么挑剔，你还这么宽容。"

"等我下次当着大伙儿送你时，你不会再让我难堪吧？"

"哪能呢。告诉你一句悄悄话——其实我早就盼着它啦。"

减速结束后，飞船做最后一次姿态调整，此后将以 20 千米每秒的速度、30万千米的半径绕木星公转，公转周期大约是木星自转周期的三倍。这儿重力很小，生活区可以停留在任何位置，马特调整了生活区的角度，让观察窗正对着木星。这颗太阳系中最大的行星以迫人的气势占据了整个观察窗，甚至是整个天空。飞船此刻处在黑夜区，面对着木星背面几万千米的极光。极光在太空中摇曳变形，如梦如幻，在它的映照下，木星暗半球的轮廓清晰可见。两极的极光更为明亮，就像带着两只紫色的夜光帽。木星自转极快，带动其大气层顶端的云层，以每小时约3.5万千米的速度旋转。云层被拉成条状云带，与赤道平行，明暗交替分布。云带的结构十分复杂，而且激烈翻卷着，犹如炼狱之火。至于著名的木星大红斑则更为狰狞，犹如撒旦之目。它的颜色鲜红中略带淡玫瑰色，云团激烈翻滚，形成强大的涡旋。

观察窗中能看到众多木星的卫星，黯淡的木星环也隐约可见。我看见了脾气狂暴的伊奥（木卫一），颜色鲜红得有些妖冶。它是太阳系火山活动最强烈的星体，此刻正好有一次火山喷射，火山烟云高达数百千米，拖在起伏的山脉和极长宽的峡谷上。也看到了我曾去过多次的欧罗巴，它明亮的冰表面上布满了纵横交错的冰裂，有些冰裂甚至贯穿厚达5千米的冰层，我就是通过这些冰裂来考察欧罗巴海洋中的生命的，可惜没有任何发现。

自打我第一次在近处观察木星之后，就对它产生了一种特殊的敬畏。在我看来，木星不应该是朱庇特的宫殿[1]，倒更像是撒旦的巢穴。

飞船的状态已经稳定，半个小时后就要开始"采蜜"了。正在

---

[1] 木星的西方名字是朱庇特，即罗马神话中的万神之王。

这当口儿，通话器中传来陈大富的声音，让我去他那儿一趟。马特有些不乐意，嘟囔着："你这家伙，什么话不能在通话器上说？马上就要'采蜜'了，还要黄去你那儿。"

我能猜到陈哥要说什么，怕马特拒绝，忙说："肯定是什么个人隐私，我去一趟吧。"

我拉着纵贯通道的扶手，飘到货舱，通过气密门进入"蜜蜂一号"，来到位于飞艇前中部的驾驶舱里。这种飞艇确实像蜜蜂，长着两对大大的翅膀，虽然不能扑动但能调节角度。飞艇离开母船后要飞行两个小时到达木星，然后对准木星赤道，即天文学家说的赤道明带，顺着木星旋转的方向下降，两对翅膀随时调节仰角，把递增的向下坠落速度转变为向斜下方。飞艇的四只大翅膀，再加上赤道明带上时速为150米每秒的稳定西风，还有木星赤道与飞艇同向的旋转速度，这些因素共同保证飞艇能平安溅落在液氢海洋上。溅落之后飞艇打开进液口，液氢因冲力自动涌入舱内。等液氢充满，飞艇启动氢动力机，在液面上加速，升入大气层，然后在大气层里加速。加速进行得比较缓慢，因为木星大气十分稠密，速度过快的话飞艇会烧毁的，只有到比较稀薄的上部大气层中才能完成最后加速。

母船和"小蜜蜂"的速度比率经过优选匹配，等九小时后，当木星差不多转过一周、飞艇的动态位置正好快赶上母船的动态位置时，飞艇也正好达到60千米每秒的脱离速度。它冲出大气层，脱离木星引力后再飞行两个小时，与母船接合。这样的方法能充分利用木星快速自转的特点，利用高达13千米每秒的赤道自转速度，大大有助于飞艇克服木星的高重力，只是一个工作流程的时间稍长一些。

由于木星大气中充满强烈的畸变磁场和带电粒子流，小蜜蜂和母船之间的通信不大可靠，所以"小蜜蜂""采蜜"时一向讲究独立作战，不能依赖母船的指令。不过"采蜜"过程其实是相当安全的，它是在赤道区域进行，这儿的大气活动相对平稳，虽然不是地球赤道上的无风带，但只有稳定的纬向风，没有横风和涡旋。再说木星上海阔天空，绝对不用担心撞上飞鸟、建筑或礁石，四个"采蜜"人对"采蜜"程序早就熟透了，可以闭着眼睛开船。

我挤到驾驶位后边，陈大富回头看看我，显然有点难为情的样子。他掏出刚才得到的胸牌递给我，又特意关了同指挥舱的通话器，这才笑着说："小艺，我让你来，是想让你帮我收着这玩意儿——可别让船长知道，我怕他笑话我。你也不能笑话我，说我迷信——我是说，万一我有什么好歹，麻烦你转给我老伴。"

"呸呸，你这乌鸦嘴，临上阵时说这些晦气话！是不是担心上次你说的鬼火？"

他难为情地嘿嘿笑着说："对。"

"那次你确实看清了，是海面上的闪光，不是空气中的闪电？"我知道木星大气中常有闪电。

陈哥摇摇头："我哪能连闪电都分不清。不是的，是海洋表面的一大串闪光，全都沿着船的尾迹，闪光时间也是先远后近，紧追着飞艇，就像坟场中的鬼火会随着人的走动在后边追。"

"你还说有海中魅影？"

"对，我相信我没看错。那些魅影出现在航道前方，半透明，样子……怎么说呢，就像是一群蠓虫聚在一起，影子的边界浮动不定，说不出来它像什么，大小有一只河马那样大吧。可惜飞艇上没有设置录像系统，没法把它照下来。"

如果不算木星上的狂风巨浪，这儿是一个绝对的死亡世界。20年来大伙儿在木星上起起落落，没发现任何新鲜事。陈大富说的情况是他最后一次"采蜜"时发现的，当时他是最后一艘。其他三人没发现异常。

听陈大富说了这两桩见闻后，马特和另外三名船员都没放在心上。即使他所说属实，也不过是某种未知的物理现象，比如液氢受激发光之类，不值得大惊小怪。但陈哥此后在我这儿絮叨过多次，引起了我的警觉。我熟知陈哥也一向是大块儿吃肉、大碗喝酒的主儿，性格豪爽，心细胆更大，是个无神论者。单为这两件小事忧心忡忡，不符合他的性格。这会儿我把胸牌先收下，说："这样吧。前10次我只顾去欧罗巴考察，还没到木星上去过呢。马特已经答应这次让我去一趟，他原说'采蜜'结束后亲自送我下去的。干脆我这会儿就去，跟你一块儿，我要亲眼看看你说的鬼火和幽灵。"

陈哥脸都白了："不，你不能去，至少这一趟不能去。"

他的过度反应让我更生疑窦："为什么？你确实认为有危险？"

"反正你不要去。还是等我们采完，让老大送你吧。"

　　我把他的脑袋搬过来，让两双目光正面相对："陈哥，你老实告诉我，还有什么情况瞒着我？我知道你的性格，单是闪光和黑影什么的吓不住你，肯定另有隐情。你一定得告诉我，否则这会儿我就向船长通报，说你心理不健全，让他停你的飞。"

　　陈哥犹豫很久，叹了口气："是有一点情况，我一直没对别人说，怕说了也没人信。其实，连我自个儿也不大信哩。去年来木星，在最后一趟'采蜜'中，我脑袋里似乎一直嗡嗡作响，就像是电视中的白噪声，嗡得我脑瓜疼。我想是不是脑袋瓜得什么病了。就在我离开木星洋面升入空中之前，脑子里的杂音变规则了，零零星星蹦出几句话：食物和身体。不许残害。警告。最后一次！"

　　他使劲摇头："你甭问我听到的是英语、汉语还是世界语，啥也不是。就连是不是有人对我说话，我都拿不准，但我分明听懂了类似的意思，它就那么忽拉一下子冒到我脑袋里。老实说，当时我吓得心脏都停跳了。可是事情过去后，我又逐渐开始怀疑。在木星上有人对我说话？而且是钻到脑袋里说话？明显是不可能的事嘛，肯定是我产生幻觉了，精神失常了。"

　　"可是，你这种解释显然没解开自己的心病。"

　　陈哥顿了一下，苦笑着承认："是的，没解开。"

　　上一次木星之旅后，在陈哥说了闪光和黑影的情况之后，恐怕唯有我一人认真对待了。我曾思索了很久，还做过必要的试验。现在听他进一步透露隐情，我更觉得应该认真对待。我想了想，坚决地说：

"陈哥，我要跟你一块儿去，你甭拦阻。"我开玩笑："那个给你传话的天使，或撒旦，说不定很有骑士风度，看见船上有女士会客气一点。"我没等他反应过来，迅速打开通话器，对马特说："船长，我提前下去了，坐陈哥的一号。"

马特没当回事，随便说一句："这么性急？好，你下去吧。"

事已至此，大富哥无法再阻拦了，无奈地摇摇头，打开保险，关闭气密门，松开对货舱的抱持器，又打开氢动力。小飞艇轻轻晃动一下，离开母船。此时它已经具有母船的 20 千米每秒的速度，随后将加速到 40 千米每秒，以便在 2 小时内走完这 30 万千米的距离。

10 年来，我一直在母船上观察四只飞艇的起起落落。每当看着小如蜉蝣的飞艇飘飘摇摇，沉入色彩怪异的木星大气中时，我总是很紧张。实际上，坐在"蜜蜂一号"的船舱里，反而没有那么担心了。

两个小时后，飞艇接近木星，经过反喷制动，速度降了一半。它顺着赤道的旋转方向，把机头对准木星大气露出曦光的地方飞过去。这个过程与地球上航天飞机再入大气层是一样的，如果角度过大，飞艇会在大气中烧毁；过小，则会像打水漂一样从大气层上弹走。不过，由于木星大气旋转速度很高，而且与飞艇速度同向，飞艇又可以在必要时使用反喷制动，所以再入大气层比在地球上容易得多。

我们潜入大气层，感觉就像在山顶乘车从上面进入云层。远看起来十分浓密的云层随着飞艇的进入而逐渐变得稀薄，颜色也淡多了。太阳在云层外闪耀，光线晦暗，个头小如苹果，在木星的淫威下失去了往日的帝王气势。随着飞艇的下降，空气的颜色逐渐变化，从红色变为棕色，变为白色，再变为蓝色。向上看，晦暗的太阳已经淹没在浓密的大气中。

这儿的昼夜交替真快，木星的快速自转再加上飞艇的同向速度，三个小时后，飞艇就进入了黑暗半球。浓密的大气遮蔽了星光，64颗木卫星中，只有伊奥和欧罗巴在夜空中发出微弱的光亮。飞艇没有开灯，陈哥说他们已经习惯了不开灯，空无一物的木星上没有什么可避让的。我一直等着飞艇在海面上的溅落，结果根本没有感觉到。木星大气层和海洋的成分都是氢，其气态相和液态相是逐渐过渡的，没有一个清晰的海面。一直到飞艇明显受阻，陈哥才说："已经进入液氢了。你注意观察吧。"

飞艇的比重比液氢大，但两对大翅膀起了水翼的作用，使它一直保持在液氢海洋的上层。小艇没有太大的颠簸，赤道海面上风浪不大。我盯着艇后黑沉沉的夜空，小声说："陈哥，没有闪光呀？"

"依上次的经验，恐怕要等到飞艇开始采氢后才有闪光。你稍等一下。"

艇身忽然明显一顿，是进液口打开了。液氢在小艇的冲力作用下快速涌进舱内，脚下传来嘶嘶的液流声，小艇的速度也明显减慢。陈哥说："小艺你看！"

艇后果然很及时地出现了闪光。沿着船的尾迹，从远到近依次闪亮，确实像鬼火在身后追赶。陈哥小声说："比我上次见到的还亮。"

我默默观察着，小声问："但是为什么没有黑影？"

"这会儿有也看不见。等太阳出来再观察吧。"

液氢很快充满了，陈哥关闭了进液口。"小蜜蜂"开始在海面上加速。加速进行得很舒缓，因为要等待"起飞窗口"，即赶在离母船距离最近的地方跃出大气层，时间很充裕。三个小时后，前边出现了浅薄的晨曦，飞艇也准备离开水面了，在这段时间里，飞艇后边的闪光一直没有中断。陈哥忽然指着前边说："快看！"

在飞艇一掠而过的刹那间，我看到透明的液氢中有一个硕大的黑影。黑影并不是严格的实体，呈半透明状态，边界模糊不清，所以也说不上它是什么形状。陈哥上次的描述很准确，它们就像一群蠓虫或南极磷虾，因群聚性而临时聚在一起。小艇掠过后我疾速回头向后看，那个黑影并没有被冲散，可能其位置距海面有一定距离。就在这时，我的脑中忽然响起嗡嗡的噪声，但什么也听不清，就像电视中的白噪。强烈的噪声弄得我头痛欲裂，我皱着眉头，用力捶捶脑袋，抬头看看陈哥。陈哥这会儿脸色煞白，说："我又听见了！比上次更清晰。还是那句话：最后一次警告，最后一次警告！"

飞艇跃到空中，向上爬升。我回过头，盯着刚才有黑影的地方。飞艇升到几百米高的时候，那儿忽然爆出一团极强烈的白光！我失口喊了一声，眼睛被暂时致盲了。接着，冲击波席卷而来，猛烈地颠着飞艇。陈哥仓促喊一声：坐好！并把飞艇换成手控，迅速向上爬升。

加速度大约有六七个 G，我的视力还没从闪光中恢复，又因加速度过大而产生"黑视"现象。一直等飞艇降低加速，恢复平稳飞行，我的视力才恢复正常。再向后看，一团火球正向空中扩展。不过火球不算大，再加上大气浓密，可见度差，它很快就在我们的视野中消失了。

陈哥扭头问我："刚才你看见那团白光了？"

"嗯，非常强烈，我的眼睛被短暂致盲了。"

"很像是一场微型核爆。"

"显然是那团黑影引起的。"

"我想也是。"

我沉思了几分钟。刚才的见闻坚定了我原来的想法。我说："赶快和母船联系，看能不能联系上。"

很幸运地联系上了。马特带有磁性的声音："这会儿在哪儿？采氢顺利吧？"

"马特，请立即尽可能与其他三只飞艇联系，命令他们放弃采氢，返回母船。"

马特显然非常吃惊，静默片刻后说："请重复你的话。"

"让其他飞船放弃采氢返回母船！我们马上返回，我会当面解释的。请务必按我说的做！"

尽管我的要求匪夷所思，马特还是同意了，果断地说："好。我这就通知。"

母船的公转速度相对较慢，"小蜜蜂"很快追上了它，经过反喷制动，将速度降到与母船同步，轻轻降落在货舱上，液氢管路自动打开，飞艇肚子里的液氢被泵入货舱。马特在通话器中告诉我，其他三个飞艇都联系上了，会很快返回。虽然他这会儿一定急于听到我的解释，但我没有先去指挥舱，而是回到自己的卧室里，打开个人电脑做了一些计算，把我的想法再度梳理一遍。马特没有催促我。

现在，其他三艘飞艇也都归位了。我们六人集中在活动厅，用皮带把失重的身体固定在座椅上。其他三位船员颇为惊疑，因为像这样突然中断采氢是没有先例的。陈哥先讲述了那串闪光和最后的爆炸，又在我的逼迫下，很难为情地讲了出现在他脑中的声音。这段"白日撞鬼"的经历弄得其他三个船员也感觉寒凛凛的，眼中也有明显的怀疑，然后大家都把目光对准我。马特说："黄，你讲吧。你突然要求中断采氢，一定有特殊的想法。"

我清清嗓子："说起来话长，你们得耐心听下去。去年我偶然发现，如果把氢聚变发电厂中堆放的废物——那些木星铁结核——放在 130K 以下的低温液氢里，液氢的温度会极缓慢地升高，但最多升到 134K 就中止了。这个现象让我十分迷惑，我曾以为是实验中的误差，但反复验证仍然如此。我联想到木星上一个未解之谜。根据科学家对木星光照的计算，阳光最多让木星表面保持 105K 的温度，但实际上它保持在 134K。这说明木星内部会放出热量。木星上并没有核聚变，能量从何而来？过去的解释是木星形成时期积存了引力势能，经由大规模的液氢对流逐渐传到表面。这种假说曾被广泛认可，其实有一个困难——木星液氢层之下有一个 4 万多千米厚的金属氢层，那儿只能有传导，不可能有对流，而传导达不到目前的热流量。而且，如果我的实验是准确的，引力势能的假设就更站不住脚了。"

马特反应很快，皱着眉头问："你是说，木星液氢中有缓慢的冷聚变？而那些有微孔的铁结核其实是催化剂？"他笑着摇摇头："这个设想太胆大了，坦率说，我不相信。众所周知，氢聚变需要克服很高的势垒，想想地球上的冷聚变技术经历了多么艰苦的历程！现在，虽然氢聚变主机已经小型化，可以装在我们的'小蜜蜂'上，但它仍是非常非常复杂的技术。我不相信，几粒铁结核就能完成这个过程。"

"但今天的氢聚变技术在一百年前也会被看成神话！而且你不要忘了，生物方法常常比物理、化学方法更有效。它是上帝妙手偶得的产物，又经过亿万年的进化。这样的例子在地球上举不胜举，比如高效的生物光合作用、最经济的生物制氢法、超强度的蛛丝、高效的蝙蝠声呐定位等。"

马特有点好笑："怎么扯到生物上啦，铁结核又不是生物……"他忽然顿住，震惊地瞪着我，从我的表情中猜到了答案："你是说——这些铁结核是生物？是木星上的生命？"

"对，这正是我的设想！"我激动地说，"首先，它们符合我说的生命定义。它们依靠一种特殊的模板来自我繁衍。这种模板同时能够有效催化氢核的聚变，是在原子水平上的缓慢聚变。它们靠这个来获得负熵，就像地球生活依靠光合作用来吸收能量。氢聚变能量在维持生命活动后变成热量，使木星维持在表面 134K 的温度水平。我在地球上研究'铁结核'时曾观察到一次分裂，一个身体较大的铁结核分为相同的两个，这应该是它们的繁衍方式。但这次观察只是孤例，我还不敢确定。它们之中看来没有'收割者'，即肉食性动物，怎么控制繁殖速度不致失控呢？可能是基于一个极简单的机理：液氢温度只要高于134K，氢聚变就会中止。"我补充道："我甚至有一个更惊人的假设，还没来得及证实——也许，这种模板不仅能够催化从氢到氦的聚变，甚至可能一直聚变到锂、碳、氧、硅和铁，后续生成物正好用来使它们的身体长大，以便进行分裂生殖。"

我的假设太惊人，五个人都惊呆了。

我对马特说："现在明白，我为什么坚决拒绝那枚戒指了吗？花饰只是原因之一，更重要的原因——我不想我的婚戒是由木星生命的尸骸所构成。"

其他四人都不由自主地摸摸胸牌。

很久，陈哥小心地问："你是说，那些闪光和最后的爆炸是木星生命的反抗？"他大摇其头。尽管他是事件的第一发现人，也不相信我的解释："小艺，不是陈哥不信你，但这么简单的小不点儿，怎么能是生命？我在氢聚变发电厂那儿看过成堆的铁结核，一二十年了，就那么堆在那儿，和一堆石英砂没什么区别。退一万步说，就算它们是生命，怕也没有大脑吧，更不会组织什么自杀性爆炸。"

我摇摇头："你别忘了地球上的例子。个体蚂蚁也是非常简单的生命，但集合为蚁群之后，就会自动出现复杂的建筑蓝图和复杂的社会礼仪。有一种黏菌更绝，它们平时是分散的个体，互不来往，但食物匮乏时，它们会自动集合成一个大生物，甚至有头尾的分工。这个大生物蠕动着向前爬，等到了食物丰富的地方，再分散成个体。这种智力上和生物结构上的飞跃，是怎么出现的？科学家至今不能破解。这是一个叫作'整体论'的黑箱，科学家只是确认了其输入和输出，但对内部机理一无所知，无法做出任何理性解释。但事实如此，我们只能承认。而且这儿有一个很重要的因素：木星生命的个体数量极大，我初步估算为数百万亿只，是地球上任何种群规模都无法相比的。这么庞大数量的集合，必然会根据上述黑箱原理产生智力，甚至智慧。对于这一点不必怀疑！"

马特仍摇头："即便它们是超智慧，怎么做到和陈大富在脑子里对话？那是神力，是巫术，不是技术。"

我叹息一声："充分发展的技术就是魔法，这是克拉克说过的话。至于它们如何做到这一点，我暂时无法解释，可能是一种思维发射吧。但既然事实确凿，只有先承认它再说。马特你别忘了，木星采氢已经干了 20 年，也就是说，他们悄悄研究咱们，已经 20 年了。他们的忍耐也有 20 年了。"

最后这句话让大家有点不寒而栗，大家都静下来，认真思考着。飞船进入了木星的黑夜区，灯光自动亮了，照着大伙儿痴迷的表情。这时我浮想联翩，对这种小不点儿的木星生命充满了敬畏。

我动情地说："这种木星生命，我暂且命名为木星蚁吧。此前我是用宝盖头的'它'来称呼，从现在开始我要改用人字旁的'他'

了。他们是宇宙中最简约、高效、干净的生命，因为它们使用的是最本元的能量方式，自给自足，不需要恒星提供能量，也不向外排泄废物；他们也是宇宙中最高尚的生命，无欲无求，没有地球生物中的生存竞争，没有弱肉强食和自相残杀。套用一句宗教的阐释：他们没有背负原罪；他们非常自律，用和平方式控制着种群的数量；几十亿年来，他们安静地生活在液氢里，用我们尚不知道的方法建立族群的精神联系，冥思着宇宙及生命之大道。老实说吧，如果某一天发现他们有远远高于地球人类的哲学和文学艺术，我绝不会怀疑。"我看看大家，接着说，"而且他们也富有血性，虽然几十亿年来过惯了和平生活，但既然有外来者闯到他们的伊甸园，危及种群的生存，他们也会用血肉之躯奋起反抗。"

四个船员对我的解释似乎已经信服，至少是半信半疑，唯有马特不以为然。他问我："依你说，我们该怎么办？"

"中断采氢，空船返回。至于以后怎么办，回到地球后再从长计议。如果对他们的一再警告置若罔闻，恐怕……下一次的闪光就是氢弹爆炸的规模了。"

陈哥他们四个明显打了个寒战。马特有点不耐烦，肯定是嫌我"败坏士气"，沉着脸问："怎么从长计议？"

我不想惹恼他，尽量小心地说："当然，最妥当的方案是从此取消到木星的采氢，仍使用地球上的人工制氢法。如果……那只有先和木星蚁沟通，事先求得他们的许可。我想，既然他们能向陈哥的大脑中传话，应该能实现双向沟通的。"

"然后乞求他们的善心和施舍？"

"对，乞求他们的善心和施舍。马特，"我加重语气说，"说到底，他们才是木星的主人。我们是理亏的一方。"

马特冷淡地说："你说得对，理论上很对。同样，古欧洲人不该消灭尼安德特人，雅利安人不该入侵印度达罗毗荼人的地盘，炎帝、黄帝不该赶走蚩尤，白人不该强夺印第安人的土地。但那都是已经存在的历史，存在即合理。如果把这些你认为不高尚的历史删去，人类历史还能剩下什么？"

我苦笑着，不想同他继续争论。平时在我俩的亲密关系中就埋着一些小裂隙，今天裂隙不幸被扩大了。该说的话我都已经说了，便沉默下来。四位船员也沉默下来，等着马特做出最后的决定，毕竟他是一船之长。马特沉思一会儿，冷静地说："黄，你说的木星生命可能是真的，但在返航之前，我必须有确凿的证据，不能糊里糊涂就空船返回，否则我这个船长就太颟顸了。这次我亲自去验证。"

艾哈默德他们面面相觑，都把目光转向我。我很了解马特，他一旦做出决定，别人是无法劝阻的，想了想，我说："好的，我同你一块儿去。"

马特摇摇头，坚决地说："不，你不是正式船员，你没有义务去冒险。"

"我有义务，我是你的未婚妻！"

"不是。你还没有接受我的求婚戒指。"

"我接受了！我只是让你换一个花饰。要不干脆不换了，你现在就给我戴上。"

这两句恋人之间的小调侃让四个船员都禁不住笑了，但他们随即想起当前的处境——船长此行将冒着生命危险——马上冻结了笑容。马特厉声说："不要扯闲话了，我决定一个人下去！陈，我开'蜜蜂一号'下去，你去检查一下。"

我的泪水忽然盈满了眼眶。马特看见了，显然也很动情，但没让感情外露。他掏出那个首饰盒，递给我。"给，既然你说不用换了，那就收着吧。"

这是在向我赠送遗物了。情势不允许我放纵感情，我擦擦泪，向他叮咛应该注意的事项。我说："刚才木星蚁向陈哥传话时，我也感觉到了大脑中的白噪。估计这种思维交流，对每个特定个体来说都需要先期调谐。所以你这一趟不要太匆忙，如果感觉到脑中有白噪，就多待一会儿，也许过一会儿就听懂了。再者，从此前的情况看，木星蚁出手应该很谨慎的，即便飞船溅落到海面上，只要没有实施采氢行为，他们大概也不会采取行动。马特，你在实施采氢前一定要慎重！"

马特耐心地听完，说："放心吧。"

他要走了，我上前搂住他，给了一个长久的热吻："马特，别忘了，我在等你回来！"

马特点点头，径自离开。

　　我们用望远镜盯着"蜜蜂一号",看它背负着阳光,飘飘摇摇地沉到五彩的木星大气中。现在,我们和船长的联系就只有无线电波了,而且这个联系也不可靠。我们围在通话器前,不间断地呼叫"蜜蜂一号"。今天还算顺利,很长时间联系没有中断,尽管噪声很大,声音时断时续,勉强还能通话。马特以沉静的语气报着他的位置:

　　"到达……海面之上 400 千米处。"

　　"平安溅落……海面。"

　　"……看到……闪光,光度……很强。"

　　"脑中……白噪声……不懂。"

　　通信中断,我们屏住气息等着,也不停地呼唤着:"船长?船长?马特?"通信中断了很久,按时间计算,此时"蜜蜂一号"应该是处在木星背面。我们心急如焚。足足近四个小时后,通信忽然恢复了,马特的声音:"'五月花号'……'五月花号'……请回答……"

　　我惊喜地喊:"我们听见了,请讲!"

　　"仍然……白噪。我决定……进液口。"

　　我嘶声喊:"马特,你一定要慎重!"

　　过了三秒的电波迟滞后,听见马特说:"总要……试试吧。"他似乎在笑:"小艺……戒指……不算……回去……换新的。"

　　之后通信又中断了,我们一直苦等了近一个小时,再怎么呼唤也没回音。这会儿"蜜蜂一号"肯定在朝向母船的木星半球,通信怎么会完全中断呢？忽然我感觉到异常：通话器中的噪声背景中，似乎能听到液氢充入对那种熟悉的嘶嘶声，偶尔还能听见笃笃的响声，似乎是敲击桌子的声音。我忽然明白了——我熟知马特的习惯，在情绪紧张时，会下意识地用左手中指敲击桌子。看来此刻通信并未中断，他只是有意保持沉默，不想把真相告诉我。实际情况很可能是：此刻他已经明明白白听到了木星蚁的警告，但他不甘心无功而返，仍然决定冒险采氢，来试探对方的底线。他是在玩火，一场危险的玩火。我努力让自己镇静，保持语调的平和，对着通话器说："马特，我猜你能听到母船的通话，我猜你已经听懂了对方的警告，是不是？请千万慎重，暂时放弃这次采氢。请你立刻打开排液口，把已经采到的液氢倒入大海。我想，只要你中止行动，对方也会中止行动的。"

没有回答。

瘆人的沉默。

沉默中我努力想象着下面发生的事。木星蚁，那种高尚、沉静、与世无争的生命，一定在耐心地向入侵者重复着：最后一次警告，最后一次警告，最后一次警告。而马修·沃福威茨船长此刻面色如铁，右手已经悬在排液按钮上，却始终按不下去。关键是，这一次退却也许就意味着人类永远放弃木星的氢能源！作为他毕生的成就，他不甘心。也许此刻他正在同木星蚁斗智，他极其突然地变换小艇的航线，以躲开在前方群聚的蚁群。他认为已经甩开了敌人，咬咬牙，突然向上推操纵杆，小飞艇喷出无色高温的氢离子流，脱离液面向上飞去……

这都是我的想象，正确与否永远不可能知道了。马特一直没有同我们通话，浓密的大气也完全遮断了视线。我们无法知道30万千米之外，1000千米大气之下究竟发生了什么。我们用望远镜提心吊胆地观察下面有没有闪光，一直没有发现。但半个小时之后，母船斜下方的大气层突然冒出一个泡，泡破裂了，一团颜色偏蓝的气团从那儿喷出来，慢慢消散在木星大气层的边缘。在巨大的天文尺度下，这个小喷泉显得十分渺小。

木星的自转角速度比母船快，那个类似喷泉的地方缓缓超过我们，进入观察窗的死角，看不到了。通话器中再也没有任何声音。很久之后我们不得不痛苦地承认，刚才看到的应该是一次巨型核爆，它的力量之大，足以推开1000千米厚的大气层，把蘑菇云的顶端显示给我们。而马特，还有"蜜蜂一号"，已经融化在一团白光中，永远消失了。

我默默流泪，四个伙伴也十分悲愤，但我们无能为力。我在指挥舱的便签簿上发现了马特留给我的信，字迹十分潦草：

小艺：

如果我没能回来，那就证明你的猜想对了。但我不后悔。我尽力了。

我已把这儿的情况报告给世界政府，他们会有办法的。廉价的液氢是60亿地球人的生命线，绝不能轻言放弃。即使为此不得不踩死一些蝼蚁，上帝也会原谅的。你是一只仁爱善良的小绵羊，可惜近乎迂腐。人类要想生存就不得不保留狼性。

那枚戒指留给你做纪念吧，来不及为你更换了，抱歉。

没时间给其他老弟兄们留言了，代我问候他们。永别了！

马修　于即日

这个纸条让我心中发冷。马特太顽固，临死前也没有丝毫忏悔。不过，他并不是为了个人私利，甚至不是为了某个国家、某个民族的私利，而是为了人类，我不愿苛责他，苛责一位殉道者。我把纸条给四个人传看，看完后，他们眼中都闷燃着怒火。瓦杜突然起身说："我再去试试。我不甘心就这么离开。老大不能白死！"

他起身去"蜜蜂四号"。德米特里和艾哈默德看看我，也想离去。瓦杜已经到了通道口，我厉声喝道："站住！"

瓦杜不情愿地停住了，我讥讽地说："我知道你们都有勇气，视死如归，脑袋掉了碗大个疤，对不对？但死必须有价值，否则就只能算是愚蠢。"我放缓声音说："马特死了，我比你们更悲伤，但他……太鲁莽了。咱们返航吧，这次只能空船返航了，回地球后从长计议。"

120天后回到地球。"五月花号"照例留在近地轨道，由地球上来顶班的保罗照看，我们五人乘地球货运飞船下去。与往日不同，今天的货运飞船几乎是空的，只有"蜜蜂一号"第一趟运回的

1 000 吨液氢。120 天的时间并未纾解失去亲人的悲伤，大家都佩着黑纱，表情沉重，默默无语。

货运飞船降落在肯尼迪航天中心。第一眼看见的是马特的遗像，几乎有半个航站楼高，他用平静的、略带苦味的目光盯着我们。看见他的遗像，我的眼泪不由得滚出来。

夜空突然一亮，激光在空中打出巨大的横幅：

魂兮归来

四名仪仗队员表情肃穆，步伐整齐地走上货运飞船，然后抬着灵棺缓步走出来。棺上覆盖着美国国旗，棺前雕着"五月花号"的船徽。当然棺中没有马特的遗体，只有他的衣物。哀乐低回，迎接英魂的公众们泪飞如雨，胸前都抱着马特的遗像。

联合国本届主席、美国现任总统戴维斯亲自欢迎我们。氢时代使地球变成了地球村，联合国秘书长更名为联合国主席。这并不是名义上的变化而是实质上的变化，因为联合国实际上已经成了世界政府，而联合国主席则由五个常任理事国的元首轮流担任。满头银发的戴维斯主席依次同船员拥抱，同我拥抱的时间最长。他低声说："孩子，务请节哀。你的未婚夫沃福威茨先生是人类的英雄，是 21 世纪的普罗米修斯。他的牺牲精神将永远为人类所铭记，为历史所铭记。"他回头对记者们说："女士们，先生们，你们都知道，今天这艘货运飞船几乎是空的，但在我的眼里它仍是满载而归。载的什么？是人类的探险精神、进取精神和牺牲精神。正是靠这些精神，才有了今天的人类文明，而沃福威茨，还有五月花，这两个高贵的名字，就是这种精神的象征！马特走了，活着的人应该想想，怎样才能使他的慷慨赴死更有价值！"

他的演讲向全世界同步转播。镁光灯闪成一片。记者们也过来采访我们五位。我简短地说："主席阁下说得不错，我们要做的，是让马特的死变得更有价值一些。再见。"

迎灵仪式之后，戴维斯主席带领我们到会客室，记者们都被关在门外了。戴维斯主席亲切地招呼我们坐下，把我的座位安排在紧靠他的右手位置，看来他要同我们来一番亲切的交谈。我直截了当地说："主席阁下，什么时候同木星蚁宣战？"众人都一愣，包括我的四个伙伴。我不客气地说："一到地面，我就嗅到了战争的烟火味。您今天又加添了这么多悲痛作燃料，我相信战火很快就会爆燃的。"

戴维斯没有料到我会这样直率，先是愕然，然后是强烈的不快。他冷淡地说："黄小姐，沃福威茨先生的英灵在天上看着我们呢。我们说话行事，都不能亵渎他的英灵。"

我的伙伴们也不快地看着我，只有陈哥低着头，回避着我的目光。同伴们的隔阂让我心里作疼，但我仍直率地说："马特死了，我非常悲痛。但这并不能掩盖一个事实：木星是木星蚁的家园，是属于他们的。"

"但木星的廉价液氢已经成了地球人类的生命线。有了它，地球上才消灭了环境污染、血汗工厂、资源战争，才有了今天的氢盛世。你愿意让地球回到苦难的过去吗？"

"既然如此，那就别拿我们的悲痛做文章。你可以在战争檄文中明白写上：同木星蚁开战，就是为了拓展人类的生存空间，就像当年白人到新大陆去拓展空间一样。"

戴维斯主席不耐烦地说："今天显然不是争辩历史观点的时候。"他转向其他四人："我想，你们四位是马特的老伙伴，应该……"

我打断他的话："还是让我把惹人生厌的角色扮演到底吧。为了替我的地球负责，我不得不打碎一些人的幻想，他们认为小不点儿的、未脱蒙昧的木星蚁对付不了地球的强大军力，这场战争一定以地球的胜利告终。这种观点从眼前看也许是对的，但最终将会铸成大错。确实，木星蚁很渺小、安静、懒散、无欲无求，但他们手里可不是只有印第安人的弓箭，而是有宇宙中最高效的能源使用方式，一旦他们被惊醒，被激怒，极渺小的个体聚合起来，就能变成一串闪光，或者一次核爆，甚至……"我直盯着主席的眼睛，"把整个木星点燃。阁下，你不妨去请教天文学家、物理学家，看看当木星变成一颗超新星时，地球会有什么样的命运。"

戴维斯面色变了，不屑地说："言过其实。"

"120 天前，当我对马特说，一串闪光有可能变成一次核爆时，他也认为我是言过其实。"

戴维斯沉默了，全场都沉默了。我知道战争在即，今天我有意抛弃外交语言，把真相赤裸裸地展现出来，但愿能来得及制止它。

这样做其实是基于对戴维斯的信任,他毕竟是一个成熟的政治家,会对局势进行冷静全面的思考,不会让战争冲昏头脑。长时间的静思之后,他的脸色和缓了,问:"黄小姐,你说该怎么办?"

"最好的办法,是人类彻底放弃木星上的液氢,改用人工方法在地球上制氢。当然,这会大大降低人们的生活水平。我理解人类本性中的贪婪,如果逼他们放弃已经享用的便利,他们一定会坚决抵制的,没有哪个政治家敢得罪大众,就像在 100 多年前,与温室效应斗争时,没有哪个西方总统敢让国人放弃大排量汽车。"戴维斯一直认真听我讲下去,"那么我说一个折衷的办法,如果按我的办法做,也许事情能和平解决。"

戴维斯很有兴趣:"请讲。"

"第一条,把所有从木星上运回来的'铁结核',也就是木星生命,全部运回去,撒放在大海里。据我研究,虽然它们在地球上长期脱离液氢,但并没有死亡,回到液氢海洋后仍会恢复活力。我们以此向木星生命做出忏悔。此后采氢时要加过滤,避免再把木星蚁带走。"

"这一条毫无问题。往下讲。"

"地球人类首先要自律。改变对液氢的过量使用,比如,'五月花号'要增加制冷系统,禁绝再浪费液氢。地球上使用液氢更要节约一点。据我估计,每年八万吨液氢就够用了。我们把它定为每年向木星索取的最大数额。"

戴维斯考虑一会儿:"这一条也可以行得通。"

"第三条，所有地球人在使用木星液氢时，要做感恩祈祷。就像原始民族在分食野牛或猛犸象之前要举行仪式，感谢野兽允许人们猎食它；或者像西方人的饭前祈祷，感谢主赐予今天的饭食。这样做，既是我们的心声——我们确实应该永远对木星生命的慷慨感恩、对大自然感恩，也有实用的考虑——既然木星蚁能把他们的思维传给我们，应该也能听到人类无声的祈求吧。但愿他们会俯允我们的请求。"

戴维斯的脸色完全和缓了，微微一笑："黄小姐是中国人，你大概不大习惯这种感恩祈祷吧？"

我不知道他的话中有没有暗藏的骨头，不管怎样，我很干脆地说："你不必担心，我们能学会。"

到这会儿，屋里的气氛显然变轻松了。戴维斯说："谢谢黄小姐的诤言，更感谢你的建议。我一定和同事们认真讨论。"

"五月花号"经过改造，加装了隔热层和制冷系统；新配置了一只飞艇，仍命名为"蜜蜂一号"；四只飞艇在进液口前都加了滤网。五月花公司董事会任命我为新船长。一年后，"五月花号"再次飞抵木星。

我照例让母船停在距离木星30万千米之外，坐上陈哥开的"蜜蜂一号"，向木星降落。飞艇接近液氢海面时，我打开排液口，把从地球运回的"铁结核"撒到海里。离开地球前我还向公众征集了所有用铁结核制成的首饰，包括马特赠给我们的胸牌或戒指。它们经过熔炼，当然不可能恢复生命力了，但我也全部投入海里，以表达我们的诚意。然后，我和陈哥，还有母船上的船员，还有七八亿千米之外的 60 亿地球人，同步开始了我们的感恩祈祷：

高贵的木星生命：

谨把你们尊贵的同伴送还。地球人曾因无知而误伤了木星生命的一些个体，我们诚惶诚恐地乞求你们的饶恕。以后我们永不会重蹈昔日的错误。

我们曾从木星上运走了 10 船液氢，那已经成为地球人类的生命线。如能蒙木星主人的恩准，让我们以后每年取走半船液氢，我们将感恩不尽。地球上也许有你们需要的东西，如果你们提出索取，我们会把它看作无上的荣幸。

如果恩准我们继续采集液氢，我们会小心避免误伤或带走你们的个体。

如果你们拒绝，我们会欣然照办并空船返回。

愿我们永远是和睦的邻居。

"蜜蜂一号"在液氢海面上静静滑行，我不语不动，尽力进入冥思状态，聆听木星生命的回答。我的大脑中一直没有回音，也没有白噪声。我睁眼看看陈哥，从表情看，似乎他也没有得到明确的回答。但很奇怪的是，我分明感到了欣喜的情绪，那是数以亿计的曾被中断生命的木星蚁返回故园后的欣喜，它在液氢海洋上弥漫回旋，组成了无声的喜之歌，也漫到我的大脑里；我也感受到一种博大的静谧，这种静谧是木星生命与生俱来的本性，曾被人类的入侵短暂中断，现在又迅速恢复了，并让我受到同化。虽然我们一直没有接到"准许采氢"的回答，但我对陈哥说："打开进液口吧。"

陈哥稍带疑问地看看我，我微笑着点点头。进液口打开了，飞艇腹部响起熟悉的嘶嘶声。因为在进液口加装了细目滤网，所以液氢充入的时间要长一些。采氢过程中，陈哥一直担心地看着后方，看那儿是否会出现警告闪光。我也在向后看，但实际上我（没什么理由地）已经知道：不会有警告和攻击的。他们已经回归了宁静祥和的本性。

"蜜蜂一号"顺利地采足了氢，回到母船，没有受到任何惊扰。我在起飞前联系上了母船，对正待命的三个船员说："没问题了，你们都可以开始'采蜜'了。"

之后的几个星期里一直非常平静。陈哥心中总有些不踏实，吃工作餐时对我嘟囔着："他们同意咱们采氢，总该说一声同意吧。"

我笑着说："你放心吧，他们本质上是非常安静懒散的种族，每天只愿意躺在绿茵地上晒太阳。如果有强盗闯进屋里杀人，他们当然会奋起抵抗的；如果是邻家小孩进来拾几颗杏子，哪怕每年都要来，他们会认为是不值得关注的小事，连起身招呼一声都懒得做，更不会向对方提出什么补偿要求。"

18 天后，两个货舱里已经充入 8 万吨液氢，我说停止吧。瓦杜说，空着大半个货舱回去太浪费了，要不咱们装够 16 万吨，明年就不用来了。我立时沉下脸，冷厉地斜他一眼，我少见的严厉让他打了一个寒战，连忙赔笑说："我的小艺妹妹船长，别生气嘛，我只是开玩笑。"

我冷冷地说："有些玩笑是不能开的。"

瓦杜嬉笑着："妹妹船长别生气。拍拍你的马屁吧。你在谈笑之间让人类度过了一次大危机，联合国应该颁予你'人类英雄'的称号。"

我叹息一声："从长远看，恐怕危机并没过去。"

艾哈默德几位都奇怪地问："为什么？你说木星蚁以后会反悔？"

"危机不会出在这儿，是在人类社会。已经奢侈惯了的人们恐怕不会满足于每年 8 万吨液氢。也许有一天，我，甚至加上戴维斯主席，都会遭千夫所指，被骂为'丧权辱球'的罪人。"

伙伴们沉默了。陈哥安慰我："哪能呢，不会有这么无耻的人。"

我不想说下去，疲倦地说："但愿吧。"

采氢完成后，我让陈哥在母船上值班，其余人驾着飞艇再次去木星，做最后一次感恩告别。我的驾驶技术已经过关，自己也驾着一艘。四只飞艇排成一排，整齐地在海面上滑行。我让所有人都在心里默默祈祷，感谢木星主人赐予我们的宝贵礼物。我想他们肯定听到了我们的心声，但仍然保持着缄默。飞艇就要升空了，通话器中忽然传来德米特里震惊的声音："船长你往前看，一大团黑影！"

我，还有其他两位都看见了，就在飞艇前方聚着一大团黑影，比我第一次采氢时所看到的要大得多。那次，黑影变成了一团强烈的闪光，那是木星生命所做的一次"实弹射击"式的警告。德米特里说："船长，是陷阱？最后的清算？"

他是说木星蚁在最后一刻为我们准备了毁灭，我从直觉上不相信。飞艇离那团黑影越来越近，忽然我失声喊："是马特！"

的确是马特。当然不是他本人，不是他的实体。这个马特是亿万只木星蚁聚成的，呈半透明状，很像激光立体全息像。我们能毫无困难地辨认出他的形貌，但也能透过他的身体看到后面的波涛。马特随着飞艇旋转着身体，始终保持面向我，平静地凝视着，无悲也无喜。我不知道木星蚁如何做到这一点——在用氢爆把"蜜蜂一号"化为乌有时，却完整保存了马特的信息。但我知道，木星蚁是以此来抚平我的伤痛，他们——通过某种我们未知的途径，知道了新船长与死者的特殊关系。

我喃喃地说："谢谢你们，木星主人。永别了，我的马特，但愿你在这个伊甸园里得到永生。"

我们围着"马特"转了几圈，"马特"的身体逐渐变淡，最后如轻烟般飞散。我朝那儿看了最后一眼，开始加速离开液面，三只飞艇依次跟在后面。

二泉

刘　洋＼作品

小松不断地变换把位，滑音伴随着跳弓，组成了一段强烈的控诉，那种愤怒的情绪完全释放了出来。这是人类的愤怒。

科 幻
硬阅读
DEEP READ
不求完美 追逐极致

◆ 1 ◆

　　小松挺直了身子，左手的虎口夹握着琴杆，右手持弓，微微用力运弓，弓毛在内弦上滑过，发出一声清亮的长鸣。随后，声线婉转，曲调连降了几个小八度，仿佛从高山一下子跌到了谷底。左手的把位也连连转换，食指在弓弦上自然地下滑，不时揉动着。弓弦振动，黑鳞蛇皮蒙着的竹腔中，发出了如泣如诉的悲鸣。

　　仓库中很安静，人们散乱地盘踞在各个角落，屏息聆听。

　　《二泉映月》的曲调在空荡的房子里回响，宛如留给这个世界的一曲挽歌。

　　小松第一次接触二胡是在太爷爷家。太爷爷住在西郊的一个小院里。青砖砌成的墙上，爬满了藤蔓。二胡就挂在堂屋的侧面墙上，乌黑油亮，显然是经常擦拭的缘故。

弓弦上的马尾耷拉着，在阳光下，一根一根的，晶莹剔透。

"身子要坐直，左脚搭上来，对，然后把琴筒搁在左腿上。"太爷爷看着小松费力地扬起左手，吃力地够着细长的琴杆，皱了皱眉，又道，"算了，你还是两腿平放吧。"

小松这才勉强握住了琴轴下方一个把位的地方，右手紧张地抓着弓弦，一脸期待地看着太爷爷。

"好吧，拉拉看吧！"太爷爷看着小松这副猴急的样子，不禁笑了。

他兴高采烈地挥舞起弓弦来 —— 可是什么声音都没有。

"贴着弦拉，用力！"

小松这才看清楚，弓两边各有一根钢弦。他手腕用力弯曲，把弓弦紧紧压在内弦上，再用力一推。这次，一阵嘶哑干涩的声音终于断断续续地传了出来。

吱吱哑哑！

那年他六岁。

"拉拉拉！你就知道拉！"老妈一把夺过小松手里的二胡，一手把一张成绩单甩在他面前，"看看你这次考了多少分！"

成绩单在空中晃悠了片刻，然后自动展开成了一个平面。不多久，它又变成了一个三维柱状图，显示出了全班的成绩分布。其中一个凹陷的地方，用红色字体显示着陈松两个字。

"还给我！"他涨红了脸，气呼呼地说。

"没门！下次数学及格再说。"老妈拿着二胡就要出去。脚下一沉，小松竟然死死地抱着她的腿。妈妈拽了拽腿，像坠了块大石头，死沉死沉的。

"放开！"她大声呵斥着。男孩紧闭着嘴，一声不吭。

良久，屋里终于传出一声长长的叹息。

小松八岁的时候，太爷爷去世了，因为肺癌。死之前把二胡给了小松。小松现在还记得当时太爷爷的样子。褐色的、布满皱纹和裂痕的手，紧紧握着琴杆 —— 小松从这样的手里接过了二胡。太爷爷嘴里插着透明的胶管，说不出话来，只是用一双浑浊的眼珠盯着小松。突然间，这样的眼睛里就流出了两行浅浅的泪。泪水在沟壑重重的脸上缓缓浸润着，像是干涸大地上的两股清泉。

小松用小手抚摸着太爷爷的手。那手的食指和中指上都长着厚厚的茧。当时他还无法理解发生的事情，只是从内心深处感到一种畏惧。好多叔叔阿姨，认识的不认识的，都静静地站在病床的周围。这种肃静的氛围使他觉得不舒服。他便低下头翻来覆去地看着那茧 —— 它硬硬的，焦黄而干枯，摸起来让小松觉得微微的刺痛。

　　三年级的时候，家里又多了个弟弟。小家伙圆滚滚的，挺可爱——就是听不得二胡的声音，一听就哇哇大哭。刚开始他把棉花塞到琴筒里，静悄悄地拉，过了一阵子不禁觉得憋闷，便常常跑到河边的树林里去练二胡。树林离家有两三里路，跑来跑去，身体也跟着强壮了起来。站在河边，他长吸一口气，就开始拉《江河水》。一曲拉完，接着是《听松》《光明行》《良宵》。河边的风声、鸟鸣，就是最好的伴奏。他的小手已经可以熟练而准确地找到弦上的指位，按弦柔和，换把的动作也逐渐变得自然。颤音和滑音的穿插，跳弓的华丽技巧，他也努力地练习着。他闭着眼睛，在二胡声中细细体味那些微妙而丰富的情绪。

　　不知过了多久，等到夕阳渐渐被河对岸的城市楼群完全遮蔽住的时候，他开始拉最后一曲《二泉映月》。这个时候，他总是想起太爷爷在病床上流泪的样子。他微微地弓腰，用上全身的力气去拉，二胡的声音便显得愈发嘶哑和悲怆了。弓弦轻灵的跳动，仿若活物。

◆ 2 ◆

　　仿佛是一夕之间，各地同时开始涌出了滚滚的泉水。

　　那水看上去和普通的水别无二致，可是人喝了之后，会渐渐变得痴呆，忘了自己是谁，身体不受控制地开始随处大小便，眼珠子也定定的，一动不动。过了几天，身体机能又神奇地恢复了，可是思维就像是被控制了一般，只知道成天拿着锄头，到处挖泉水。

这样疯疯癫癫的人越来越多。

两个月后，各国政府像是商量好了似的，突然将这些人全部关押隔离起来，同时宣布国家进入战争状态。

战争？跟谁开战呢？没人知道。

过不多久，自来水也不能喝了。说是被泉水污染了。只有把水煮开了，再让水汽慢慢冷凝出来 —— 也就是蒸馏水，才可以安全饮用。社会上都在传，那水里据说是有怪东西。

大人们惶惶不已，小松仍然每天按时去上学，放学回家后去河边拉二胡。拉之前，他会细致地调一会儿音，有时候弦松了，他就握着弦轴，微微旋动一点，把弦绷紧。他最近觉得自己在高把位上拉得过于刚劲，还不够圆润。于是他一边琢磨着，一边试着拉了几个高音。

这时，旁边突然传来了一阵哄笑声，一个夸张的声音说："这是什么东西啊，怎么跟驴叫一样！"

他转过头去，是几个穿着校服的高年级学生。他不认识他们，便又低下头继续调着弦。

"来，再给我学个驴叫！"

"马叫也行啊！"

他们嘻嘻哈哈地围着小松，对着二胡指指点点。一个人伸手过来，似乎想要摸一下那雕花的琴头。

啪！小松条件反射般地把那只手打开了。

"哟，小子挺犟啊！想找抽啊！"

"你几年级的啊？"

小松抱着二胡，转身想走。可是几个人把他围起来，他怎么也穿不出去。他们像踢皮球一样把小松推来推去，大声怪笑着。小松只是低着头，紧紧护着二胡，一声不吭。

过了没多久，他们大概也觉得没意思了，便一阵哄笑着走了。

他紧紧抱着二胡，就像抱着另一个温暖的生命。他清晰地感觉到那生命的脉动。眼泪不受控制地从眼眶中滑落，滴在琴杆上，浸润着那乌亮的细杆。

"其实人和二胡一样，都是皮包着骨，骨连着筋。最要紧的就是要绷紧了两根筋，挺直了脊梁。"太爷爷笑着对他说。

一阵风吹来，刮过他的耳廓，轰轰作响。眼泪也在不知不觉中风干了，剩下涩涩的泪痕，有种微痒的触感。

终于，他慢慢抬起头来，站直了，看着奔腾的河水，长长地吐出一口气。他静下心来，重新操起琴。手中那种沉甸甸的实在感，让他一下子又回到了现实中。

那是他最后一天在河边拉琴。那天之后，泉水终于在全世界露出了它狰狞的面目。

◆ 3 ◆

这里本是一个冷藏库。四周的墙角处现在还依稀可见一些蔬菜叶片的残渣。冷气已经开到了极限，室内温度降到了零下十几度。每个人都穿着羽绒服，裹在厚厚的棉被里，只露出一双木然的眼睛和通红的鼻子，不时呼出一条长长的白气。

带着皮手套丝毫不影响小松的演奏，他完全沉浸在音乐的世界里，闭着眼睛，身子微微蜷起，脑袋随着节奏微微晃动着。他似乎已经忘记了寒冷，忘记了在仓库外面，正不停蔓延过来的泉水。

泉水的主动出击显得很突然。最早见到这一景象的人，曾经语无伦次地这样向别人描述："它们就这么流过来了，不快，但是邪门得很。不不不，不是流，是爬过来。它们可以往高处走，时而分开，时而合拢，像什么动物——不，什么动物也不像，不知道像个什么玩意儿！它们就这样向你涌过来，附在你身上，从你鼻子、耳朵、眼睛里钻进去……太吓人了，吓死人了……"

现在人们知道战争的对象是谁了。

是水！它们确确实实是水，而不是类似水的什么东西。无数个实验室对它们进行了大量的分析，不管是从物理性质，还是从化学成分上看来，它们都和水别无二致。一个氧分子，两个氢分子，明明白白。唯一的不同出现在同位素测试中：它们的氢元素中，混有约十分之一的氘，远远高于地球上氘的比例 —— 有猜测认为它们是来自某个冰陨石。

向高处流动的时候，它们分散成极薄的液膜，借助表面张力的拖拽缓缓移动 —— 类似于毛细现象。不知这是它们的一种本能，还是有意为之 —— 如果是后者，那么这毫无疑问是它们具有高等智慧的体现。

恐慌以千倍于水流的速度蔓延着。抢购食物和安全的水，躲在高处 —— 有什么用呢？水迟早会蔓延上来。不如开车出逃吧，可是又能去哪里呢？

水是最柔弱的，又是最顽强的。它们一旦认定了方向，就无可阻挡地向着那里进发。

甚至火也无法阻挡它们。有人点燃草墩，试图阻挡它们的前行，可是在汹涌的潮水中，火堆很快就变成了一团青烟。

据说现在政府机构已经转移到了全封闭的空间里。层层的隔水材料组成的围墙中，还间杂着真空层和高温层。民众在度过了混乱的几天后，开始在政府的指挥下，到建立在高处的那些大型冷藏库里集中避难。

泉水在仓库外围结成了厚厚的冰，像战死的尸体。

仔细听，耳边还有一种细微的"沙沙"的声音。那是更多的水从远方渗透而来的声响。从这声音里，你仿佛能看到它们前赴后继涌动的画面：无数尖锥形的水分子，因为极性缔合作用，抱成一个个的小团，它们翻滚着，颤动着，或者被挤压着，跌跌撞撞地前进。最后，在冷气中，一个个强力的氢键快速形成，把它们束缚住，围绕着水中的小冰晶，迅速形成了一大块规则的结构——终于谁也动弹不得。

就在人们以为能长出一口气时，情况却又恶化了。

也许可以称为一种"进化"。在围困持续到第三天后，一部分水流从冰层中缓缓地流淌了进来。人们不可思议地看着它们，像是看见了魔鬼。

"这是……过冷水 ①？"一个戴着复古眼镜的中年大叔惊恐地叫喊起来。

"什么东西？"

"过冷水是啥？"

---

① 过冷水：指在零摄氏度以下还保持着液态的水。过冷水是水的一种亚稳态，遇到凝结核或者振动时，会破坏掉这种平衡。

人们在惶惶中议论着，炙热的心也仿若掉进了冰窟，渐渐变得冰冷。

仓库就像一座困守的孤城，在潮水的拍打中飘摇。

◆ 4 ◆

"小松呢？小松去哪儿了？"老妈那颤抖的嗓音在门口响起。

"刚才还在这里⋯⋯"背着一个大背包、提着鼓鼓囊囊口袋的老爸也疑惑地四处望了望。

很快，小松就从家里冲了出来，手里拿着二胡。

"都什么时候了你还拿着这个！"老妈伸手就要把二胡夺过来，小松连忙紧紧地把它抱在怀里。

"好啦好啦，赶紧走吧。"老爸不耐烦地催促道，"再不走就走不了了。"

这是一家人出去避难那天的场景。在汹涌的人潮中，老妈抱着年幼的弟弟，老爸背着匆匆准备的食物和衣服，小松紧紧攥着他的二胡。空气中都是汗臭味，间杂着刺鼻的劣质香水的味道。一家人挤成一团，脚步慢慢地挪动着。在仓库前面，人群排起了长队。路两旁是灰蒙蒙的围墙，掉落的瓷砖露出了埋在墙体里的老旧电线。

小声的低语、沉重的叹息、婴儿的哭闹、老人的咳嗽，混合成一片嗡嗡声，笼罩在你的头上，让你什么也听不清。

这样的避难仓库在本市有几十个。

它是一个平顶的矮房，外围的大厅是冷藏区，温度在零摄氏度左右，核心区是专用的冷冻区，温度更低。自从过冷水在几天前出现后，大家都转移到了核心区域。

"过冷水不结冰是因为缺少凝结核，"戴眼镜的中年男子是个大学教授，他建议道，"去撒点灰尘和沙子什么的试试？"

于是有几个自告奋勇的便收集了一小撮粉尘，到大厅里过冷水蔓延的地方，奋力泼上去。果然有效果，过冷水很快就结了冰。可是很快地，那冰块又缓缓地动了起来，那状态既不像水也不像冰，倒有点像黏黏的沥青。教授说这大概是"玻璃态"。几分钟后，过冷水又重新变得清澈起来。

"毕竟不是一般的过冷水啊！它竟然可以慢慢地把凝结核排挤出来啊，这下麻烦了……"教授一时间也没主意了。没法子，只好让人不时地往水里掺沙子，至少可以延缓一下它前进的脚步。

"水已经浸满大厅了。"有人哭丧着脸回来汇报道。

"没用的，没用了……"小松听见旁边的人这样喃喃地说。虽然在冰冷的仓库里，这人的眉间也冒出了细密的汗珠。

"完了，全完了！我们这些人都得死！"终于有人竭斯底里地大喊起来。

不行啊，这样下去，水还没进来，人就已经崩溃了吧。

"小朋友，看你带着二胡，不如给大家拉一个吧。"这时，一个矮胖的老人突然出声说道。他的声音很洪亮，一下子压过了仓库里窃窃的私语声。说完，又望向小松左右的父母，笑眯眯地说："可以吗？"

小松紧张地望向父母，后者彼此对视了一眼，默默地点了点头。

直到这时，很多人才注意到在墙角边的这个小孩和他手上拿着的乐器。

小松盘腿坐在铺着棉毡的地上，挺直了小身板，把琴筒放在小腿上。在这冰冷的世界里，褐色的二胡，仿佛透出了一股温暖的气息。有一股气在小松的肚子里涌动，似乎迫不及待地想要迸发出来。他还是仔细地调了调弦，试着拉了几个音。

独特的弦音回荡在仓库里，人们一下子安静了下来。

第一次在这么多人面前拉二胡，小松觉得呼吸有点急促，脸也变得红红的。然而，当他把弓搭在内弦上，闭上眼睛，从手腕上传来的那种熟悉而亲切的触感，瞬间让他忘记了一切。他又回到了河边的树林里，他能感到潮湿的河风吹过脸面，夹杂着一丝鱼腥味和铁锈味。他站在河堤的前面，脚下的草丛中散落着花花绿绿的塑料口袋和电子垃圾。在他的身后，是一排高大的柳树，长得极粗壮，可惜一点都不直，歪歪扭扭地互相缠在一起。夕阳映照在身上，闭合的眼睑处只感到一阵红彤彤的光。

然后，他长吸一口气，揉弦推弓 —— 一个个古老的音符便从弦上蹦跳了出来。

◆ 5 ◆

水已经从门缝下漫了进来，或许是这里的温度更低的缘故，它流动得更加缓慢了。撒沙子的人不知何时已经停止了动作，他麻木地看着这水从自己身前流过，向着仓库的更深处漫去。

流水的触角向着人们脚下伸展，它探头探脑地涌动着，时而快时而慢，转眼间便附着在人们厚厚的皮靴上，再缓缓向上浸润而去。

人们克制着不往下看，然而身子已经不自觉地颤抖了起来。

这时，一阵奇怪的"赫赫"声从上方传来。这声音越来越近，越来越响。到最后，汇合成了一片宏大的气流扇动的声音。

"是直升机！"有人兴奋地喊了出来。

"就在我们楼顶上！"

"快走啊，我们得救了……"一个人抢着要去开门。上楼顶的楼梯在外面的大厅里。

"等等！"门口的一个人猛地喊道，"你看外面！"

透过门上的玻璃窗，可以看到大厅里波光粼粼的景象 —— 水已经有一尺多深了。没有风，可是它们通过彼此互相激发振荡，涌起了一波波的浪潮，从远处冲过来，"啪"的一声拍打在铁皮包裹的大门上。

没有路，我们被困住了。

该死！就在马上要得救的时候，竟然……

本来麻木的心，重新激发出生的希望，而这希望却像肥皂泡般，立刻就破灭了。这种心理煎熬，确实会让人疯狂。

"下面还有人吗？"楼上传来扩音器的声音。

这声音像沙漠中的幻象，似乎近在眼前，却又远在天边。终于，有人完全崩溃了，他发出一声疯狂的吼声，然后不顾一切地推开人群，向着大门冲去。

嘭，一阵踉跄后，他狠狠地摔在了地上。周围的人这才发出一阵惊呼。

他的鞋子竟然被冻在了地上的冰层里。

漫入仓库的水，不知何时竟然结成了一层薄冰。

"怎么会这样？突然就结冰了，明明刚刚还……"教授狐疑地把脚从冰里拔出来。突然，他脑中闪过一个念头，一个近乎古怪的可能冒了出来，"难道是……二胡？"

过冷水是一种微妙的亚稳态，要使其结冰，一种方法是加入凝结核，另一种方法则是 —— 振动！声音就是一种振动！想到这里，教授突然大步走到门前，把大门拉开了一条缝隙。一条汹涌的水箭顿时喷射进来。人们纷纷退后，或者爬到一些低矮的木箱上面。

"啊 —— 喝 —— 呜 ——"教授大声地对着水流发出各种奇怪的声音。

人们以一种古怪的眼神看着他，狐疑地四顾，小声议论着。

没有用，水流仍然一往无前地蔓延着。

这时，他转向小松，大声喊道："小朋友，你再拉拉看！"

小松愣了愣，然后下意识地抬起右手，推着弓从弦上划过。

在这一刻，水流顿了一下，仿佛狠狠地撞到了什么东西。

教授的脸奇怪地抽动了起来，肩膀也跟着微微抖动，终于，他"哈哈"大笑起来："音色，只有特定音色的振动才可以……特定的谐振峰衰减模式，不能随便来啊……啊哈哈！"他语无伦次地笑着说，笑得眼泪都掉了下来："拉吧，孩子，继续拉！"

小松点点头，开始演奏《二泉映月》的第六段。这一段是全曲的高潮，曲调激昂，小松不断地变换把位，滑音伴随着跳弓，组成了一段强烈的控诉，那种愤怒的情绪完全释放了出来。

这是人类的愤怒。

涌入的水流慢慢停滞了下来。清澈的水面开始变得浑浊，一点点地冻结。人们欢呼起来，跳下木箱，兴奋地踩着冰面。

"二胡有一种孤傲的品格。你的琴悲则悲矣，只是一味的苦，没有傲骨，终究还是缺少一点神韵。"太爷爷叹息着说。

"什么是傲骨啊？"小松皱着眉头问。

"呵呵，这个啊……等你长大就知道了。"太爷爷摸着小松的头，笑着说。

"下面的人请注意，迅速到楼顶集合！"扩音器的声音再次传来。

在人群的簇拥下，小松大步地向着外面的大厅走去。他微微低下头，含着胸，把二胡贴在胸前，身子也随着右手的伸缩而俯仰着。二胡的弦音在大厅里激荡。地上的水无力地挣扎着，打着旋想要往回走——终于还是完全冻住了。一尺多厚的冰层上，小松和他的二胡紧紧地贴在一起，看上去仿佛融为了一体。

小松突然觉得，现在的琴声似乎和平常有了些不同。

或许，这就是太爷爷说的那一点神韵吧。

不知何时，两行清泪从他的眼睛里涌了出来，就像两洼汩汩流动的泉水。

渐进自由

梅 林 ╲ 作 品

当我回过神来时，地球已经被扭曲成长条状。无数折光棱镜在天空中四散，就像是一道崭新的银河。

科幻
硬阅读
DEEP READ
不求完美 追逐极致

◆ 1 ◆

那是 27 年前的一个夏至夜。

聚会散去，我和他又心照不宣地选了同一条归家路，一起走在熟悉的闹市间，穿过灯红酒绿的城市夜景。

我知道他走过了本该分别的路口，可他不知道我也稍微绕了点远路。高下立判。

我把这看作某种奇怪的默契，以一个男生的犯傻为前提。

经过我多次的斯巴达式教育，这个叫季鹰羽的男人终于学会走路时把女生护在内侧，主动走在靠外的一边。他也终于没有穿着校服就匆忙赶来赴会，好歹换了身还算体面的休闲装。这么一想，我不禁暗自得意几分。目光向他那边侧了侧，我们两位数的身高差似乎也不是那么显眼嘛。更何况我还占据了心理的制高点，似乎自己才是那个高出 20 厘米的人。

只是美好的假想而已。

事实上，他开头第一句话是："啊，好饱。"

接着开始扯到学习："早上的英语考试好难啊！"

然后开始用搭讪的架势聊今天下午的物理讲座："董月，关于下午讲座上那个概念……"

"渐进自由。夸克间的爱情故事。"

真没出息。我赌气般地快速迈步，他在后面不知所措地追赶。

我早该知道的，这个男人就是这种货色，毫无魅力可言。从他脑子里满溢出来的享乐主义和自我主义散发出极度恶劣的气息，令人忍不住想要给这呆傻的脸来个两巴掌，似乎把他弄哭才是让人心情舒畅的最优解。

我紧咬下唇。

那是个晴朗的夏夜，喧嚷的人群和车流仿佛以二倍速飞过我们身边。我们就像是一前一后走在宁静的田间小路上，闹市的喧扰并不比草丛中的虫鸣更为响亮。远光灯在我脸上接连滚动，脑中想的却是同样的光斑会如何拂过他的脸颊——

那年，我 16 岁，他 17 岁。对我们来说，也许这只是又一个平常的日子。

"喵。"

一声绵软的猫叫打破了并不存在的僵局。他先行一步跨越沉默，像一只兴奋的小猫扑向街边的另一只小狸花。他用纤细的手指轻轻挠着猫咪的脑袋，双眼微眯，静静听着猫咪的呼噜声。我慢慢走上前去，内心的某个声音怂恿我试探着伸出右手。不可思议的是，它竟然主动蹭了上来，吓得我几乎要抽回手去，心跳声震耳欲聋。

"不喜欢猫吗？"他看着我。

"不，不是。"

这是一种很新奇的感觉。我把手伸出去，感受柔软的皮毛在手心轻蹭，奇妙的触感从手心延伸到脊背，全身都因此而放松。

我回头，发现他饶有兴趣地看着我的脸。

"怎么了？我脸上有什么东西吗？"

"你笑了。"季鹰羽像是发现什么宝藏一般，眼神中闪烁着光芒。

一阵清风从耳畔扫过。街上的行人已经变得稀少，店铺一家接一家关闭。卷帘门的轰响连续响了好几次，才勉强把我惊醒。

他闯进路灯的光下，双眼与我的目光不期而遇："走吧，董月。"他轻声说。

那只是一个普通的夏夜而已。

如果硬要说有什么特殊的情况，就在那一天，冥王星遭受了动体武器的打击。"收藏家"对太阳系的企图，从那天开始进入人类的视线。

◆ 2 ◆

从很早开始，直到 27 年之后的今天，我一直相信有一种力量在把我和季鹰羽吸引在一起。但在逐步靠近的同时，那股力量又在渐渐变弱，直到世界的阻力再次占了上风。我们间的联系因此变得微弱，仿佛随时都可能断开，再无瓜葛。我们不再是两个紧密联系的夸克。

但我绝不会让那种事情发生，绝对不会。

在父亲遭遇车祸去世前，我曾单纯地以为身边的人们，不，是全世界的人们，正如我在故事书中看到的那般相亲相爱。

后来我才知道，我的父亲是个情报贩子；通俗而言，就是国际间谍。他在国际情报网上小有名气，在各地辗转牟利。但就在他准备金盆洗手，带我回中国定居时，他的老东家们早已盯上了他。

"这就是背叛的下场。"黑色的轿车碾过父亲的尸体，一个陌生大叔点着烟，在我身后幽幽地说，"你以后可不能当个间谍啊，小妹妹 —— 可别像你爸爸一样。"

仿佛是踏着我和父亲的尸体一般，那个人走出了我的世界。

父亲的葬礼之后，母亲带着我回到中国。我的名字从某个繁复音节的组合变成了"董月"。

我觉得这不像个名字，而像个代号，用来代替那个不够体面的外文真名。那些人似乎放过了我们，我们母女俩之后的生活还算是平静。

刚上小学的时候，我对一切都感到陌生。也许我有些天分，加上好强的性格，没有人真正愿意做我的朋友。学校的同学和老师不知道从哪儿听说了我的身世，看着我的微笑总是夹杂着异样的眼神。外公和外婆看我的表情混着同情和厌烦，他们本是通情达理的人，可在无尽的流言蜚语中似乎也不断扭曲。

我没有资格否认任何人的关心和爱护。但我下定决心，不能再去依靠任何人。

在高中刚开学的时候，母亲因为积劳成疾去世。葬礼那天我提前请了事假，备注空着；我不想因为这样的事情招致多余的关心。更何况，对母亲的问候必然会涉及另一方，这是不必要的麻烦。不为人知地离开，第二天再一切正常地回到校园，这样就行了。我一个人没问题的。

那天的天气很好，远处的建筑就像是拓印在灰蓝幕布上的油画，呈现出奶油的黏腻触感。我跟着一群面色凝重的陌生人坐上了去往火葬场的车辆，面色平静地注视妈妈被推入焚烧炉，在一片无言中抱着黑色的盒子坐上归途。书包太小了。可是妈妈也变得这么小。

葬礼很简单。我不认识的人们用奇怪的表情对着黑白的笑脸献花、鞠躬。他们经过我身边的时候，用不同的音调说着话。他们说："要听话。"我说好。他们说："请节哀。"我说好。他们说："一定要健康快乐。"我也说好。

我偷偷溜出来。站在楼顶吹风的时候，我想着要是再有人问我，我一定要找个机会说句"不好"。

但其实没机会了。我远没有自己粉饰的那般坚强。当有人发现我的时候，我正在角落里抱着双膝，泣不成声。那个人好像被吓到了，匆忙跑过来问我发生了什么。我没有回答他，只是抬头瞪了他一眼，却说不出什么有威慑力的话。估计他也是个挤不出什么安慰话的蠢货，就仅仅待在那里，不知所措。这样最好。有个观众也不错。反正我什么也不想管了。

原来眼泪是这么烫的吗？

我不知道我哭了多久。我毫无保留地倾泻着压抑的情绪。也许是一小时，还是两小时后，总之很长一段时间，无法呼吸的感觉终于离开。我抬头，发现他还蹲在我旁边，此刻拿着笔不知道在干什么。

"你在干啥？"我抽了抽鼻子，尽量装出什么都没发生过的样子。

"写作业啊。"

"你怎么不回去写？"

"那你怎么不回去哭？"

一股无名火从心上涌出，我开始讨厌这个穿着和我同样校服的男生。

"那你继续在这里写吧，我回家了。"

他向我伸出手，被一把打飞。我站起身，理了理衣服，一边向楼梯口走去："你和我一个学校的吧？你要是敢把刚刚发生的事情说出去，你就别想继续留在——"

我一边学着电视剧放着毫无根据的狠话，一边摸索着口袋，发现没有带钥匙，脸色微微变化。他也收拾收拾地上的练习册，站了起来，却没有要离开的意思。"怎么停下来了？你不是要回家吗？"他无耻地问。

"不用你管。我突然不想了。你呢？你还不回去？"

"我没带钥匙。看你一个人在这儿，我就留下来做个伴。"

"谁要你做伴！"

他挠挠脑袋，"搞不懂，"他说，"我叫季鹰羽，你呢？"

"董月。"

"哦，我有印象，我们似乎同班啊。"谁要跟你同班啊。

"那这样，董月同学，既然我们都回不了家了，那我带你去个地方。"

"我包里常备防狼喷雾，建议你三思。"

"不是啦，那里可是我的 —— 秘密基地。"

我把防狼喷雾掏了出来。

他似乎是没辙了，"这么说吧。"他耸耸肩，"你 —— 想见外星人吗？"

他笑着说出这句话，然后真诚地看着我。

我想，他大概就是我遇到过的最不可理喻的人。

更不可理喻的是，我答应了他。

他喜出望外。

于是，那个讨厌的男孩带着我左拐右拐，踏进城市的黄昏，在幢幢黑影间窜进窜出。我手上始终握着防身的喷雾，却迟迟找不出合理的由头把他扔进堆满垃圾的角落。也许他只是真的又傻又蠢，而不是个少年诱拐犯，我不由得这么想。

就在两种想法未分胜负之时，他告诉我，到地方了。

我绕过他的身体，站在小巷的尽头探身向内望去，映入眼帘的却是一片废弃的建筑工地。钢筋散落，沙尘飞扬。每踏出一步，鞋底各处便会传来不规则的痛感。我竭力控制着脸上的表情，看他兴奋地举起右手，指向一个阴影中的灰色帐篷。抱着来都来了的心态，我白了他一眼，然后跟着钻了进去。

"这里没什么人管，"他口齿不清地解释，"我很早就把这儿当成秘密基地啦 —— 不过，可能稍微有点乱。"

他很谦虚。

刮擦声。物体触地的闷响。太阳落入高楼的阴影，五指间的轮廓开始模糊。帐篷里没有其他光源，我游离的目光却立刻被一个摆在中心的小盒子吸引住。在他的周边，散发着淡淡的、奇幻的光辉。

"就是它了！"季鹰羽半蹲着俯下身子，把那个盒子轻轻举起，"这玩意儿可神奇了。我只要把它挪到这个工地以外的地方，光芒就会立刻消失，也不会回应我。但只要在这里，它就有很多很多神奇的功能。"

"比如？"

"……召唤外星人什么的。"

"呵呵，说得跟真的一样。"我从他手上接过盒子，左看右看，上戳下戳，看不出有什么特别的，"难道你叫它名字，它会答应你吗？"

"只是你不懂方法。"他一副得意的样子，伸出手按住盒子上面相对的两角。在某种极细微的操作后，我似乎看到整个盒子在一点一点地崩裂，又好像什么都没有发生。

很快，我发现自己错了。

周围的绿光像是突然有了生命般，竟然开始缓缓流动，在四方的造物周边汇聚。几乎是瞬间，我的眼前出现了一小块看不出材质的平面，倾斜着盖在那神秘的盒子上。季鹰羽的脸上没有一丝惊讶，他自然地伸出手，在那块平板上娴熟地舞动手指。这时，我才意识到那是触摸屏一类的东西，而它正随着季鹰羽的点击有节奏地闪动。

他好像没有说谎。在他最后一次重重按下手指之后，从盒子深处传来一声"噗啪"的、宛如水滴炸裂般的响动。然后，这个盒子缓缓开启了。

一个绿色的虚影在我的眼前慢慢成形。先是一团迷雾，而后慢慢地旋转，就像是在模拟恒星形成之初时的情景。而后，一个半身的人形出现在了我面前。那只是影子一样的东西，我甚至无法描述它的长相或者其他细节，只能毫无意义地辨认出那绝不可能是人类的样子——或者说，把它称为"人形"也只是我的一厢情愿。

震惊还未消散，那个"人形"竟开口说话了："你又带来了一个知性体。"声音飘忽，像是直接在脑中响起。

季鹰羽向它点了点头："她是我同学，我想也许符合你的要求。"

"……你还记得一旦有三个以上的知性体同时观测我，'收藏家'就会发现你们吧。"

"当然记得。"

"两个自转周期。我原以为你会更深思熟虑一些。"

我插到他们中间，打断了这通让我云里雾里的对话。我面向季鹰羽，右手向后指着那个奇怪的绿影："这是什么？开玩笑也要有个限度！用全息投影来捉弄我很有意思？还有你！"我转过头来，对着那个滑稽的小绿人："不知道你又是什么东西，不过想嘲讽我，你还早了点——"

我的话没能说完。

后来季鹰羽告诉我,他当时几乎快被吓倒了;那盒子中的绿光比之前任何一次都要刺眼。也许是盒子出了什么问题;又或者是那个绿人的确生气了,于是巨大的影响开始施加在一无所知的我身上:

我的嘴还张着,却一句话都说不出;心脏还在跳动,却没有血液流过全身的实感;身体还活着,但是我却一点都感受不到肉体的存在。我仿佛被剥离出来,成为空间中一个无依无靠的幽灵。之后我才知道,这就是外星科技——动体理论在微观领域的运用——意识的解离。

虚无。恐惧。

不知多久之后,它终于放过了我。视线慢慢清晰,脑中不断传来针扎般的刺痛。我跪倒在地,它的声音则幽幽地从上方传来:"意识体强度还不错。你刚刚经历的,就是我一直在经历的状态。"那个绿影一改刚才的傲慢,竟有种娓娓道来的错觉。

"这个盒子是'收藏家'文明的探测器,散布在宇宙的各个角落。一旦有三个以上的知性体能够解开封锁、观测到我的存在,'收藏家'就能通过这个盒子立刻确定该智慧文明在宇宙中的坐标。而我只是个被它们抓来的囚犯,意识被囚禁在这个盒子里,本体漂浮在宇宙中某个犄角旮旯的地方。"

"那……"我勉强抬起头来,强迫大脑相信发生的一切,"那你这是在……干什么?"

"自保而已。"它说，"一旦文明探测机制被触发，信号发出的同时我的意识也会消散。这个结局对我们双方来说都不算好，是吧？那我还不如，和你们这些知性体合作。"

"合作？"我对这个词表示疑问。

"对。"这次是季鹰羽接话了，"它给我们外星技术的知识，我们保证这个装置的隐蔽——我第一次见它的时候它是这么说的。"

"然后你答应了？"

"啊？为什么不答应？"他呆呆地睁着眼睛。

白痴。

"然后我告诉它，我还只是个学生，可能帮不了太多；它就让我找个帮手。我想，大人们肯定会逼我把盒子交给其他人，毕竟他们从来都不信我的话。班上也没什么熟人，正好今天遇到了你……"

"我和你很熟吗？"

"你看起来成绩挺好，我不懂的地方你肯定能教我。"

超级白痴。我彻底放弃了。

"如果早日让其他文明发展起来，替我对抗那个狗屁'收藏家'，那对我肯定是件大好事。"绿影的声音从身后响起，"所以，你同意加入季鹰羽的队伍吗？"

"我要是不同意呢？"

"我会排除威胁。"

果然。

这个外星人既然有能力剥离我的意识，肯定也有其他方法直接置我于死地。

"那你 —— 能教我们什么？"

"超前的外星理论 —— 动体。'收藏家'用它制造了这个盒子，我刚才也用它解离了你的意识。总有一天，你们一定能够以此为武器，对抗那个深空中的文明。"

我转过头来，直视那神秘又危险的绿影："你就这么相信我！"

"你现在站在我面前。这已经证明了许多事情。"

我愣在原地，然后转身，气愤地离开帐篷。不得不承认，它是对的，而这让我非常恼火。

过了一会儿，季鹰羽也从那灰扑扑的帐篷里钻出来。"你怎么了？"他问。

"该回家了。"

"那我送你回去。"

"随便你。"

我抬腿就走。而他竟然真的跟在我身后，一路把我送出了狭窄危险的巷道。

"你就不怕被抓走？"我停下脚步，扭头，皱着眉说，"要是那个什么'收藏家'真来侵略地球了，人们肯定会把我们当'球奸'抓过去，以死示众。"

我想起爸爸。我想起那个大叔的话。"……这就是背叛的下场。"我想起那个人说这话时的语气，还有我的恐惧。

"那就到时候再说。"他话锋一转，"不过，你刚刚说'我们'？"

"是啊，又怎么样呢？"

"那我们算是共犯。"

他又露出那副没心没肺的笑容。不知为何，我突然感觉恐惧烟消云散，仿佛只要有这个讨厌的人在，我就少了份负担似的。即便这样的想法让我皱眉。

不过，我依然答应了他。

后来想想，我也许只是在妈妈去世之后的彷徨中，下意识地想抓住什么而已。但就算联想到之后会发生的所有事情，我也会自私地说：我并不后悔这个决定。

从那天开始，每个周末我们都会抽时间在那顶小小的帐篷里见面，和那个绿色的人影讨论魔法一样的外星科技。知识与日俱增，我们的距离也逐渐缩短。

可惜的是，即便过去了两年，一直到我几乎高中毕业，季鹰羽也没能被我教成一个正常情商的五好青年。对此我深感惭愧，当然原因大部分还是他基础太差。估计就这样，大学里也不会有异性主动靠近他。我不会承认这也是我的目的之一。

我已经开始憧憬未来，但是命运总不会合我的意。

高考前夕，季鹰羽突然连翘两天的课，而我对此毫无头绪。一定出了什么问题。放学之后，我直接奔向那条小巷，七拐八拐，拐到那片废弃的建筑工地。红锈的钢筋四散在地上，半成的高楼在昏黑的天空下显得无比惊悚。我熟悉地绕过各种障碍，走到角落的一个灰色小帐篷里。

一切正常。两个破旧的蒲团斜倚在门口，一张折叠桌摆在中心，上面吊着个太阳能的小灯，周围四散着各种草稿和笔记，上面是我们自创的符号。工整漂亮的是我的，潦草飞舞的是他的。四个角落里压着几乎被翻烂了的书籍，什么神秘学啊，物理学啊，符号学啊。那几本科幻小说他居然还没有还给图书馆，我脸上露出扭曲的微笑，心里想的是一会儿该怎么修理他。

看起来一切正常。除了桌面中心那个看起来平平无奇的盒子。它被动过。

我想起两年前他一脸兴奋地把这东西抱起来时的眼神。然后，它被启动，彻底颠覆了我的世界观。

细细想来，我从没有真正讨厌季鹰羽。相反，和他在一起时，我常常感到无比放松。

我把书包甩到一边，习惯性地拉过一个蒲团坐下，然后打开了盒子。一道诡异的光闪过，露出一个小小的显示屏和一张充满奇异文字的触摸板。手指在上面熟稔地跳动，但我并不是要找它，我的目光一直停留在屏幕边缘，那一块小小的反光处。

有人。我悄悄向书包伸出手去，但是手指最终停留在半空中，动弹不得。

枪。制式步枪。全副武装的士兵。这是绝不能用流浪汉作为参考的目标。

"咔嗒"，枪口对准我的后背。我顺从地举起双手。转过身，两个黑洞洞的枪口正对准我的额头。外面有两只手缓缓掀开帐篷，一个满目和蔼的军官模样的人走了进来。在空隙中，隐约可以看见列队的士兵和好几辆装甲车重重包围了这里。

军官模样的人盯着我的脸，然后露出笑容。他抬起左手，两边的枪放了下来。

"你好，"他伸出手，"我是车金耀，你可以叫我车长官。"

"我叫董月。"我闭上眼睛，再睁开时，则是一副惊恐失措的模样。

"车叔叔，这是怎么了啊？我，我做了什么错事吗？我只是来找我的朋友……"

"不必担心，董小姐，"他微笑不减，但是眼神中的压迫感越来越强，"你的朋友现在很好，被我们的人保护着。你也需要保护。你现在的处境很危险。"

"危……险？"

他眼睛向那个盒子撇去。"是的，很危险，"他的眼睛转回来，"我们怀疑有地外生命体在影响你的精神，把你改造成他们的间谍。"

"我什么都不知道……我只想知道我的朋友在哪儿。"我说，"他在这里吗？季鹰羽？季鹰羽——"

"他不在这里。事实上，我都没权限把他带出来。"车金耀终于彻底收回了笑容，"玩闹可以停下了，请你合作一些，董月小姐。这对我们都有好处。你现在做的事情威胁到了国家的安全，我们也只是奉命行事。"

"合作？"我瞪大眼睛，"我只是个高中生，我还要复习高考呢！我能做些什么？"

"打开它。"他的手指隔着手套指向我身后奇异的盒子。果然，他们已经尝试过启动它。在情报上我已没有太大的优势。可恶！

"我不会……"

"装傻是没有意义的，董小姐。还是说，你更喜欢××××这个称呼呢？"

我浑身一滞。几个呼吸之后，我低下了头，转身，蹲下，在触摸屏上迅速操控着。很快，几个符号从显示屏上闪过，整个盒子发生了微微的形变。我微微回头，车金耀已经重新带上了头盔和面罩。嘁，没有可乘之机。

"同时观测它的智慧生物不能超过两个。"我冷冷地说，头也不回。车金耀似乎对我态度的转变很满意，让那两个士兵退了出去，但是没有拉上帐篷，而是在帐篷之外设置了一圈警戒带，完成了半径两千米内的清场。

"噗哒——"仿佛水珠滴落的声音，随着一阵可见波扩散。"动体装置启动的特征，"我听见身后男人的低语，"动体技术。果然是外星人的杰作。"

以盒子为中心，帐篷内开始弥散绿色的光辉。一个扭曲的物体慢慢在盒子上方成形。它似乎在挣扎，在嘶吼，承受着无尽的痛苦。车金耀皱着眉，死死地盯着那个虚无的人形。

趁那个男人的注意力分散时，我悄悄向旁边移动了些。一道激光毫无征兆地射向车金耀的右眼，击碎了钢化面罩。他吓了一跳，下意识向我这边翻滚。他的头再抬起时，迎上的却是我刚刚从包里拿出来的防狼喷雾，直接从面罩的破口涌入。他嘴里发出低吼，我没有给他更多的时间，快速用一根粗绳勒他的脖颈。我翻身来到他的后面，相对娇小的身躯为我的行动提供了方便，然后，轻轻一拉——

"我建议你还是不要太过火哦？"一个嘶哑的合成音从身后传来。我知道是它又在说风凉话。"谢谢你的激光。"我一边用双腿辅助绳子死死控制住他的脖子，一边头也不回地和它交流。

"别谢我，要谢就谢你自己对武器系统够熟悉。"

我没有放松腿上的力道，只是向那个绿色的影子投去复杂的眼神。

"他们这么着急很正常，'收藏家'的新一轮攻击马上就要了。"它顿了一下，"在你们星球完成下一次公转周期之前。"

"季鹰羽呢？他来找过你吗？"

"可惜，他似乎是那种不懂得变通的人。我给你们的礼物都准备好了，结果只有你来找我。"

腿上的挣扎渐渐平静。我松了一口气。

"你没救季鹰羽？"

"你面前的只是一个通过动体技术被拉过来的意识体，除了教你们些低级理论，我什么都做不了。"

"很好——"

"这装置的能量快耗尽了，希望你还能记得我们的约定。提醒一下，两个知性体是极限。"

我吐了口气："约定我会遵守的，前提是先解决眼前的麻烦。你就没有什么武器？"

绿色的扭曲人形一阵颤抖，从盒子底部弹出一个徽章样的金属圆饼，中心黑洞洞的，像人的瞳孔。

"一次性的动体收集装置，容量估计也就够装一个知性体意识。不过，这也是你们人类百年都达不到的水准。以防万一，你去把那个成年个体的意识剥离。"

我走过去，一把抓过那个黑瞳徽章，放进口袋。

扑通。放松身体的瞬间，身后突然传来一阵巨力。我扑倒在地，四肢被死死控制住，脊背传来巨大的压力，仿佛即将咔嚓断裂。我几乎立刻失去了行动力。

身后的车金耀正在用特别的方法高效呼吸着，缓解窒息的痛楚。"小姑娘，下手还挺重，"他咳嗽两声，然后大笑起来，"劝你一句，不要小看大人。"看到我死命挣扎，他眉头一皱。肩上的对讲机响起来，他回道："第二目标态度敌对，A计划终止，B计划继续，准备抓捕，尝试与地外生命体谈判。收容小组准备，听我指令突入。"

完了。

我能做什么？我能解释吗？他们会相信两个高中生是因为好奇才接触外星人的吗？我仿佛能够看到两人被固定在坐具上，被一遍遍地审问、一遍遍受刑的场面。然后呢？间谍能有什么结局？何况是隐瞒不报外星侵略者情报的地球奸细！

我不要爸爸那样的结局……

想办法！快想办法！

董月，快想想有什么办法可以保护自己！

"等等！"我突然尖叫起来，"我合作！"

车金耀一愣，然后哈哈大笑："我可给过机会了。现在，我的上级一定更喜欢和那个绿油油的家伙交流。"

"那个外星人是侵略者的先遣队！它的本体被流放在边缘的宙域，通过这个装置蛊惑人类进行间谍活动！"

我看见房间里的绿光更盛了。它一定在疯狂地叫嚣着："她在说谎！别相信她！"

"哦？我为什么信你？"

我咬紧牙关："我会提供我所知道的所有动体理论。我还知道销毁这个装置的办法！"

"不！"嘶哑的合成音在难听地尖叫，"你知道你在干什么吗？你会毁了一切！"

"如果你能早点说出这番话，我们就不用大费周章了。"他用手枪的枪托敲了敲我的头，"可是，我现在宁愿相信你是个间谍。你的行为太危险了，小朋友。"

"叫人进来。"我说，"把外面的人叫进来。这个装置承受不了过多的观测者。一旦观测者多于三个，它就会自我毁坏！"

"疯子！"那个可怜的外星人狂叫，"你们不要相信她！这么做会带来末日，现在'收藏家'还没有注意到你们！"

"快！不要听一个外星人的蛊惑。"

我知道我在说什么。我很清楚这么做的后果是什么。我用余光死死盯着车金耀，他似乎还没做好决定。"对它的审问会在之后进行，很感谢你的配合，但是……"

不，不行！这不是我要的结果。

"来人啊！"我突然大吼，"外星人攻击了车长官，快进来救人！"

外面传来阵阵脚步声。没等车金耀反应过来，三个持枪士兵已经以最快的速度冲进帐篷。三双眼睛、三个枪口都不由自主地移向最引人注目的地方——折叠桌中心的那个发光人影。

"噗哒"又是一阵可见波，绿色的光芒以足以导致光敏性癫痫的频率疯狂闪烁。外星装置发出不堪重负的咔哒声，整个帐篷都在不安地颤抖。在忽明忽暗的视线之中，我隐约听见了"它"最后的声音："很……好。很有……意思。我要给你份钱别礼，一份大礼！"

我突然感觉到剧烈的疼痛，仿佛无数的钢针放肆地在大脑中舞蹈。我捂住头，痛苦地翻倒在地。一种绵软而又剧烈的物质在我的面部四处流动，我意识到那是我的血液，现在它们在发疯，在狂奔。我的意识似乎发生了某种变化，但我无法清晰地感知到它。

世界彻底暗淡了。

凝滞的空气在四周弥漫。车金耀一把扯起我的领子："你干了什么！"

"呃……啊。"

我的意识有些不清醒，但是不妨碍我与他交流："两个以上的智慧生命体观测到那个装置后，在侵略者文明那边的终端就会感知到。这是智慧生命的探测器，现在……'收藏家'发现我们了。"

"你究竟想干什么？！"

我在赌。我只是在赌车金耀背后的势力对外星理论了解不深。我在赌他们正急于获取与外星威胁抗衡的手段。我赌他们输不起，赌他们不敢在失去外星人本尊后，再失去我和季鹰羽 —— 目前我是"唯二"深度接触过外星理论的人类之一。

那时，我只是单纯地想着：这样一来，我和季鹰羽就不用去死了；这样一来，我们就不会像爸爸那样，被碾死在车轮底下。

滴滴。车金耀肩上的对讲机又响起，这次的闪光和之前的似乎有些不一样。他面色一凝，然后将我移向一旁，侧身接入了频道。

我坐起来，捂着头，悄悄观察着面前的男人。车金耀的情绪似乎十分激动，想要争辩些什么，但最后只有不断点头。他又在对讲机上摆弄几下："收容小组进来，其他人，立即返回总部待命。"

他说完话，转过头，薄暮的日光照不进他半边脸颊的阴影。"海王星？"我试探性地问了句。他回头瞪着我，像是在看一个怪胎："十分钟前，海王星确认遭受了动体武器的打击。附近残存的探测器检测到海王星外围动体结构的完全重组，现在它正在向一颗岩质行星转变。"

"它们加快进度了。"我挣扎着站起来，内心却是一阵狂喜。

"现在的人类对动体武器毫无还手之力。你们需要我脑子里的东西。"我指指自己的脑袋,"我和季鹰羽,是你们唯一能快速获取动体理论的渠道。我可是无所谓的,什么国家什么地球,我根本一点都不想管。你会怎么选呢?车长官?"

车金耀脸色铁青,一双怒目对上我冰冷的眼神。

"你们只有一个选择,我想。你们只有一个选择。主动权,在我手上。"

在一群人把我带走之前,这个中年男人点了支烟,问了我最后一个问题:"那真的是间谍吗?"

"谁知道呢?"我不置可否。

◆ 3 ◆

即使现在回想起那段时光,我也只会给出"疯痴"两个字的评语。

被带走之后,我接受了来自国家机关各个部门的审讯。我同意提供我所知的一切。我同意接受专人全天候 24 小时监视。我同意越过正常流程,直接接受他们提供的高等教育,方便对我的进一步监控。我唯一的要求,是给不知关在何处的季鹰羽更宽松的条件,最好是能删除他关于外星的一切记忆,让他继续自由地生活。

在外星动体理论来源的唯一性上，我占尽优势。虽然故意导致了地球智慧生命的暴露，有可能直接致使"收藏家"的侵略加速，我依然有着不可忽视的话语权。

但是，他们的回答是大大的"NO"。

"首先，我们虽然了解了动体技术的蛛丝马迹，但是距离实际运用还有很遥远的距离。你说的那些技术，我们目前还做不到。"面前的技术官员一脸无奈地说，"第二，你们两个都直接接触了外星生命，理论上都有着被策反的可能。对于你们的监管措施只会更严，不可能放松。"

"第三，动体理论的研究只靠你一个人作为信息源是不够的。你和那个男生必须全程参与动体技术的研究。当然，是在专业人士的监管之下。"

"我们没有时间了，董小姐。人类没有多少时间了。"

从目前无法直接探测的奥尔特云开始进发；到2037年，冥王星遭受动体打击，四散成不定形的尘埃云；接着是2040年，海王星遭受动体武器打击，气态行星的结构瞬间被完全破坏，重元素聚沉，回归行星形成的初期。

接下来……

2044年5月28日，天王星确认遭受动体武器打击。天文望远镜观察到大量气状物质以正十字的形状向外溃散，内核部分发出剧烈的强光，短时间内无法探清内部的变化。

就在几年前，人类甚至连理解这种攻击的能力都几乎没有。它毫无征兆，毫无规律，三个受到打击的星球呈现出完全不同的效果。而到了今天，人类动体技术的应用也才刚刚起步而已。

它们在逐渐逼近。从太阳系的外部，一步一步向地球逼近。

5月28日下午三点，我正在某个建筑的会议室里，面对着一群正襟危坐的陌生人做着陈述。这恐怕是我被软禁的六年中，他们第一次从各种报告和录像之外的地方见到我。他们中的任何一个都能轻易改变我的命运。在宛如监狱般的六年之后，我依旧是个危险分子，而我毫不畏惧。

"动体，是指在一段时间内以特定方式运动的微观粒子群，也可指组成一个宏观物体确切的粒子模型。这个粒子既可以指较大的原子、分子，也可以指更小的夸克等。以不同粒子为基准的动体模型一般只有信息量的差异。在精准测定了每一个微观粒子的位置和动量之后，得到的宏观物体模型，我们称之为'动体'。"

我看到车金耀穿着制服坐在第一排，一副无所适从的样子。他竟然也来了，这些理论知识对他来说恐怕比天书还玄幻吧。我嘴角轻轻上扬，听不懂最好，让你以前对我态度恶劣。

"在对动体越来越精细化的测量之中，我们的敌人 —— 暂称为'收藏家'文明 —— 以某种目前未知的方式，打破了测不准定律，获得了理论上最精细的动体模型。然后，它们发现了异常。"

我的右手从投影屏上收回。指尖在电脑上来回移动，我输入密码，点开一个加密文件夹中的视频。出现在屏幕上的，是一段实验的录像。

"这是我们参照'它们'留存的记录，唯一能够勉强复原的动体守恒验证实验。"

画面中的我这么说着，而镜头给到了一台巨大的白色机器。在右手边一个小小的平台上，放置着一个正八面体的透明晶体。"经过特殊处理的纯净金刚石，环境条件接近绝对零度。这是目前我们能得到的动体结构最简单的物质。"我的声音在一旁冷静地解释道，"由于动体结构随着粒子的运动也在不断改变，每次实验中的动体数据都需要重新测量，理论所需最短时间是五分钟。"

"在获取外星人的成熟理论之前，对于动体的研究仅仅停留在猜想阶段。就算到了最近几年，我们的技术仍不足以跨越海森堡测不准定律的壁障。所以，这次实验采用的测量技术类似于赌博：用巨大的计算量去'撞运气'。在另一端也会有仪器对金刚石晶体施加影响，使其微观粒子的运动趋势接近预期。"

在庞大机器的另一边，一枚同样质量的金刚石晶体处在几乎同样的环境条件下，不时有蓝色的激光在其中乱窜。计算机模拟的动体数据将实时施加在这个晶体上，直到它和另一个晶体的动体完全重合——

"噗啪。"

水滴声伴随着一阵可见波四散开来，屏幕出现了微微的震动。这是动体技术成功的特征。

现场的所有人都屏气凝神，注视着屏幕稳定之后出现的景象。

一阵变焦之后，镜头对准了右手边作为实验对象的金刚石。在原本摆放着金刚石的平台上，现在只剩下了一堆黑色的粉末。

"检测结果显示，这是 98% 的石墨，还有一部分其他元素的化合物。"我说，无视底下的人异样的表情，"这是 1957 次平行实验中唯一成功的一次。我们很幸运，由于技术的限制，动体守恒定律并没有很完美地起作用，不然，随机的粒子运动甚至有极小概率造出一个黑洞。"

多少有点唬人的成分。我关闭视频，会议室内的灯光回归成暖色调。我给了他们一些时间整理思绪，然后继续我的陈述："动体守恒定律是一切动体技术应用的基础。我们用'动体量'的概念衡量一个动体的客观存在强弱。它与两个量有关：动体本身携带的信息量，也可以理解为动体的复杂程度；以及，外界观测强度的大小。这两个量在同一参考系中任意时刻的乘积，对于同一个特定事物来说，是定值。"

"也就是说，当我们对一个动体的观测足够确切并超过某一个阈值时，如果我们尝试复制它，被观测的动体结构会完全崩塌。微观粒子将会随机排列，构成另一种独立的物质。就像刚才实验中的金刚石晶体一样，内在结构几乎在瞬间就被改变。这种影响是超视距，甚至可能是超光速的。

"由此我们得出一个普适的规律：每一个动体在同一参考系中是唯一存在的。世界上不可能同一时间存在两片完全相同的叶子，一个人不可能遇见自己的完美复制人。一旦在别处有一个一模一样的'自己'出现，那么宇宙规律会使原物体的动体结构瞬间改变，以满足动体守恒定律。这个规律在之前由于技术的限制，仅仅处于假想阶段，直到我们获得了外星人的理论支持。"

我停顿下来，想要喝一口水，发现讲台上并没有给我准备任何的饮料。我不悦地抬头，目光却定格在后排一个熟悉的身影上。不，应该是陌生的身影了。上一次见到他，已经是很久以前了。

"那么，我有一个问题。"

思绪被突然拉回来。我看向台下第一排，坐在车金耀旁边的那个年轻男子，微微皱眉。

"请讲。"

"那么我们的敌人，是叫……'收藏家'是吧？他们是如何做到利用动体技术，攻击海王星那样巨大的目标的呢？"

姑且算是个正经的问题。

"对于这一点，我们一无所知。数据显示，在我们可探测范围内并没有发现它们的探测器。只能先假定，它们是在极远的地方探知了星体的完整动体结构，比如利用中微子等穿透性极强的粒子，并且在另一处进行了实物覆写，使得星体的动体结构被破坏。如果如此，我们毫无还手之力。"

实物覆写，这是我们给"探测精确动体结构，在另一处完美复制，使原本的动体结构崩塌"这一系列操作的总称。

台下传来一阵交头接耳的声音。"而且因为知晓了地球上智慧生命的存在，它们说不定会跨过剩下的几个行星，直接对地球攻击。"几个人时不时用埋怨的目光看过来，他们知道是眼前这个我行我素的女人擅自暴露了地球，导致人类陷入被动。

"它们的目的是什么呢？"依旧是那个年轻男子在发问。他梳着毫无特点的寸头，高挺的鼻梁旁边是有些内敛的丹凤眼。他的胡茬被清理得干干净净，制服也一尘不染，笔挺整洁。我双眼微眯，这个男人的眼神使我浑身不自在。

"不知道。用人类的经验去窥探地外生命体的想法，我认为这并不是什么好方法。"话毕，我干脆地鞠了一躬，"我对于动体理论的阐述就到这里。谢谢。"

我走下台，在后排随便找了个位置坐下。高跟鞋几乎要使我双腿抽筋，社交训练还是太缺乏了些。回想起这四年，学习、研究、接受调查，我的生活单调而充实，再做其他的训练确实是有些强人所难。被监视着的每一天，我都在劳累和孤独中度过。

但是，一直有一点光芒，在我的脑中挥之不去。

　　我闭上眼。座位轻微地摇晃，我知道有人在旁边坐下。如同七年前的那个夏夜，他许久也没想好以什么话题作为叙旧的开始。另一个人接过了话筒，传到我耳中的只有淡淡的嗡鸣。小腿传来阵阵的刺痛，我放松身体，以一种不太雅观的姿势陷在舒适的座椅上。

　　"你这么跑过来，他们不会管吗？"我问，继续闭着眼。

　　"你不也是挺放肆地一个人跑到后面来了嘛！"

　　"要你管。"我脸上露出与语气完全不同的表情，"丸子头真的不适合你。"

　　"怎么会？我引以为傲的发际线可是被完美地展现出来了。你知道我走在路上，有多少老教授投来羡慕的目光吗？"

　　"那至少胡子得剃了吧。你现在的邋遢样子，说是 40 岁我也信。"我跷起二郎腿，勉强睁开了一只眼看着他。他确实是一副极欠打理的样子，就像是刚刚睡醒，一骨碌滚下床后顺便裹了身大衣就跑过来。缺少礼仪，毫无尊重，我曾经的斯巴达式教育就此彻底宣告失败。他轻哼一声，我们两个又陷入了沉默。

　　台上的中年男人以一股特别的神气讲着他们的防卫计划。我没有听他的妄想，把外星人想象成端着奇形怪状枪炮入侵地球的小绿人。他们，不，也许我们所有人，都还远远没有认识到"收藏家"的恐怖。对动体武器的浅薄认识，限制了资源更为合理的调配。

　　"最近……过得好吗？"耳边传来他低沉的轻语，伴着微润的触感。

"不好。"我说。

在他陷入低落之前，我补了句："没有一天能比今天好。"

两秒之后，我们俩同时低头笑起来。

"接下来，我来宣布最后的决定。"

我抬头。我没有见过台上这个女人。是这个机关高层的人吗？还是说，是国家层面上派来的人呢？不管是哪一种，都可以解释她接下来一番话的分量："经过三年的观察，组织最终决定，将监禁对象董月、季鹰羽的监管等级下调至Ⅳ级，解除接触限制。从今天开始，他们将参与到我国的特殊科研团队中，与世界各国合作，共同应对即将到来的威胁。"

我和季鹰羽……一起？我猛地站起来，右手下意识地把右手边一片茫然的男人也拉起来。"谢……谢谢组织的信任！"我几乎是脱口而出，右手扯着季鹰羽的衣领对着台上鞠躬。

"好，坐下吧。"

她把手中的文件翻过一页："另外，除了目前正在进行的'方舟计划'，以及国际上正在筹备的'黑幕计划'之外，组织成立了一个新的专案小组，主攻动体技术的武器化。车近辰，你被任命为动体武器小组的组长。"

刚才坐在车金耀旁边的年轻男子激动地站起来，走上前去，接过了女人递过来的任命书。"车金耀的儿子？"我暗暗地想。

"然后，董月和季鹰羽，两位将参与'黑幕计划'。"我和季鹰羽快步走上前，接过了委任状。"从下个星期开始正式实行。"她看着我们，补了一句。

"好，那么，此次国防会议进入下一个阶段——"

我是在做梦吗？

"董月，"身后男人的声音传来，"咖啡泡好了。你要几颗糖？"

"一颗。不，半颗。"

不知道是因为一人独处惯了，还是太久没有被这么称呼，我感到有些不太自在。不去依靠任何人，不去关注任何人，我一直以来都是这么活着，轻松，简单。

只有这个人，我不得不去在意。

"董月？"季鹰羽端着咖啡坐到了我身边。

"嗯？怎么了？"

"你在笑。"

啊，我？有吗？慌张地去触碰嘴角，我突然反应过来，然后狠狠地捶了他两下，直到他发出令人舒适的惨叫。咖啡稍稍洒了一些出来，我不慌不忙地弯腰清理干净，然后再次用熟悉的眼神看着熟悉的故人。他还在夸张地扭动身子："你这恶劣的性子什么时候才能改改啊。"

"这句话我原封不动地还给你。多少岁的人了，还跟个小男生一样。"

我端起咖啡，冲着他举了举："为我们的重逢干杯。"我没头没脑地念着："我最好的朋友。"

"哪儿有干咖啡的……"

"少废话。"

我唯一的朋友。放下马克杯之后，我默默地想。

◆ 4 ◆

"渐进自由？"

"嗯，就是高中的时候，物理讲座上提到的那个概念。"

在某次会议的休息时间，我在走廊上碰见了季鹰羽。随手抢过他指尖的香烟并掐灭之后，我在他身边趴在护栏上，享受着自然风拂过脸颊的触感。

"什么时候学会的？"

"就这几天。"

在天王星遭受动体武器打击，变成某种未知的混合态星体之后，"收藏家"已经有五年没有再发动攻击了，这给了我们比预想中更多的喘息时间。世界合作的黑幕计划已经进入了实行阶段，太空电梯的建设已经进入了收尾阶段，很快就能真正开始"黑幕"的建设。

"黑幕"，就是包裹整个地球的巨大网格状棱镜结构，在保证正常日照的同时，把从8光分外来到地球的太阳辐射的一部分随机向不同的方向折射，用以扰乱敌人的动体探测。光是保证折射方向的完全随机性，就花去了我们大量的时间，也没设计出一个让所有人满意的方案。所有人都感到无比紧张，毕竟谁都不知道，"收藏家"文明下一个目标会不会直指地球。

"其实理论上说，当我们被覆写的时候，体感上就像是瞬间移动到另一个地方一样，并没有什么可怕的。更何况是连带着地球一起。董月啊，你说，'收藏家'它们不会是想把太阳系给复制到什么宇宙博物馆里去吧？"

季鹰羽一脸无所谓地说出这句话，回头看到我瞪着他，连忙改口："当然啦，天知道那个地方适不适合生存。没有合适的光照，估计人类还是会灭绝。"

我冷哼一声，笑骂道："你学会抽烟，该不会是准备佛系生活混吃等死当个球好了吧？你放心，在消极的逃亡主义从你这里开始散布之前，我会及时把你给处理掉。"

"《三体》那种老古董你还在看？"

我对他翻了个白眼："你继续，渐进自由怎么了？"

"在能量尺度变得任意大的时候，或等效地，距离尺度变得任意小的时候，渐进自由会使得粒子间的相互作用变得任意的弱。简单地说，渐进自由指两个粒子在距离尺度任意小的时候，它们间的相互作用也会变得无限小；而当距离逐渐变大的时候，它们间的相互作用力又会使它们存在靠近的趋势。如果利用类似的概念，比如一堆小球，给定不同的初动量，给它们类似的规则：每个球之间都有靠近的趋势，但在靠近的同时，使这个趋势等比减弱，直至消失。这样，配合其他的参数调整，我们就创建了一个真正的混沌体系；比起《三体》中那种纯靠引力作用的体系，也许它更适合现在的我们。"

我听得有些呆了："然后，把小球换成'黑幕'上一小块一小块的棱镜……"我喃喃自语："没错，混沌体系的随机性完全够了。剩下的模型建构和数据计算也并不是毫无思路，至少比刚刚我看到的那些强多了。甚至，说不定我们两个人不用多久就可以搞出一个雏形。如果这个方法能够实行……这样一来，地球对于收藏家就真的像是盖上了黑幕一样不可观测。"

"没错，可行性很高。只是，"他顿了一顿，"我不太想……还不太想报告上去。"

我大吃一惊："为什么？"

"为什么吗？"

他沉默了一会儿，似乎这个想法连自己也不能确定。

"我在想……越是想要靠近，越是相互远离。或许不管是渐进自由，还是动体守恒，都是同一个道理。"

他又点了支烟，默默向走廊尽头走去，逃出我的视线。秋风再次吹过我的发梢，我听着耳边刷刷的落木刮擦，一丝慌张从心底开始弥漫。我们明明分隔六年之后，终于能够一起生活，一起像以前一样学习、研究。但是，在这五年共同生活的时光中，我开始越来越看不懂他。季鹰羽，似乎不再是我认识的那个季鸟毛了。

他究竟在想些什么？

我的肩突然被轻拍了一下。我僵硬地转过身，发现面前是车近辰那一丝不苟的白色制服。

"有空喝一杯吗？"他笑着问我。

2049 年 6 月 18 日，在土星即将遭受动体打击的一个月前，我向"黑幕"计划的领导层上交了渐进自由算法的成熟设计方案。在它被正式采用，而且黑幕在地球近地轨道上开始建设一周之后，季鹰羽递交了移职申请。他要回到中国，开始深度参与几乎要被叫停的'方舟计划'。在黑幕计划形势大好的当时，没有人能理解他的做法。我也一样。

我听说他在那次谈话之前，去车近辰的动体武器研究中心待了一阵子。似乎就是从那儿回来之后，他就变得郁郁寡欢，对工作失去了热情。

在他原计划离开联合国驻地的前一夜，我在研究室门口拦下了神色憔悴的他。

"你到底想干什么！"现在想来，我应该对他更好一些的。但那时候，我心里只有愤怒，和又将面临孤身一人境遇的强烈恐惧。

"你难不成真的是逃亡主义者吗？有了'黑幕'，我们能拥有更多的时间深入研究动体理论。到时候，完全不需要星际移民的孤注一掷，我们总有办法对付'收藏家'文明。况且，国家已经多次裁减'方舟计划'的经费，你现在过去无异于浪费你的才华！"

他低头，默默地看着我。那双玩世不恭的双瞳已经变得灰暗，薄薄的嘴唇似乎想要辩解什么，但是又什么也没说。现在想来，他当时也是处在激烈的心理斗争中吧。在两个结局中犹豫不决，甚至故意告诉我渐进自由的算法，这一切也许只是让自己好受一些。

可我一直以来都只是个自私的女人。自私，无耻。我想当然地认为季鹰羽也是这样。

"留在这里不好吗？留在地球，留在我身边！"

我把左手伸进口袋里，紧紧地攥着一样东西——一个徽章。

而回应我哭腔的，是他长长的叹息。

"我很抱歉，董月。"

"那么，"我说，"我也很抱歉。"

我背在身后的右手突然抬起，一阵防狼喷雾使他瞬间丧失了抵抗力。我绕到他身后，用我深思熟虑过的力道慢慢使他晕厥。他倒在地上。对付一碰就倒的他，就是这么简单。

可这是我这么多年来，第一次真正对他下狠手。

走廊里一片昏暗，寂静得连脚步声都没有。我听见自己杂乱的心跳，颤抖着拿出一个徽章——九年前那个被流放的外星人给我的，能够储存一个人意识的动体收集装置——黑瞳徽章。

我把它轻轻放到季鹰羽的额头上。中心的黑瞳一阵闪烁，五分钟后，水滴声伴随着可见波扩散，象征着我随时都能把他的意识剥离出来，永远留在身边。我深呼吸，这样的心理暗示却一点用也没有。我无法抑制内心的罪恶感。

我究竟……在做什么？

徽章黯淡下去，滚落在一旁。

没有任何东西能支撑我走完剩下的流程。正如没有任何气力支撑我站起来。我瘫坐在他身边，抱着双膝痛哭。

就像我们第一次见面那样。

季鹰羽昏迷了整整一天。

我彻底慌了神。

按常理，他应该不到半小时就会醒来才对，而不是像现在这样，满头冷汗，面带痛苦地躺在床上，脑电波混乱不堪。

我缺席了那两天的实验室。我帮他改签了航班，坐在他的病榻旁焦急地等待着。车近辰推门而入，放下一堆慰问品之后，坐在我的旁边。

"情况怎么样了？"他关切地问。

我摇摇头，他又转向旁边的医生。

"情况很奇怪。和由缺氧或者重击造成的昏迷不同，他的脑电波非常杂乱，几乎像是……神经元在疯狂地随机放出递质一样。"

我必须承认医生的这句话减轻了我的负罪感，虽然我并没有觉得好受一些。

车近辰皱起眉："你说，你说他会不会是 —— 遭受了攻击？"

"攻击？"我浑身一颤，冷汗从额头冒出。

"对，'收藏家'的动体武器攻击。"车近辰一脸严肃地说。

"嗯？"我被打乱了阵脚。

"在单兵动体武器的研究中，我发现了一条新的研究方向。"他转过头，语气正经地说，"动体守恒中，同一个物体的动体复杂程度与它受观测的强度成反比。那么，如果这个事物本身是极难，甚至不可能被观测到的呢？比如黑洞视界，比如奇点，比如 ——"

"人的意识。"我喃喃地念道。对，黑瞳徽章的存在说明针对智慧生命体意识的动体技术是存在的。可是，黑瞳徽章只是记录了那个瞬间季鹰羽意识的动体数据，并没有进行复制，不可能受到动体守恒定律的作用，怎么会出现如今的情况？

难道说，"收藏家"已经盯上了他？

我的脸色突然变得苍白。这时，我的电话响了起来："董姐！你在哪儿？"一个清脆的女声传来，是我在研究所的助手。

"在医院，怎么了？"

"不好了！不知道怎么回事，今天的测试数据误差大到离谱，动体技术的成功率下降了至少80%！几个平行的项目只能暂时终止。你快回来吧，董姐！我们实在是不知道该怎么办了。"

我们简短交流了几句，然后我挂断了电话。各种思绪在我的脑中碰撞，只有一个念头在越来越清晰："收藏家"文明开始行动了。

该怎么办？我六神无主。我知道我该干什么，马上上报，然后配合上级指挥进入一级防卫状态。但是季鹰羽呢？他该怎么办？就躺在这里吗？不，如果我没有那么自私就好了，如果我没有袭击他，没有用那个徽章——

"车先生，"我的双眼在虚空中对焦，"能拿一些单兵动体武器过来吗？"

"董小姐？"

"我怀疑，这里有敌人的间谍。"

我下定决心。我必须守在这里。我必须守着他。

"呃——"

我吃惊地回头。在纯白色的柔软病榻上，季鹰羽已经睁开了眼睛。

"季鸟毛！"我几乎是不顾形象地扑上去。他看见我一副神经兮兮的模样，"扑哧"一声笑出来，然后剧烈地咳嗽。我给他端了一杯水，看着他喝完，又抢过来放在一边："你吓死我了！我还以为，我以为……"

车近辰悄悄站起来。季鹰羽疲惫地对他笑笑，然后转向我，说出一句让我无比震惊的话："没有间谍哦，董月。"他的声音很轻，但是比之前萎靡的样子精神了许多："'收藏家'还没有着急到派人到地球搞破坏呢。"

"你说什么？不对，你怎么会知道……"

"谢谢你，董月。"他没有回答我的问题，只是静静地笑着，注视着我刚哭过的脸庞，"我为之后会发生的一切向你道歉。对不起，董月，我现在……还无法回应你。"

"但是，一定有一天。当渐进自由的两个夸克分开的时候，就意味着下一次相遇即将到来。两颗心不可能完全相同，这是动体守恒告诉我们的。但我向你保证，总有一天会——"

医生冲进来，打断了他莫名其妙的自述。我呆呆地看着他，想要从那些话中分析出什么，但是我的脑子只有一片空白。烦躁，慌张，气恼。我成了被情绪支配的野兽。

"现在，我们要别离了。"

这是我转身逃出病房前，他对着我的背影说的最后一句话。

那时 27 岁的我，对之后会发生的一切一无所知。

不过就算我知道，又能如何呢？我又能改变什么呢？董月一直以来，都只是一个无耻的、自私的、愚蠢的骗子。连留住他都做不到。

我们曾是如此亲密。我们曾可以不断靠近。可当世界的阻力使我们分开时，我才后知后觉地意识到：哦，原来那就是极限了。哦，原来那就是我们之间最近的距离了。

一切回到正轨。他醒过来的第二天，就坐着飞机去到了我目不能及的远方。我回到研究所之后，所有的仪器又都能够正常工作了，就像是故意跟我开了个玩笑。

我不需要依靠任何人。我不需要任何人。我是个独立自主的成年人。我当然可以过上没有他的生活。我本就习惯了没有他的生活。

从那以后，就是不断地重复前一天的日常。

时间已经失去了意义。

◆ 5 ◆

在"黑幕计划"完成之前，还有一些不大不小的插曲。

如果稍微关注一下过去二十多年地球明里暗里与外星人的对抗史，就能很轻易地发现"收藏家"的攻击频率在逐渐下降。这当然不合常理。在地球拥有智慧生命这一点暴露后，我们本以为它们会立刻发动打击，而事实上却并非如此。上一次的打击间隔是5个地球年，而再上一次则是4个地球年——在得到意外的时间之后，人类眼中"收藏家"们的目的愈发令人费解。我想起过去某个作家笔下的情节：宇宙战争的胜者决定建立隔离带，在毁灭隔离带内的星球之前先测试当地的智慧生命……对于那时的人们来说，这样无法证伪更无法证实的言论充斥于大街小巷、报纸期刊及网络世界。

谁能保证一个宇宙的遥远来客对我们心怀善意呢？更何况，我们才刚刚勉强迈过动体技术应用的门槛，而对方早已将其用在超视距打击上。2049年7月19日，土星遭受动体打击，变为一半气态云、一半固体尘埃的奇异状态。新的星体带在原土星轨道上缓缓形成，土星环成为照片上的历史。谁也不敢保证下一次同样的事情不会发生在地球。

2055 年，我 33 岁。

世界各国以空前的热情和极高的效率投入"黑幕"的制造中。在那一年的 5 月，无数以渐进自由模式运行的折光棱镜已经在地球近地轨道运行。"黑幕"不是黑的，它反而促进了日光能源的高效率利用，同时对于信息传输也有着意想不到的有利影响。第一次模拟动体打击在 7 月进行，确认了在探测动体结构所必须的五分钟内，外界几乎无法获得"黑幕"内部确切的动体数据。

距离上一次"收藏家"对太阳系进行动体打击已经过去了六年。"黑幕计划"取得了超出预期的成功。

就在外星危机即将解除的前夕，一个熟悉的号码发来了一条短信。

"快走。"

接着又是第二条。

"对不起。祝你好运。"

我瞪大眼睛，立刻拨过去，没有接。再拨，没有接，再拨，一个难听的女声提醒我对方已经关机。手机被狠狠摔到一边，我紧咬着下唇。

季鹰羽，你想干什么？！

啪啦！身后传来一阵巨响。我回头，门不知道什么时候被撞开，一队全副武装的士兵涌入我小小的房间，一如 15 年前他们冲入我和他小小的秘密基地。"你们在干什么！"我冲他们吼着，没有丝毫的惊慌之感。他们在门两边整齐列队，车近辰从他们之中冲出来，焦急地抓住我的手："董小姐，快跟我走！"

我轻轻甩开他的右手。"请自重，车先生，"我半睁着眼，"带路，然后跟我解释发生了什么。"

"是我的问题。我不知道我的小组很早之前就混入了别有用心的人，然后……"

然后，近乎无解的单兵动体武器在世界范围内秘密传播。世界各国在外星危机即将解除的时候，开始了战争的准备。用外星理论带来的技术爆炸为基点，每个国家都在希冀着重新划分地球的格局。这是一场不可避免的战争。

我这才后知后觉地明白当初季鹰羽的顾虑。一旦"黑幕"完成，危机解除，这个世界迎来的将是更大的危机——一场内部的血雨腥风。

他是对的。

而为了保全自己将动体理论公开的我，则是从一开始就走向了这条歧途。

"快，我们必须转移到安全的地方！"

车近辰的话音未落，我们的身后突然传来连续的水滴碎裂声。惊雷在脑中炸响，我不禁回头，在队伍末尾的几个士兵静静地站在原地，脱离了队伍。再仔细一看，他们的头部变成了各种奇形怪状的东西，白色的碎末，红色或绿色的浓浆，从颈部的断口整整齐齐地滑下。他们的身躯缓缓倒下，露出了他们身后，高举着动体武器的刺杀小队。

被覆写出来的人头一个接一个掉落在地，发出沉闷的撞击声。血液这才仿佛得到号令似地，一齐缓缓地流淌……

"Team 1，清除数据；Team 2，攻击准备。"

这么快？怎么可能，动体探测不是一般要五分钟吗？

"他们把渐进自由的模式套用在动体检测上了！牺牲了精度，但保留了杀伤力，"车近辰咬牙切齿地说。他挡在我身前，我认出他手上的伞状物是针对动体技术的干扰器。

"快跑！向楼下跑！那里有人接应你！"

我的眼中却只有那一排被胡乱改造的、仅可用于高效杀人的超视距兵器。我想起那个把外星人想象成端着枪炮的小绿人的军官。某种意义上，他是对的。

我转身，却发现在身后，一排排特制的扁平枪口也正对着我们。

无路可退。

天空中突然传来滚雷般的巨响，连绵不断的轰隆声几乎使我摔倒在地。杀手们似乎也不敢轻举妄动。我们一起望向远处灰暗的天空，在密布的云层间，一架巨大的方舟，不，是一个方舟带领着不计其数较小的空天飞船，以优美的角度向天空中那晶莹的"黑幕"飞去。

"'方舟计划'?"

我的脑海中突然浮现出一个人的名字。

一艘小飞船从主舰分离出来,直直地向网格状的折光棱镜们飞去。仿佛变戏法一般,它似乎知道折光棱镜们的运动轨迹,轻易地沿着乍一看毫无可能的路线穿梭在棱镜之中,灵活地来到"黑幕"的中间。

然后,它在理论上这一处最薄弱的位置、最薄弱的时间,爆炸了。

天空中绽开火红的花束,点点光芒从天空中最亮的一处如落英缤纷般四散飞去。巨大的方舟就像是空中遨游的蓝鲸,奋起一跃,冲出了被"黑幕"重重包围的棱镜海洋。

他们成功逃了出去。

可我满脑子想的却是会有谁能够如此熟悉"黑幕"的结构,准确地找到这个突破口。我在脑中一个一个地排除,排除到一半的时候,我停止了无意义的揣测,泪水从脸颊滑下。

除了他,还会有谁呢?

我抬头,迎向 7 月 30 日阵雨前的阴云。从黑幕的破口中,一束阳光正在肆意地舞蹈。

季鹰羽在第二个月的恐怖袭击报告中被作为一个被杜撰出来的反人类组织首脑进行公开批斗,而他本人早已经随着那一天的烟花分散到了世界各地。我是第一个知道他死亡的人，也是最后一个接受他离去的人。

"黑幕"一小块区域的破坏使得整个混沌系统出现周期性的漏洞，外星危机重新被摆到了明面上，世界各国重新换上标准的微笑，就像一切都没发生过一样。即便如此，敌人过长的沉默也开始令人怀疑对方是否已经放弃了太阳系，已经将视线从地球上移开。没有人敢确定这一点，但这已经在民众的心里播下了种子。工会开始为民生工程申请更多的拨款，各种全球性工程遗留的债务问题也逐渐被提起。但在那些纷扰之前，还有一个问题需要解决。

"方舟计划"剩下的所有负责人被认为应当处以理论上可能的最大刑罚。而作为和季鹰羽一起直接接触外星生命的危险分子，我被认为是背叛地球的嫌疑人。然后，嫌疑变成了定论。此次案件的判决历经了长久的辩论。有人认为我们应该被立刻处死，而也有人认为"方舟计划"的暴动是高层决策失误的恶果，不应对我们施以重刑。被压抑的分歧依旧被摆上桌面。我们被推来推去，那些叫嚣着要处死我们的人，却不愿意背上杀害人类曾经功臣的罪名。到后来，"方舟计划"暴动本身的意义也开始松动。以我不曾知晓名字的那位国防部女性为首，一股不小的势力在极力争取"方舟计划"在人类历史上的合理位置。最后，在越发难以遏制的舆论压力之中，最终的判决下达了。

"以人类目前的迷雾形势，我们无法确认此次事件在长远上是否有着积极的正面意义。但是，该事件的确极大地影响到了地球上现存人类的生存条件，给世界各国造成了巨大而不可挽回的损失。我们最终决定，可以留下这些罪犯的性命——但我们绝不能容忍他们继续生活在地球上、给地球人类造成更大的危害。"

我最终被判流放至外太空，以防我继续在内部以未知的方式帮助"收藏家"文明的侵略行动。踏上用于流放的舰船上时，我看到一个熟悉的身影。车近辰还是那副一丝不苟的样子，埋头挪进这艘塞满"政治犯"的船。当他的后背重重地撞到我隔壁房间的墙壁上时，我承认我偷偷笑了两声。

几乎无防护的升空真的非常难受。因为这是全自动运行的舰船，没有船员为人服务，所有流放犯都被提前饿了一天。当飞船平稳运行后，我们除了设定返航之外，获得了不完全的自由。

"你怎么被关到这里了？"我看着正在整理胡须的车近辰，抱着手以一种自暴自弃的态度向他搭话。

"董月小姐！你怎么也……"

车近辰是作为研发危险武器的典型人物被流放的，我敢说他一定是这一船人中最委屈的几个之一。可惜我原本热烈的性子几乎被磨得一干二净，要是按我原本的性格，他非得被我嘲讽到不敢出门为止。这一点，季鹰羽可是领教过很多次的。

季鹰羽……

在飞船上近乎毫无作为地浪费了好几年的生命之后，我也学会了吸烟。当然，是电子烟，对空气循环系统的影响几乎可以忽略不计。只是突然有一天，当我刚刚掏出它时，一道可见波把它从我的指尖震落。我愣了两秒，告诉自己这是错觉，把它捡了起来。然而不到一秒之后，连续两道，不，三道可见波直接把我的右手震歪。我意识到有什么不对。

我冲到瞭望台前，看见了令人绝望的一幕。

木星遭受到了第一波动体武器打击，它迅速失去了原本的动体结构，开始向两团尘埃云转变。但与此同时，从巨大星团内部再次传来可见波，它几乎是在同时又受到了同等强度的动体武器的打击。物质的运行模式瞬间改变，一颗突然出现的白色小星体开始以极高的速率自转。

我瞪大了眼睛。

"竟然是连续的动体打击 ——"

极高密度的未知星体开始绕着看不见的某个点划出曲线。而那个点很明显，并不在我们恒星的位置。

我马上调整望远镜的方位，向身后望去：水星已经消失不见，变成了环绕太阳的极细尘埃带，还没来得及绕太阳一圈。而金星和火星，不，应该说原本是金星和火星的地方，几乎同时遭受了动体武器的打击。地球依然安好，重建后的黑幕正在高效地防护着远程动体武器的打击。

但是，"收藏家"文明的技术力量，远远超出了我们的想象。

金星和火星开始周期性地发出可见波，就像是两个丧钟在地球两边按时敲响。噗啪，噗啪，噗啪，噗啪，噗啪，动体打击在不间断地、毫不停息地影响着这两颗小小的行星。

噗啪，噗啪，噗啪，噗啪，噗啪，噗啪，噗啪，噗啪。

噗啪。

一阵眩目的光闪过。

我被突然的加速度摔倒在地。后来车近辰告诉我，当时他们拼尽全力打破封锁、夺取了飞船的控制权，以最快的速度使飞船从正常的 0.001C 加速到两颗微型黑洞边缘的逃逸速度。我们得庆幸离地球足够远，逃逸速度不算太大；不然光是在加速的过程中，就会有无数来不及准备的人被瞬间压成肉饼。

是的。在无数次不计代价的动体打击之后，"收藏家"文明终于达成了它们的目的。它们将金星和火星，改造成了持续时间极短的微型黑洞。

当我回过神来时，地球已经被扭曲成长条状。无数折光棱镜在天空中四散，就像是一道崭新的银河。而被银河环绕的地球，则像是受难的耶稣，双臂被两把钢钉洞穿，把它拖向无尽的深渊。

我没有再看下去。

在凋敝破败的太阳系中，一艘星舰孤独地航行着。

◆ 6 ◆

太阳系的彻底覆灭，以地球的消失为最终的结局。那是距今 10 年前的事情。

今年是公元 2065 年，我 43 岁。而他的年龄，永远定格在 34 岁。

我们不是渐进自由的夸克。我们终将面对已然发生的别离。

这艘孤独的星舰一直在寻找曾经"方舟计划"中逃离的那批舰队。在一段漫无目的地的远航后，我们在奥尔特云边缘的一块稳定宙域发现了方舟舰队留下的信息。在往后的日子里，我们将一直向着那个遥远的坐标行进，直到我们重拾文明，或者湮灭于星云。

只是，遥远的未来对我完全没有意义。

车近辰今天十分激动地告诉我，他用飞船上的仪器组装出了一个意识解离装置，也就是针对意识的动体覆写。我很好奇他是怎么做到的，说实在的，我第一次认识到原来他也是一个默默无闻的天才。

"还记得我之前和你说过的吗？"他不好意思地挠挠头，"由于动体守恒，难以被直接观测的意识具有庞大的动体结构复杂度。在那次，季鹰羽先生失去意识的时候，我就想到：既然意识的动体结构如此复杂，那么任何一点有效的观测都应该能够对其造成巨大的影响。我们需要做的，说不定就是在观测方式上进行突破……"

他后面兴奋的学术论述逐渐进入无聊的范畴，我敷衍地应和几声，便逃去舰桥的角落抽起了烟。

一天，在整理地球的旧衣物时，我突然发现了一枚黑色的徽章。那是许多年前那个下午，外星囚犯给我的东西，而我用在了季鹰羽身上。我突然反应过来，也许我们的故事还没有结束。我抱着对绝望的期盼，把徽章拿给了车近辰，但没有告诉他里面可能存有谁的意识。

"是的。我想我们可以把这些动体结构覆写到一个机器人上。对，就是上个月他们新发明的那种机器人，它肯定能完全接受这里面蕴藏的动体数据。"

也就是说，季鹰羽能在这个时代复活吗？

我好几个晚上没有睡着觉。他会保持 17 年前的样子吗？要是突然见到年老色衰的我，他会吃惊吗？他会害怕吗？他会 —— 讨厌我吗？

怀着各种各样的心情，我恳求车近辰对这个徽章进行了覆写。

很奇怪的是，覆写失败了。

"数据覆写到一半突然就再也进行不下去了，就像是有另一个强观测者在另一处观测它一样，两边在同时争夺这份动体数据。"

我突然意识到了什么。

第二天,我申请做了观测者强度检测。不出所料,我对动体的观测强度出乎意料的强,几乎是正常成年人的 10 倍左右。我会想起 27 年前,那个外星人给我的最后一份礼物,我想起当时血液在脑袋中狂奔的痛楚。这就是它的第二份礼物吗?

我知道为什么当时我去医院照顾季鹰羽时,实验仪器误差突然增大了。原来之前那无数次成功的实验,都是因为有我这个强观测者在进行加持,我们才获得了超出我们文明水平的结果。也许正因为我的"礼物",才有了之后一系列的悲剧。

真是一份大礼。

"如果要完美复制的话,必须消除另一个观测者的反向作用。"

我是如何对季鹰羽进行观测的呢?通过回忆吗?

对于同一件事物,动体复杂度与外界观测强度成反比。当我这个观测者的强度过大时,即便是回忆中那一点微小的印象,也会对覆写产生这么大的影响吗?

也就是说,只要消除关于他的回忆——

这一点很容易就能做到。车近辰的机器,已经能够做到用动体技术将人的意识解离,然后对记忆进行定向修改了。用的是和解离装置一脉相承的构想。

但是,我做不到。

或者,我死去,变成一个强度为 0 的观测者。

静静地蜷缩在狭窄宁静的船舱中，我就像回到了20多年前，和他第一次相遇的那个午后。要是那个时候，我对他的邀请说"不好"，情况又会如何呢？

我紧咬下唇。

半夜，我走进了存放覆写仪的房间。舷窗打开着，黑瞳徽章在孤寂宇宙的映衬下，显得神秘而又诱人。

我打开覆写仪，深蓝的灯光照亮我颤抖的脸。我把覆写仪的功率反向调到最大，然后对准我自己，另一边则放着那个黑瞳徽章。

我按下了开关。

按我的预想，我的意识将会短暂地进入黑瞳徽章中。在这个精密的小装置被撑破之前，我有不到半小时的时间。

意识被解离的过程十分奇妙。就像是带上先进的 VR，你看见周围的一切在数据和现实中交错，然后整个人被扯进了另一个空间。

当我睁开眼睛时，满目所及是一片柔和的白光。

一个梳着丸子头的青年奇怪地看着我，一脸的疲惫颓废，我还能看见两颗眼垢藏在他的右眼眼角。衣服松松垮垮地搭着，就像是刚刚睡醒，从床上滚下来时顺手裹上的一样。这简直是宇宙中最令人讨厌的男人。就这样活生生地站在我面前。

"原来上帝是个大妈！"他熟视良久，摸着络腮胡点了点头。

我马上给了他一拳。

然后，在他身子刚刚稳住的瞬间，我与他相拥。

"很可怕吧，被这么一个中年大妈突然抱住，想死的心都有了吧？"我把头毫无形象地埋在他的怀里，嘴上淡淡地说着欠揍的风凉话。

"董月。"

我轻轻应了一声，然后紧紧抱着他，痛哭着。他就像是对待小女孩一样，轻轻抚摸我的头发，低声安慰着我。

"我想，你会告诉我这是怎么回事吧？"最后，他把我扶起来，与我对视，"除了我以外，还会有人把你弄哭吗？"

"你笑个屁。"

"那你也笑笑，嗯？董月姐姐？"

两秒之后，我们同时低头笑出声来。

我突然明白，这是必然会发生的事情。我一定会留下季鹰羽意识的动体结构数据，而他一定会在 2050 年那次失败的挽留后陷入昏迷。原因很简单，因为那个时期他的意识通过外星科技无视了时空，现在正通过我的观测站在我面前。而后，他会醒来，义无反顾地做出最正确的行动。

"我会告诉你很多很多事，很多还没有发生的事情。有些事情不可避免，有些事情不需要避免，就像渐进自由的夸克，强求才是最大的阻力。"

我看着他。我看着季鹰羽。我看着 27 年前，那个与我斗嘴的少年。

"接下来的事情，你不能告诉那时候的任何人。特别是，我自己。"

我知道自己在做什么。我只是在尽到历史的义务，把一个知晓一切的季鹰羽送回过去的身体，然后，重复这个悲伤但正确的故事。只有如此，"方舟计划"才能在他的带领下继续推行，逃离"收藏家"的魔爪，给人类文明一丝希望。

但在那之前，我还有其他任性的想法。

"首先，我得说一件事情。你不需要答应我，也不需要回应，只要听着就好。"

我看着他。

"我爱你，季鹰羽。"

如此便好。

如此，我们便可奔向各自的自由。

火烧云

朱 莉／作品

我们的文明已经和维度一起坍缩，

再去创造文明太难，也终究难逃宿命，

不如找一个可以共生的。

科幻
硬阅读
DEEP READ
不求完美 追逐极致

有时候不得不承认，急诊的夜班是个多少沾点玄学的东西。比如师姐当值的时候总是太平，轮到我时却永远都有意外，不停地躺下起来、躺下起来，像是仰卧起坐。

一晚上接诊好几个呼吸暂停、车祸外伤的病人绝不是什么愉快的体验，几次轮班下来，科里已经没有人愿意和我搭班了。看着惨兮兮的我，同情之余，师姐决定陪我值一晚。

十点之后的五楼是静谧的，虽然起伏着一点隐约的鼾声。走廊的声控顶灯暗了一片，如果有人从楼外看来，也不过看到值班室和尽头开水房的一点灯光。

"不愧是师姐，今天好清……""闲"字还未出口，电话的铃声让我一个机灵。果不其然，电话是急救中心打来的，对方说大约半小时后要转过来五个病人，让我们提前备血，血浆至少6 000cc——Rh阴O、Rh阳O型各6 000cc；最好能开手术室的绿色通道。我还想确认一下病人的情况，对方提前一步把电话挂了。

一共12 000cc。师姐一边让护士姐姐去血站领血，一边给周围所有有自备血库的兄弟医院和血库打电话。

Rh 阴性 O 型血，短时间调 600cc 都是问题，何况上来就是 6 000cc。

也不知道哪家急救这么不专业，好歹把病人信息说一下，这么大出血量肯定不是小事，而且我们现在甚至不知道请哪科老师过来会诊。

我把能准备的插管、气囊、心肺复苏机，甚至体外循环机都准备好，也联系好了急诊手术室，随口抱怨了一句："他们怎么还惜字如金上了，又不能把所有科的老师都叫过来，那不得被骂死啊。"

师姐瞪我一眼，甩给我几个号码，让我别闲着，邻市还有几个大型医院，问问能借多少是多少，顺便看看骨外科有没有当值的老师，这个出血量大概率是车祸这种机械创伤造成的。

但十几分钟后，救护车把伤者送进来，我们看到的是五个"完整"的血人。真正意义上的血人。

他们没有肢体缺失，也没有典型骨折体征，却像是被化学物质烧脱了皮肤和毛发，赤裸裸地露着粉红色稚嫩跳动的真皮。毛细血管尽数损伤破裂，大量体液夹着血细胞从身体的每一寸渗出、漏出，口中呕出的鲜血中甚至还夹杂着组织碎块。部分血液已经凝固成痂，斑驳而不规则地盖着有一处没一处的肌肤。

他们全身都是红褐色的一团，一次性垫子已经被湿透，甚至从救护车到急诊大厅，平车推过的地方都淌着一条暗红的河。

　　我人都快傻了。机械地做着生命体征监测，除了补液、常规抗感染、请上级医生，我完全不知道还要做什么——还能做什么。

　　他们已经开了静脉通路，挂着血浆、浓缩血小板和洗涤红细胞，也做了气切，连着呼吸机，下了球囊反搏，应该是在从下面医院做了抢救和维持基本体征的初步处理后转上来的。

　　他们看上去很安静，但那是休克的安静。血浆和回输的自体血一直吊着，一同输入的还有替用浆和生理盐水。但随着心脏每搏一次，就会有大量的血性液体从插管里喷出，就好像他的身体是一个破烂的渔网，再没有任何阻碍生命消逝的办法。

　　凝血机制已经完全败给了纤溶①，又或者血管内皮的损伤太重，肉眼可见的每个地方都在渗血，甚至包括我们看不见的地方，他们呕出、咳出的红棕色胶冻状凝块也说明了黏膜损伤同样很严重。我们根本无法判断原发灶是在哪里。

　　"呼吸好的是吧，监护连上，快点快点，请床旁影像，多巴一支静推！……肾上腺素8毫克慢点！"师姐接手了病人，护送着平车往监护病房跑，甩我一句，"你去问清他们的病史！喊烧伤科和普外的老师！"

---

① 纤溶指血液凝固过程中形成的纤维蛋白被分解液化的过程。血纤维蛋白溶酶作用于纤维蛋白原或纤维蛋白，能将其多肽链的赖氨酸结合部位切断使之溶解，由此产生的分解产物为FDP。纤溶过程也称血液凝固的第四相。

◆ 1 ◆

急救中心只说那几人是因事故来的，但具体是什么事故，他们都支支吾吾地推说不清楚。

请完各科老师会诊，急救员还等在急诊大厅，我抓着其中一个急救员问："身份呢？！知道他们的身份吗？"

"有几件衣服，你看能不能行？"急救员给我拿来了几件全是血的衣服，湿答答、黏糊糊的还没干透。那是几件差不多的制式服装，前胸好像印着基地的标识，他们的口袋很干净，除了一手的血，什么证件一类的东西都没摸到。

"核研究所的吗？！"电光石火间，这几个人让我想到了日本的大内九。

急救员摇头。外科老师小跑着下来，我也没再多问什么，跟着老师进了急诊室。

因为急诊观察室里还有不少病人，老师没让我跟台①，我只从师姐那里知道，几个人在第二天上午十点多推进重症监护，上了全体外的支持系统，收进了神经科，由科主任亲自管床。

————————————
① 跟台指跟着去做手术。

那台手术持续了近十个小时，上台的是几个科室的"圣手"。据手术室的护士姐姐说，她们清理的时候，半凝的血在地上汪了一滩，手术室的地面是一片看不出本来颜色的红，洗了一遍之后还会黏拖鞋，那几件手术衣和台布直接扔了。

在术后半个多月的时间里，主任每天带着师姐去查一遍房，回来之后的面色一次比一次凝重，打印出来的报告也一次比一次厚。师姐每天查完房回来总会说：奇怪，根本没有要醒的迹象。

我对内情知之甚少，只能附和一句"可惜了"。他们都很年轻，或许是基地某些特殊部门的工作人员。师姐说，上面要求的是不惜一切代价，尽量积极治疗。但重症里的病人预后①普遍不好，长时间昏迷乃至植物状态都不少见，何况接诊时他们的出血量太过恐怖，存在不可逆脑损伤也是有可能的。

直到年末的一天，老师和主任查完房回来，把片子往我面前一推："小唐，来，我考考你，看你能不能看出点什么？"

那是一张头颅断层扫描的片子，我接过来对着阳光仔细分辨，可无论我怎么看，都没有看见明确的病灶，只有一小块不同于对侧的低密度影。我十分不确定地说道："内囊……出血？"

老师点点头，说："陈旧性的。"之后又问："还有吗？"

我看了半天，这张片子里中线也是好的，脑室也是好的，脑实质也没有异常密度影。我将片子放回桌上，大着胆子说道："没有。"

---

① 预后指对疾病或创伤可能造成后果的预测。

老师问："如果所有检查都没有特异性改变，考虑什么？"

"嗯……功能性？"

"不错。"老师不置可否地点点头，又问，"还有呢？"

"检查手段不足，分辨率太低……或者原发性病因不明？"

"也是一个原因。"老师收好片子，略一停顿，又说，"差不多，我想说癔症，但严格来讲，癔症算在功能性里面的。"

我随口问了一句："您新收的病人？"

老师冷笑了一声："新什么新，都几个月了，还是你跟你师姐当班时收进来的。"

"那天晚上？那几个核研究所的？"我的好奇心一下子就上来了，"老师，我能看看病历吗？是什么事故啊！那么多血，凝都凝不住。"

"这个真不能问，容易出事。"老师淡淡叹了口气，说，"再这么住下去，别说我们，咱医院都受不了。"

现在已经过了下班时间，老师换完衣服走了，我趁着值班时间翻遍了病历车，发现其他床病人的都有，唯独不见那晚收进去那几个病人的病历。我想了想，又进入住院部的管理系统，因为不知道姓名，所以输入了手术和收入院的日期，一行一行检索下来，发现那几个人的信息根本不在系统里。主任收治的上一位病人还是一名

70 多岁的奶奶。

我想到了什么，去看了一遍手术室的使用记录，从那天凌晨到第二天，急诊的应急手术室显示为空闲状态。凌晨的时间段是不排平诊手术的，所以不止这一间，当时所有的手术室都显示为"空"。

就连只有 30 张床、每天都倒换不开的急诊和重症监护，都没有记录下和他们时间相符的信息。

但床永远是满的。

这让我有点心里发毛，但也越发好奇。我看了眼电子表，时间已经接近晚上十一点，各个病房区十点关门，他们究竟在不在，我自己去看看不就知道了吗？

◆ 2 ◆

"诶？！"

瞳孔猛地扩张，全身一阵发软，我险些坐地上。

我深吸一口气，这才让飙升上去的心率慢慢降回正常。天知道，我刚才一回头，原本关着的门被无声吹开一条缝，一个"人"的轮廓站在门口的阴影里，半张脸若明若暗。我很快看清了来人的样貌，也就松了口气，半开玩笑道："你不是轮休吗？怎么这个点过来，帮我压场子？"

师姐说："看病人。"

"哪个病人啊？"我见她不像有急事，拍拍旁边的椅子说道，"大晚上过来下医嘱？"

她顿了顿，然后一步、一步走进来。她的动作有些刻板，不知道是不是心理作用，我觉得她不对劲，是那种出邪的不对劲。

我嘻嘻一笑："师姐你做什么？你这样我瘆得慌。"

她看着我，站在我身后，直直的目光掠过我，盯着屏幕没头没尾地说了两个字："刘浩。"

"留什么？"

她半俯下身，在我耳边说："病人。"

我猛地往后一退，从身后传来的凉气让我瞬间清醒。我磕在办公桌上，真实的痛感让我清醒不少，我反应过来，她不是让我留什么，她说的是一个名字。

在信息记录查询里输入拼音"LiuHao"，这个名字太大众化，门诊、住院的一下子跳出来上千条记录。

我咽了口唾液，打算起身让出电脑前的位置；"您自己找？"

她按我坐下，从后面伸手绕过我的身体，调出第七十九页末端的某条记录。

页面跳转出一个年轻人的基本信息。男，二十五岁，既往史有血液系统方面疾病，有凝血障碍和自发出血的倾向，诊断血管源性血友病（存疑），住院三次，出院小结写得很模糊。

"他……"

我抬头，明晃晃的日光灯下，我正好对上师姐一双暗红的眸子，生生把后面一句"有什么问题"咽了回去。

她像是刻意带了一双美瞳，这种小众的配色让她看上去就好像一只家兔。电光火石间，一个念头冲了出来。我下意识地避开她的眼神，转过身也盯着电脑上的字，有些不自然地问道："他是那天晚上接收的病人之一吗？"

她盯着屏幕，微微摇头。师姐本来就白，在屏幕冷光的映衬下，她面色带几分惨白。她没说什么，我连大气都不敢出。

沉默半晌，她终于开口。

"死了啊。"

毫无起伏的机械语调。我冷汗都要下来了。伴着那双暗红色瞳孔的样子，我脑子里刷地闪过一个念头：她不是师姐。

但不是师姐……她是谁？！

我下意识地扫了一眼房间角落的监控，不自然地干笑一声："你今天怎么了，别一个字一个词地往外蹦，这不好玩。"

"还是死。没用的。"她冷冷的,又这么说了一句。

我不敢再背对着她,转过椅子正对上她无波无澜的眸子。"你是谁?"我暗暗调整自己的呼吸,努力装出一副平静的表象,"你来找我做什么?或者说,你想说什么?"

"都要死。"她自言自语般地小声呢喃,但在半夜时分的值班室里,她说的每一个字都足够令我战栗。"不可以。"这句话,她是对我说的,"帮我。"

我被夹在一个类似疯子的师姐和办公桌之间,心跳声大得宛如天雷。她就那么直勾勾地盯着我,我再也受不了了,不知道谁给的勇气,一把推开她往门口走:"帮你是吧,我去找院里!"

她没拦着我,却提高了分贝,用近乎刺耳的声音在后面说:"快走!别回来!转染①!"

然后,听见"咣"的一声。

我还没反应过来发生了什么,下意识地站住了。一回头,我看见师姐倒在地上,椅子翻在一边。

第二天起来,师姐一脸懵地问我,为什么她会睡在值班室。我不知道怎么回答,她竟然还问我是不是我把她扛过来的。

看来她是什么都不记得了。

为了让她知道她干了什么,我谎称钱包丢了,求楼下保安室帮我

① 转染:在基因工程领域,细胞在一定条件下主动或被动导入外源 DNA 的过程。
传染:病原体在不同宿主内传播的过程。

调值班室的监控。保安大哥有些为难，说在昨天晚上十一点到十二点半之间，电路系统出了点故障，只能帮我调到这层楼的出入监控。

没有人进出。

◆ 3 ◆

好像就是那半年，打开网络，铺天盖地都是"关注心理健康"。心理咨询中心像雨后春笋一样冒了出来，连路边的广告牌都换了内容。

同事们也开始说，不知道是不是现在小孩子压力大的缘故，心理问题越来越普遍，一个月里孩子学校就不止发生过一起自残自杀的事；我听着，一边庆幸自己生得早，一边开始琢磨起要不要改行做心理咨询。

第二年年末，一张人口统计报告图成了年度话题的最热点。报告称今年全球人口达到百年来的最低点，本市人口也从五年前的八九千万骤降到七千万不到。纵使我对人口没什么概念，但这个数字足以让人倒吸一口冷气。五年，将近两千万。

而更令人惊愕的是，在官方统计的各项死因之中，高坠、缢死、农药中毒、溺亡一类的死因直线上升，力压恶性肿瘤为代表的慢性病、交通损伤和猝死，成为人口主要死因。

我想了想这几个月以来的急诊，隐约想明白了那是怎么回事——那都是选择自行了断的人们。

"可我是一点没感觉早高峰变轻松了。"同事"啧"了一声，手机往办公桌上一扔，"真的不是多统计了一个'零'吗？"

交班回来的师姐往椅子上一瘫，凝望着天花板的日光灯，闻言白了他一眼，语气是崩溃后的平淡："你见过几个老头老太太挤早高峰？天知道七老八十还有什么想不开的，一晚上一个没拉回来。"

◆ 4 ◆

"姐姐，他站在那里，给我讲着无可想象的瑰丽的美好。"女孩背对着我，声音温和轻柔，像是带笑的梦呓，"柔柔姐，我们再往前一步吧，再往前一步，我们一起去看梦里彩色的落霞。"

我一头冷汗。她真的不能再往前了，再往前就是34层的天台边缘了啊。

"转过来一下。"我在后面打个响指，"今天难得有火烧云，我给你照个相，好不好啊？"

"好！"她转过身，眸子里映着天光，两弯酒窝笑得很好看，半点不像是想要轻生的人。她比出"V"字手势："茄子！"

我微笑着，一步一步走向她，"再来一张吧。"在离她只有一步之遥的地方，我一把扣住她的手腕，拖她离开了只有一排金属栏杆的天台。

"柔柔姐？"她没有挣扎，只是有些不解。

我冲她笑笑，扬了扬手里的手机："我们去把照片洗出来。"

她点点头，很乖地跟着我，看不出试图自杀的迹象。她是师姐的女儿，性格开朗阳光，家庭和谐，没听说师姐家里有什么变故，也没有遗传病史。我想不通她为什么要轻生，但事实是，这已经是这个月的第三次了。

我带她去了路对面的奶茶店，搅着冰激凌，笑嘻嘻地说道："有什么想不通的事可以和姐姐说，姐姐丢过的人一定比你多。"

"没什么事呀。"她也笑，如果不是刚从天台下来，我一定会认为是自己想多了。

"那你为什么……"话没说完，我嘴里被塞了颗草莓。她笑着说："你尝尝，很甜的。"

我略一迟疑，转而问道："你刚才说，谁在讲瑰丽的美好？"在我的印象中，还知道什么是甜，还愿意和人分享"甜"的人，大约对生活都还是积极的。这可不像是喜欢爬天台的孩子。

她含着勺子，慢吞吞地说道："是我脑海中的一个精灵，我看不清他的样子，但在梦里，他给我看很好看的漫天星芒，星星里的世界很梦幻、很快乐，但醒来之后什么都没了，我怎么都找不到梦里的快乐。"

"精灵？"

小姑娘点头，又托着下巴说："他声音也好听，他和我说，跳下去，跳下去，下面是璀璨的银河。"

"所以你就……"我被她说得更迷茫了。

"跳下去，也许就能得到梦里的快乐了呀，就可以回到云端和星星里了。"她说得十分坦然，估计是在我脸上看到了大写的不解，她歪头笑笑，又说："你不懂啦，这是潮流，也叫不读档重启，我们好多人都这么玩。"她掰着手指和我数着："比如我的同桌、邻居家的哥哥、隔壁班的双胞胎姐妹……"

她"如数家珍"般地说着，但她越往下说，我心中就越冷。那些孩子我都见过，他们沉默着，在我们的世界里永远消失了。

我记得宣告"抢救失败"的无力，所以不理解，我们竭力把人往回拉，难道就扮演了一个"阻止弹出"的 BUG 角色？我沉默着听她说完，明知故问道："那他们呢，都成功了吗？"

她点头，一脸的不以为意，甚至带着些炫耀。

我说："这不是那么轻松的事。"

"但也不是大事啦。"她眨眨眼，反问我，"游戏无聊或者卡关，已经不好玩啦，那不切到下一个游戏，难道硬磕吗？"

"游戏嘛……你在这里还有朋友，还有父母，还有好多亲人。"我大概能想到她会说什么，揉揉她的头发，又补充道，"哪怕下一个游戏里会有新的亲友关系，但我们会想你的。"

她点头，很认真地想了想，然后说："那我们一起吧。"

不等我说什么，手机猛地开始振，是师姐打过来的。"一楼急诊，五个小孩，快点！"

"你在这儿别走，我有事要告诉你，"我多少有些狼狈，戳戳桌子，"就这儿，事情很重要，三言两语讲不完，你千万等我，等我哈。"

我揣起手机往医院跑，疯了，都疯了。

◆ 5 ◆

我已经可以坦然面对"组团"自伤的孩子了。但你永远想不到他们试图会以什么方式自尽。

我们这一代也不是没有叛逆过，但我们那时仅限于割腕，他们倒是够猛，直接拿自己的颈动脉下手。

除了一个从十层楼高坠的女孩，几个孩子的伤看着吓人，其实都不算太重，做好常规的止血、清创、缝合和抗感染处理后，基本都被收进了普通病房。但他们的精神状态是肉眼可见的很不正常，或亢奋，或抑郁。麻醉老师脱下手套，小声跟我们说，他们估计是磕药了。

至于磕的是什么"药"，我们都心照不宣。

一支镇静剂的剂量并不算大，等再醒来的时候，被救回来的孩子显得比我们还迷茫，完全没了刚才极端狂躁的样子。

我们应该习惯的。不知道从什么时候开始，不分老幼男女，但凡是被救回来的，大多都忘了自己做过什么，又是怎么到的急诊室，很多人跟我们说他们其实不想死，但是过不了多久，我们还会再看到其中的某些人，而总有一次，幸运没有像以前一样降临在他们的头上。

我问过精神医学专业的朋友，他说如果存在药物滥用，可能有药物作用导致的逆行性遗忘。我问他，能不能看出来大概是什么药。他说，这就不知道了，他也没见过有这种反应的活性药品。

师姐有些欲言又止，小声对我说："我女儿……"

我点头："她还记得。或许她本来就和那些人不一样，她单纯觉得这是一场游戏，玩的时候认真玩，不想玩随时不读档重启。"

"想想都可怕。"师姐苦笑一声，使劲抹了把汗，"我们永远不知道谁会躺在你面前，有可能就回不来了，事先一点预兆都没有，叫什么事呢。"

"是啊……"

"你觉不觉得这东西像个传染病,潜伏期未知,但发作之后大约是死路一条的那种。"师姐随口说道,"你说,有没有可能下一个是我?"

传染……看着师姐疲惫又无奈的微笑,不知怎的,我脑海中忽然浮出了几年前的夜班,那个带着暗红色美瞳的师姐,还有她在我身后喊的"转染"。等到第二天,师姐也是什么都不记得了。

师姐一笑,拍拍我的肩:"行了,我开玩笑的,发什么愣。"

我轻轻抓住了她的手臂:"你记得咱们几年前接的患者吗?那个晚上,你没忘吧?"

师姐点了点头。"记得。全身深或浅二度烧伤,所有监护都不起作用,后来五个人有四个没救回来,剩下一个男患前后做了十四次人造皮肤移植,六次骨髓移植,好像还有其他干细胞移植,听说是人拉回来了,但是持续昏迷,也找不到引起昏迷的病灶。有天晚上突然从重症监护室里失踪了,然后就没消息了,好像就是你把我打晕拖回去陪你值班那几天。"她锁了锁眉,问我,"你怎么想起来问这个?"

这个时间也太巧了。我差点一口唾液呛到,连忙打了个哈哈:"我就是问问。"

"那段时间重症监护室里去世的特别多,很多以为有转机的病人都没挺过来。"师姐似乎有些感慨,"都是我和老师收的病人,很可惜的。"我点点头，含糊地应和了一声，她大概看出了我的不自然，问道："你是不是想说什么，那次怎么了？"

我一时不知道怎么和她说。她抓住我的手腕，凑得离我很近，看着不动声色，却压低声音问我："是不是他们高等物理研究所那边的事。"

"哎？"

师姐拍拍我的肩，表意不明地低声说了一句："我和老师测过辐射剂量，核辐射在安全范围，但谁知道高等物理研究所那边除了核还能不能搞出其他什么东西。"

◆ 6 ◆

因为同事家里出了点事，今天我被临时安排和师姐值夜班，我只能抽空去奶茶店带上师姐的女儿。万幸的是，女孩还在那里等着我。不爬天台的她真的很可爱。

师姐出去会诊，我让小姑娘跟着我回了值班室。这里所有的窗户都无法完全打开，危险药品也都被锁在药品柜里，相对还算安全。

不知道是不是因为师姐也在医院里，今天的夜班格外安静，我刚想说今天太平得反常，穿着小裙子的女孩爬起来，揉着惺忪的眼，慢慢走到我面前，说："我是刘浩。"

我差点把咖啡喷她一身。

"你说什……你是什么？"

这个年龄的小女孩都喜欢玩类似角色扮演的游戏，但即便如此，她冷不丁地露出和师姐当时一样的表情，用一样冰冷——还有点稚嫩，所以更显诡谲——的声音说"我是刘浩"时，我还是一阵心悸。

"刘浩。"女孩说着，没什么情绪，"我这里五年，流利更好沟通。"

句子不是很通顺。我想，"她"应该是想说"我又在这个人类文明里待了五年，可以更流利地同你沟通"。我试探着问道："你是上次扮成我师姐的人？"

女孩顿了顿："人？"

也对。我一哂，虽然不知道"她"是谁，但"她"一定不是人。

"你是谁？"我问道，"除了刘浩这个身份之外。"

女孩说："觉醒者。现在的唯一觉醒者。它已经死了，现在我是刘浩，我来找你。"

"你来找我……为什么？我是下一个刘浩？"我只能相信"她"是和平的，因为如果"她"想害死我，我现在已经是个魂儿了。

"不是，刘浩共生体，我们完全平等。你不易感，你不是。"

我呵呵一笑："易感？你是病毒？"病毒支配我们的健康，而它们可以支配我们的行为，都不像是什么好东西。从某种角度上说，它们对自己的认知倒也还算贴切。

女孩点头："算是。"稚嫩的模样和毫无表情的模样十分不协调。"她"说："不同三维体，我们是波，你们是载体……我们共生。"

她的词语生疏得令人不适，但我大约懂了"她"的意思。

它们是和我们不同的生命体。我们的第三维是立体空间，而它们没有可见的第三维，这注定它们没有我们可见的实体，而是在我们的感知里以波的形式自然存在。但如果有"易感"人群，"易感"人群就会成为它们的载体。

我想了想，问道："那些人——"为了让它对"人"有些认知，我指着自己："和我一样的那些生命体——的自杀是你们做的吗？"

"是。"

我问："这对你们有什么好处？"

"没有好处。"它说，"我们流浪，是进程使然，结局永远虚无，还在挣扎的实在愚蠢。"

它大约想说，所有文明的结局永远是虚无？

"你们所谓进程就是寄生在人体内，然后大家一起死？"我不知道我理解得对不对，又试探着问道，"你说你们流浪，又是什么意思？"

它说："文明消逝，永远流浪。"

大夏天的，它短短的八个字成功给我激出一身的鸡皮疙瘩。很好——我咬了咬牙，它们已经灭亡了自己的文明，流浪在宇宙维度之内，还想把人类一起拖下水。

而且听它的意思，它们好像已经把很多文明带向了毁灭。

我抿紧了唇，问道："你为什么要来找我？"

"因为你不易感。人类不能结束，我们不该循环。"它略一停顿，说道，"你们是肠杆菌，我们是外源信息，能理解吗？"

我摸了摸鼻子。果然不是一个维度的生物，我不知道它在人类社会待了多久，还知道"肠杆菌"，但我一时半会儿的确不太能理解这个比喻的意思。

我们是肠杆菌，它们是外源DNA？

那之前那么多人都做了血常规，也做了培养，为什么没有任何……不对，它们没有实体，那它的意思是？

等等，波……

脑电波？！

电光火石之间，我好像懂了它的意思。

"离开这里。"它忽然之间表现得很急切，"离开这里，是唯一出路。"

"离开哪里？"我指指脚下的地砖，"总院，基地，还是地球？"

"文明。"它说道，"前额叶电极消融，相信我，唯一的办法，你相信我。"

我一愣。我想，也许我应该相信它，但前额叶电极消融术，这是一百多年前就废除的手术，它的适应症是无法控制的阳性精神症状，副作用是有概率把人变成"活死人"。

"这是违法的。"我没有说它违背伦理。我也知道，如果涉及生死存亡，所谓伦理都是空的。

它却说道："没有文明，没有国家，没有法律。"

我大约能把它的意思串起来。如果连文明都没有了，就更没有国家，遑论法律。它说得不错，我苦笑一声，说道："但是现在有。"

"这是唯一办法。救人类，救我们。"它盯着我说道，"兴盛灿烂，困于其他文明的演进、兴盛、灭亡，再到流浪，周而复始，没意义。"

我盯着那双空洞的眸子，半天问道："如果诱导其他文明消亡对你们只有坏处，你的同伴为什么要和我们同归于尽？"

"本能。"对方给出的回答十分简洁，"虽然死循环，延续是本能。"

我没回答，余光看见桌子上小姑娘为完成科学作业而养的毛毛虫首尾相接①，中间堆了一小撮松叶。

---

① 毛毛虫只会跟着前一只走，哪怕食物在另一个方向。这是个死循环。

◆ 7 ◆

伦理委员会的办公室里，对方"嘭"地一拍桌子："你知道什么！知道前额叶消融是什么吗！"

我吞了吞唾液，乍着胆子说："治疗阳性精神……"

"你觉得你很聪明？这么好的技术，怎么一百年前就禁了？"

"它的确存在副作用，但……"

"变成傻子！这只是副作用吗！"

完全意料之中，我一句完整的话都没说，就被骂得狗血淋头。

他们谁都没见过"刘浩"，我不能说我们的文明在受另一种文明的干扰，除非我想被当场确诊精神分裂。反正现在心理疾病的发病率逐日攀升，多少不差我一个。

他们只服从客观事实。但问题在于，不是所有现实存在的"客观事实"，都能通过现实仅有的手段显现出来。而囿于技术无法实施的，有时就会被等同于"不科学"的。

"您推一个试点单位可以吗？"我问，"也有证据显示，消融之后的患者自杀率会降低很多，我希望能试试。"

"降低自杀率?"对方呵呵一笑,我能看出其毫不掩饰的鄙夷,"这我不否认。本来傻子也没有自杀的必要,但这不是方法。"对方反问我:"你先回答我,行尸走肉活着有什么用?如果只是活着,不能正常生活工作,这种人活着对社会有用吗?只会加重家庭和社会的负担。你去重症监护室外面看看,有多少家属希望医生说救不回来,也不想烧钱吊着生命体征。"

我一下子愣了。多少人戴着呼吸机都要活着,意识障碍也是一年一年地过,家属说不能放弃啊,人在家就在。

结果他告诉我,大多数人不是那样的,"不能正常生活工作,就没必要活着"。

看他理所当然的样子,我恨不得把他的桌子掀了。

"不是这样的 —— 有比人命重要的吗?"

"有啊。"他说得理所当然,"多数人永远高过少数人。100年前,总人口80多亿,这座城市有1 700万人,现在所有能源都在枯竭,只有人多了。现在还有将近5 000万人,它一定超过了环境的承载力,这本身就是有问题的。你应该做过实验,如果环境不允许,真菌变成芽孢,细胞接触抑制,是一种适应;小鼠……"

"所以自生自灭吗?"我第一次打断了他。我知道他想说什么。之前做实验,小鼠管理出过问题,导致一个盒子里的小鼠过多,结果最后没活几个,沾满血的木屑上还剩着某只小鼠的脏器或肢体。

"我没说。但那是他们的选择,不可以在大环境和民众心理健康程度不变的情况下，通过这种手段，强行降低死亡率。"

"如果是您家人……"

"我尊重。"

我被这几个字噎在那里，咬咬牙，没忍住冷笑一声："您这还伦理呢？怎么冷血得跟一动物似的呢？"

"如果出现不能自理的情况，多出来的社会负担不是一个机构或者你一个人能承担的，那是整个社会的事。不慨他人之慷，这也是伦理。或者你问问那些患者本人，他们自己愿不愿意去做。"

那些人发病没有任何预兆，过段时间又全都忘了个干净，而发病过程中，大约也不是痛苦的。他们是被引诱着，走向他们以为的"美好"——虽然在我们看来，一切血腥又遗憾。

也许他说得对，没有人会同意。

他似笑不笑地看着我，冷冷地抱着胳膊："你想想，为什么那么多专家学者都不站出来，却轮到你过来说这个事。"

出了门，门边是镶金属板写的"伦理委员会"。我揉了揉被晃得酸涩的眼睛，似乎以前从没有像现在这样觉得"伦理"二字这么刺眼。

◆ 8 ◆

1 700 万。

今天的新闻标题是"人口达最低点,与 2060 年持平"。

10 年,一座城市,少了 7 000 万人口。

冷冰冰的数字后面,曾经也是一个、两个鲜活的人。

师姐早就改了行。她半靠在门上,不无感慨道:"当时五年 2 000 万,我们都觉得可怕。现在怎么了,五年 5 000 多万,一天两三万的净损失,这只是被统计出来的。"

离开基地那么久,我以为我已经对这些数字麻木了,但师姐只是平平淡淡地说着人尽皆知的事实,我却仓皇得接不出一个字。

两个改行的人就这么面面相觑,无话可说。曾经的同事有人彻底离开,剩下的多半也去从事别的职业了。这种无力感太强,每一次都是清晰而真实的,没那么容易适应,所以守在最后一道防线的人越来越少,听说有些大区医院的急诊科已经无人留岗,完全靠着麻醉医生 ① 苦苦支撑,也没有人知道仅剩的他们还能撑多久。

---

① 气管插管等术中抢救是由麻醉负责的,麻醉医生都是急救大佬。

我庆幸"刘浩"没有再去找谁，如果我的前同事们知道为什么多了那么多想不开的，他们可能也会想不开。

"我有种预感，"师姐打破沉默，"我们迟早得完。"

我笑了，指指她和我："我们？"

她咬着吸管摇头："全部。"

"之前人口太多了，现在竞争小，社会压力也小了，福利提上来了，也许……"我无言以对，只能木讷地把那个伦理办家伙的话重复一遍。

"不。"师姐摇头，"人毕竟是高等动物，活着很多时候是因为牵绊、责任等这些和其他人联结的东西。如果这些联结随时都在崩裂，人没那么坚强。"

对啊。我在心里默默说着，更何况还有一种看不见的生命体在操控着那些人的思维。

我只是不想承认，它们只会以越来越快的速度崩解下去。就像其他维度里的其他文明，被牵着走向灭亡，只留下一地遗迹说明它们曾存在过。

"我们打个赌吧。"师姐对我笑笑，"看看我们谁先走到最后一步。"

我心下一声苦笑。放在几年前，我会认为这种赌局不公平，我是不易感的，理所应当是这场赌约的胜利者，无论和我做赌的人是师姐还是其他的任何一个人。

但我转行了，原因就是不想再看监护器在我面前拉平①，像之前的一次又一次一样。所以我同样不确定，如果和我亲密的人一个一个在我面前离开，我是会继续选择这个世界，还是会选择"不读档重启"。

"行啊，赌什么？"我无所谓地笑笑，"到时候别给我坟头烧报纸就行。"

"赌一个秘密吧，比如你为什么被吊销资格证。"师姐眨眨眼，说道，"去私立机构做前额叶消融，我不信你是为了挑衅基地的伦理办。"

我乐了："师姐你说对了，我还就是不服。"

◆9◆

最近几个月以来，它总是顶着小女孩的皮囊，在大半夜翻进我的宿舍找我，语言越来越流利，虽然它一共也没有找过我几次。

"别怕，很快就没事了。"它，或者是"她"，说着，明明没什么起伏的语气，我却听出了一丝遗憾。

---

① 此处指心电图、脑电图拉平，指图像变成一条直线，即死亡。

我问："很快是多久？"

"37 亿。"它说道，"这是全部的文明体数量。我第一次见你的时候，是 162 亿；成为刘浩的时候，是 159 亿。30 年，我认为不久。"

我沉默。它可以跨越所有的时间，所以它说的是，"它认为"不久。但它也许不知道，30 年，对于这样的人口减幅来说，真的很短——对于一个用了上千年时间才将人口扩展到百亿级的文明而言，太短了。

我补充道："不可逆。"

它说道："这颗星球上灭亡过太多文明，我曾经和朋友不停尝试着，可是很显然，我们并没有找到能共存的方式。你们不得不消亡，我们不得不进入下一个循环。"

"你还尝试过什么，比如……"

"逆向进化。我们无法干扰文明程度相差远的个体，更低，比如被你们定义为低等动物的部分生物；或者更高，拥有使用无生物活性物质，创造生命能力的族群。"它说道，"短时间内实现文明的级障突破是不可能，逆进化才是方向。"

"那你等等，"我忽然觉得它的话有问题，"先不讨论我们凭什么退化——"电光火石之间，我终于品出了那阵不对劲来自什么地方。我转身凝视着它，对方人类幼童的面庞波澜不惊，陌生而又熟悉。

它在等我自己说出来。

我冷笑一声，说道："恐怕逆进化也不可能，除非把现有的人类全部杀死，只剩下猿猴。就算逆进化，我们再发展到现在阶段的时候，不还是……"

"如果你们不符合共存条件，我们会离开这个位面。时空内的三维平面不计其数，我们也许永远遇不到。"

我问道："但对眼下文明而言，就是放弃了文明中的个体，只保留成果，是吗？"

它不置可否："但他们还存在，只要最后只剩下不易感的个体，你们的生物科学技术可以重建人类，都会好的。"

是啊。人类还有祖祖辈辈，可无论"哪一个人"，作为个体，他只有一辈子。那些被放弃的人，要被迫接受自己和父母妻儿回退几十几百年，过恶劣到难以想象的生活，无法翻身，无法恢复。这对他们而言，也是一种残忍的折磨。

"没有别的办法了吗？"

"或者脑叶破坏。"眼前的小女孩用尚且稚嫩的声音淡淡说道，"保存种族，丧失智能。不涉及生殖细胞的破坏，一代人，只要给我一代人的时间。"

按住椅背的手心沁出一层冷汗，我猛然意识到，其实我已经在这么做了。只是当这句话赤裸裸又明晃晃地被摆在台面上时，我才瞬间明白，我……我做了什么！

一代人都是医学意义上的智能障碍。整整一代。无论对国家，还是现在的人，又或者是终将被诞生的下一代人，这都是烂到不能再烂的烂摊子。

不是社会秩序混乱，生产生活停摆，经济科技发展停滞甚至后退的问题，甚至也不是智能障碍者无人看管照料，全社会都在去智能化的茫然中自生自灭的问题。

而是下一代的问题。

人类的本能是繁衍。无论智能如何，哪怕是医学意义上的极重度智障，异性人类放在一处，都能有婴儿诞生。这些诞生的婴儿是有智力的，但没有人可以给他们任何教育。

从语言、算术的智力开发，到善恶、好坏的道德评价，再到……

这些都是本能以外，需要通过交互学习获得的技能。但没有谁能教导他们，他们只能在我们这一辈留下的科技遗骸中自行摸索。这才是最可怕的。

"科技成果这东西，用好了有多强大，出岔子就有多可怕。"我的脑中突然闪过跟老师上机器人手术的时候，老师和我说的话。

那还不如像现在这样，无论是死是活好歹是个痛快的，不然就成了钝刀子凌迟细剐，一时半会儿死不了，但也仅仅只能说是"生命体征尚可"。

"我们，大哥，我喊你一句祖宗。"我长吁一口气，对它伸出了手，"我们彻底、永久共生，可以吗？我们不驱逐你们，你们也别想着搞死我们。你也清楚，搞死我们，你们还要流浪千万年，回去和你那些乱来的同伴说说，这不合算。"

"不可能。有人和你说过一样的话。"我们见过很多次，但这是我第一次在它 —— 被它控制的人类 —— 脸上看到表情，是类似苦笑的表情。它无奈又僵硬地扯动着面部肌肉，说："我们的实体是高能波，你见过它与人类完全共生 —— 不止脑波干扰时的情况，只是他承受的比你看到的还要多。从内而外，他的血肉在不停地被烧灼、腐蚀，细胞顽强地重生，又再一次成为疼痛和炎症的来源，过程漫长又痛苦，不死不休。"

它很冷静地说着。我沉默地听它说完，它也没有再说什么。

过了良久，我问道："没有其他办法了吗？"

它微微低头，说道："很遗憾，或者，很幸运。至少目前为止，没有几人能够经过同伴们幻化出理想世界的诱惑、真实世界撕裂的痛苦、身体上的异样、深渊和真相的恐惧、无人诉说的孤寂，选择活下去。但同样的，他们可以在灿烂中离开，无论看到的灿烂是否真实。"它很认真地说道："不过很抱歉，你无法被感染，所以你看不到他们看到的、最后的美好。"

原来师姐女儿说的"绚丽的美好""星云上的快乐"也是它们的手笔。该想到的吧，我漠然地点头。反正无所谓了，如果注定大势如此，那么我不在乎最后的我是冷静着，还是在虚无中狂欢着，那都无关痛痒。

"我是来告别的，也是来送你一个礼物的。"它笑了，用着这具女生躯体天生软糯的声线，我一时有些恍惚。现在站在我面前的是谁？是另一个文明的叛逆者，还是被我从天台上救下来的小姑娘。

那是一张照片，天边的火烧云很美，我们坐在奶茶店里，艳红的夕阳透过将遮未遮的百叶窗透下来，我们笑得很明媚。是我答应她给她洗的照片，只是一直放在那里，放着放着就忘了。

◆ 10 ◆

人越来越少。

人生 30 多年，我终于发现这座城市也有地广人稀的一天。八排马路通行无阻，我停在路中央，特别希望有辆车冲我按喇叭，骂我眼瞎不会开车。

在邻居阿姨前两天跳楼之后，这层楼里只剩下我自己了。

工作人员也很少了。所幸没有太多智能的机械还在凭着指令运作着，代替人工送离去的人最后一程，这才不至于让这座城市变成真正意义上的"尸横遍野"。

通信软件上的头像也一个个地灰了下去，我知道，很多人都不会再亮了。有些头像还亮着，可我说什么他都不回我，哪怕我直接问候对方祖宗。

他们只是设置了账号永久在线，忘记设置本人永久在线了。

不过师姐还在，还会时不时来找我，见面第一句就是："我还没输。"也许太久不出门，师姐皮肤更白了，还涂了红色的指甲油，沐浴露的香气每次都很重。

我半开玩笑地对她说，要不然我们住一起吧，这里太空了，我害怕。

师姐靠在门边和我打哈哈，说鬼有什么可怕，你死了你也是鬼。

我也无法反驳她的说法，可人到底不是猞猁，人是群居动物。我问她，难道她不觉得这种死寂让人绝望吗？

师姐呵呵一笑，甩手给了我一个地址，说那儿人多，实在闲的话去帮个忙。

我按着她给的地址找了过去，发现是一家半废弃的、类似福利院的地方，里面住的人多少有些眼熟。我后知后觉地反应过来，他们好像都是接受了前额叶手术的病人。由于脑区破坏，他们果然比常人木讷、呆滞，但这也许就是"文明退化"最后的自留地。我没多考虑，选择了留在这里。

在我决定留在福利院后，师姐便很少再来找我了。我终于忍不住了，晚上九点多时给她发了一条消息，她的账号显示在线，这个时间也应该不忙，但她却没回我。我分明看见她的手机开了定位，显示就在福利院的隔壁。

这么近？我一下子精神了不少，附近也不是居民区，她不会也是在福利院吧，我和她的时间正好错开了？我赶紧下楼，跟着导航去了定位所在的地方。

门没有锁。我推开门，看到了"刘浩"——试图永久共生的"刘浩"。

是那天急诊大厅里见到的、满身是血的人。不同之处在于，地上散落着原本柔顺的长长黑发，此时混着凝血块而显得黏腻杂乱，一地斑驳的黑红。

我愣了。

"师姐？！"

◆ 11 ◆

已经没有关于死亡人数和人口的报道了。没有人告诉我们"现在还有多少人"，也许现在人口少到连负责统计工作的人手也凑不出来，又或者是已经没必要了。

还在医院的前同事告诉我，很多同事都走了，急诊科只剩下他和另一个老主任。现在去医院的人也不多，更多的都是被发现死在家里，尸体都已经高度腐败——这些人里，有相当一部分是存在护理依赖的精神神经系统疾病的病患。

据说他们面对死亡的时候是恐惧慌乱的。前同事在电话里说，"总算碰上几个不想死的，可他们怎么就连求救的能力都没了呢？"

我不置可否。

晚霞将落时，师姐和我坐在房顶上。她向后躺去，枕在手臂上，很轻松地对我笑笑："唐唐，我要做的完成了。"

她没有再修饰的必要，大红的指甲下是难以清理的血污。"我想把所有我能记录到的东西都留给后来者，无论后来者是谁。我们也该离开了。"她看着我，无比柔和，"没有任何意义了，现在唯一的问题是，我不确定电脑能不能撑到下一个人能看懂使用说明。"

"师姐……"犹豫之后，我还是说道，"之前你说它可能是传染病。如果当真如你所说，它是一种感染脑部，能让人自尽的传染病——我知道很荒谬，我是说如果——当时通过基地，或者政府报给全社会的话，结果会好吗？"

"蟋蟀和铁线虫嘛，没什么荒谬的。"师姐伸手摸摸我的头发，轻轻一叹，"不会的。因为老年人死亡率最高的时候，没有人紧张；婴幼儿意外高发的时候，反应也很小；只有波及中青年的时候，大家才开始慌。也许离开了直面生死的地方，没有人那么在乎其他人的死活，他们想到的只是，那些人的离开或存在，会不会通过社会效应对自己产生影响。"

"可是到了中青年为主的时候，我记得已经很晚了。"

"对啊，当飓风开始形成，抓到了蝴蝶又有什么用呢？"

"师姐……"

"嗯？"

我一下子不知道该说什么好，略一沉吟，看着将落的夕阳，说："今天的火烧云真美。"

她揉了揉我的头发，笑着没说什么。

◆ 12 ◆

在最后的绽放后，夕阳绚烂也终要落下，第二日于天边东升，又是一轮蓬勃的朝日。相似的，日复一日的，却永远不是单一的复制。

都一样的。明媚过，带来过天光，占有过苍穹，再孕育出下一轮日出。

"这里，人类文明，只有你了。"师姐撑起身体坐在我的身边，长发在空气中飘着。

"是啊。"我淡淡地应了一声。虽然我不相信不易感的人只有我，我是百亿分之一的幸运，但现在，这里已经没有第二个正常人了。"师姐"的语气已经接近正常，只是多少还有些不易觉察的刻板，足以让我确定"她"的真实身份。我问："你们要在这里待多久。"

"我会最后一个离开。等你感觉不到我的存在，就可以着手重启这个文明了，而我们还要永生流浪。"

"我能问一下吗？"结果已经不可能更差了，我也没什么豁不出去的。我问道，"你们为什么永远要寻找下一个文明去寄生，而不是重建自己的文明？"

"那菟丝子为什么是寄生生物呢？"它轻笑了一声，自问自答道，"因为它本就如此。我们的文明已经和维度一起坍缩，再去创造文明太难，也终究难逃宿命，不如找一个可以共生的。"

我冷哼一声："你们喜欢搞死宿主又是什么毛病？损人损己还不长记性，高等文明都这样？"

"我说过，我们从不曾想过带去死亡。"或许是师姐的声音本就温柔，我听到的声音有些忧郁，"那些人看到了你们说的完美世界，也体会过我们给予的极致欢愉。那也同样真实，因为是我们曾经的世界。我无法形容什么，只能说，对于他们而言，效果远强于二甲基苯丙胺①。大多数人是死于无法承受幻象和真实的割裂，而

---

① 二甲基苯丙胺，毒品的一种。

不是我们。而至于刘浩 —— 我很抱歉，但我无法改变什么。"

"那么，"我问道，"师姐 —— 你现在的这副躯壳，又是怎么回事呢？"

"半个机器人。"她笑了笑，在她对我笑的时候，我觉得她不是被控制的，她就是我的师姐。她摸了摸我的头发，说道，"我大脑里百分之四十的功能区是依靠芯片运行的。芯片的终端在我的电脑里。我女儿是高功能孤独症，二十年来接受着包括脑部手术、电刺激纠正在内的系统治疗，看上去很正常，但还是会有一点不同吧。"

"这样啊。"我轻叹了一声，"话说回来，好久没见到她了。"

师姐盈盈地笑着。"你也许再也见不到她了。"

"师姐……"

"这是好事。"她抱了抱我，"无论是怎样的你，我只希望你能好好活着。好吗？宝贝。"

守护神

李 鹏 \ 作品

一些人的灵魂生来清澈，
一生都在痴痴傻傻地摆渡这世间的俗人。

◆ 1 ◆

有句话叫"无傻不成村"，几乎每个村里都有那么一两个傻子。老一辈说这些傻子是村子的"守护神"，他们大多孤独一生，村里大大小小的事都知道，村民有需要，他们也会第一时间过来帮忙。据说傻子这一世是来修福报的，所以只要村里有傻子，就能保一方水土平平安安。或许也是因为这个说法，村民大多会善待傻子，见他们饿了便施一顿饭食，权当是给自己积德。

王宗玮就是一个村里的守护神。他的身世挺可怜，刚降生父亲就在去县城的路上出车祸死了，两岁那年母亲又病死在床上，爷爷靠着一亩三分地的收入给他添了副碗筷，却在他19岁那年也撒手人寰。如今，20多岁的他天天在村口的歪脖子树下蹲着晒太阳，一旦听到有人喊一声"傻子"，就会笑呵呵地跑过去帮喊他的人做点杂事，然后这一天的饭就有了着落。

王宗玮吃完后会很自觉地将主家的碗筷一并给洗了，然后把菜汤和剩饭装进一个塑料袋里带回家。主家多半不会跟他计较，甚至有时会多塞给他个馒头，因为村民都清楚，傻子家里还有一张嘴在等着吃饭 —— 他的傻媳妇。

没错，王宗玮有媳妇，这大傻子能娶到媳妇，可让村里不少光棍暗骂老王家是不是祖坟冒了青烟。不过嘴上虽然这么说，但大部分村民觉得王宗玮和他媳妇倒是挺般配，毕竟那女人比他还傻，天天蓬头垢面坐在家门口傻笑，连句完整的话都说不利索。当然，王宗玮可不会嫌弃这个比自己还傻的媳妇，毕竟他这个大傻子有女人愿意跟，就是福。

今天对村子来说是个添福气的日子，连带着王宗玮也蹭了点福。有户村民给自己家的小子办喜事，王宗玮前前后后跟着接亲队忙活了一整天，散席后主家兴高采烈地赏给他一大块婚宴吃剩的肘子。王宗玮接过肘子，闻着肉香吞了吞口水，点头哈腰地给主家道谢，然后开开心心地用塑料袋把肘子打包，心想他媳妇今天有口福了。

回到家，傻媳妇依然坐在院子门口傻笑，王宗玮献殷勤地把塑料袋递过去，笑着说："娟，看我给你带回来啥了。"他的傻媳妇看向递到面前的塑料袋，饿了一天的她动了动鼻子，本能地扒拉开了塑料袋。当看到肘子时，她眼睛眯成了一条缝儿，冲着王宗玮一边拍手一边傻笑。

接下来，路过的村民见到了有趣的一幕，傻媳妇坐在门口的土路上狼吞虎咽，傻子则蹲在媳妇身边对着路人傻笑。

其实能娶到这个媳妇，能有个家，王宗玮真的很满足。他很感激自己的爷爷，爷爷当年怕儿子绝了后，从隔壁村宋老头儿家说回来这门亲事。本来宋老头儿已经准备把自己的傻孙女宋玉娟嫁给同村一个五十岁的光棍了，但王宗玮爷爷砸锅卖铁给的彩礼高，宋老头儿最终改了主意。

定下这门亲事后不久，王宗玮的爷爷便甩手走了，好在宋老头儿算是个守信用的人，最终还是把傻孙女嫁给了傻子。当然，王宗玮对这得来不易的媳妇也真心不错，虽然生活总是有上顿没下顿，但只要自己能挣到口肉，就绝不给宋玉娟吃馍。

正如此时此刻。

宋玉娟吃完后，王宗玮像往常一样带着她回了屋，晚上拉着媳妇的手坐在床头一起傻笑，这便是他一天中最快乐的时间了。他已经想好了，明天一定得多使膀子力气，争取再给媳妇带回来肉吃。

然而，接下来发生的事，注定他的想法要落空了。

深夜，闪电划破夜空，轰隆隆声笼罩大地，大雨瓢泼而下。在沙沙的雨声中，宋玉娟突然在床上哀号起来，把睡地铺的王宗玮给惊醒了。他问媳妇怎么了，宋玉娟却不回答，只是面容痛苦地捂着肚子，止不住地哭。这可把王宗玮给吓坏了，他不知道该怎么办，只能冒着雨跑出去，挨家挨户地敲门求帮助。然而，没有人愿意搭理一个大半夜发疯的傻子，护院的狼狗冲他狂吠，甚至还有被吵醒的村民生气地让他滚。

王宗玮一户户地敲，然后一户户碰壁，脑子里早已乱成一团浆糊，他只知道媳妇出事了，一定要找个人来帮帮他这个傻子。不知不觉，王宗玮已经来到了村口，情急之下他脑子不知道断了哪根筋，心想村里没人愿意帮他就往村外去找，于是向着村外的荒郊野岭狂奔，背影消失在了雨幕中。

"娟出事了，来个好心人帮帮我。"

野外回荡着傻子的呼喊声，虽然浑身早已湿透，嘴唇也冻得发紫，但他依然像无头苍蝇一样在荒野中乱撞。突然，王宗玮隔着雨幕隐约看到远处有一个小亮点，这就像是绝望的阴霾里突然照进来一束光，令他激动地大喊大叫起来，疯了一样向那个方向跑去。

离着亮光越来越近，他发现光不是在地面上，而是悬浮在天空。当距离再拉近一点后，王宗玮看到光竟然来自一个天上的球体，若隐若现，让人直视后产生一种恍惚感。王宗玮没有停下脚步，满脑子只剩下媳妇的事，因此一刻不停地继续跑，直到来到了球体的正下方，他才发现天上的球几乎比他们村子还要大。

"有人在吗？求你们帮帮我！"王宗玮冲着天空叫喊，他虽然不知道天上那东西是什么，但希望里面有好心人。

这一嗓子喊出后，巨球还真发生了异动。

一束光突然从巨球里射出，打在王宗玮面前。不久后，两个黑影顺着光束缓缓下降，最终落在了地面。王宗玮想看清站在光束里那两个人的长相，但任他怎么努力去瞧，黑影都模模糊糊完全看不清样貌，只能看出两个黑影都是人型，一高一矮。

"求求你们，帮帮娟！"

王宗玮再次开口求助，但两个黑影却没有反应。过了一会儿，一个浓重的电子合成音从高个子黑影那里传出来，说："人类，你想传递怎样的信息？"王宗玮没有回答这个问题，只是在不停念叨着"救救娟"。

两个黑影沉默了一会儿，矮个子黑影突然射出一束光线照在了王宗玮身上，而后光束又快速消失，只听它对一旁的同伴说道："已扫描这个人类，基因有先天缺陷。"

"原来是这样，可怜的小家伙。"高个子黑影说道，接着他又问同伴，"顺手把他的基因给修复了，如何？"

"同意。"矮个子回答。

接下来，只见矮个子黑影那里又射出来一道光打在王宗玮身上，令他感觉全身暖洋洋的，慢慢失去了意识……

◆2◆

再次醒来已是清晨，王宗玮躺在一处草地上，天早已放晴，只留下周围泥泞的土地显示着昨晚那场雨的痕迹。奇怪的是，王宗玮发现自己的衣服是干的，身下的草地也是干燥的，与周围湿漉漉的大地形成了鲜明对比。

昨晚发生了什么？王宗玮站了起来，拍拍身上的土，挠着头不知所措。突然，脑海里想起一个人，令他忍不住大喊了一声："娟！"接着，王宗玮开始向村子狂奔。

于是，村口一群遛弯儿的老大爷们见到了一件稀罕事，村里那个傻子竟然大早晨从村外跑了进来，一时间纷纷嚼起了舌根子。不过王宗玮早已习惯了村民的指指点点，他目前只想赶紧回家，看看昨晚生病的媳妇到底怎么样了。他不理会任何人，卖力地奔跑，但当他跑回到家门口时，眼前的一幕令他惊呆在了原地。

宋玉娟正坐在门口的土路上，呆呆地看着他傻笑。

"娟，你没事了？"王宗玮赶忙来到媳妇面前，在她身上东摸摸西碰碰，宋玉娟则用傻笑回应。他看着媳妇脏兮兮的脸上依然残留着昨天吃肘子的猪油，想到她昨晚疼得在床上打滚的模样，一时间，没照顾好媳妇的自责和失而复得的喜悦一齐涌上心头，王宗玮竟"哇"的一声趴在宋玉娟腿上哭了出来。这一举动明显让宋玉娟的傻脑瓜转不过弯来了，只得傻笑着把手放在王宗玮的背上，轻轻拍了拍。

那天，王宗玮趴在宋玉娟腿上哭了很久，直到他发现媳妇似乎受了他情绪的影响不再傻笑，才擦干眼泪停止哭泣，紧接着这两个傻子大眼瞪小眼，又一起傻笑了起来。自那天后，王宗玮的生活又回到正轨，依然每日蹲在歪脖子树下晒太阳，依然靠给村民做杂活儿讨饭吃，仿佛什么都没发生。

然而，傻子晚上发疯和早晨痛哭的事却成了村民们的谈资，大家都很好奇一个平日里乐呵呵的傻子为什么会哭？随着日子一天天过去，人们渐渐察觉傻子的行为开始出现了一些"古怪"，比如之前王宗玮几乎每时每刻都在傻笑，但自那天哭过后，他傻笑的次数越来越少，甚至有时会面无表情地默默出神。村民们都在猜傻子是不是撞了什么邪，但村里有个每天神神叨叨的神婆却做了另一番解读 —— 傻子一哭，有丧要出。

这次还真被她给说准了，仅仅几天后，村子里一户村民死了，正是不久前办喜事那小子的爹。

由于王宗玮参加完喜事后第二天就大哭，村里都在传傻子是预感到了主家要发丧，所以伤心地哭了。后来这事越传越玄乎，搞得给自己老爹办丧事的那小子也信以为真，觉得老一辈关于"守护神"的说法兴许是有几分道理，于是丧宴特地邀请了王宗玮来吃席，还让他上了桌。

席上，王宗玮似是能分清场合似的，全程没露出他那标志性的傻笑，看上去就像是个正常人。当然，村里人并不会因为王宗玮没傻笑就认为他不傻，自然也就没人愿意搭理他。但村外来参席的人可就不同了，他们不了解王宗玮，只当这是个有些腼腆的年轻人，甚至还有人主动跟他搭话茬。

"唉，这红事接白事，还没来得及抱孙子就走了，都是命啊。"席桌上，王宗玮身边一个中年大叔感叹道，紧接着扭头看向王宗玮，问道："小伙子，你说是这个理儿吧？"

王宗玮正在闷头扒拉饭，平时很少有人愿意跟他这个傻子闲聊，所以大叔这么一问搞得他有点紧张，只得顺着对方的话说："对，的确是命，他家娶亲我还帮忙来着。"一听这话，大叔似乎来了兴致，问道："儿子娶媳那天他高兴坏了吧？来，给我讲讲。"

就这样，王宗玮和大叔闲聊了起来。这个大叔告诉王宗玮，他是死者的亲戚，他应该叫死者弟弟，当年因为矛盾两人反目成仇，两家人十多年都没再来往过。如今听说自己的弟弟死了，他这个当哥哥的心里不好受，两家人多年的仇怨也就随着人的离世一起入土为安，他这趟来是想送弟弟最后一程。

王宗玮这是第一次听别人给他讲故事，聚精会神，认真得不得了。但当大叔问他在村里是种地还是做小生意的时候，王宗玮沉默了，他心中突然腾起一丝悲哀，为自己是个傻子而感到悲哀。他实在不想告诉眼前这个愿意搭理他的大叔，告诉他自己其实是个傻子。

"小伙子，你们村这个黄米糕真不错，是土特产吗？"大叔并没在意王宗玮的沉默，继续有一搭没一搭地闲聊着，他似乎很喜欢席上的黄米糕，一盘都快被他给吃光了。王宗玮告诉他，村里的农户种黄米，所以家家户户都会做这黄米糕，而且是村里祖辈传下来的土办法做的，外面买不着。大叔听了这话眼睛一亮，问道："你家有现成的吗？我买点回去给亲戚朋友们尝尝，县城里真吃不到这么好的味道。"王宗玮刚想摇头拒绝,却听大叔又补充了一句:"市面上一般十几元一斤,我 150 元买你 10 斤,怎么样?"

听完这个数字,王宗玮当场愣了。或许以前他这个傻子对钱完全没有概念,也不会去想未来的事,但最近不知为何脑袋经常会不由自主地开始思考,也就立刻想清楚了 150 元可以买好多好多肉。

此刻,王宗玮突然产生了一种之前从未有过的念头,就是渴望拿到这笔钱,因为傻媳妇想吃肉。

在渴望的驱使下,王宗玮第一次感觉到自己的脑袋正在为了一个目标飞速运转着,突然一个逻辑链条从脑子里蹦出来,驱使他不由自主地说出了此生第一句谎话:"我家有黄米糕!"

丧宴很快便接近了尾声,王宗玮让大叔在原地等会儿,他回家取糕送过来,然后一溜烟就跑了。当然,他并没有真的跑回家,而是跑到大叔看不见的地方拦下一个在外面溜达的村民,说:"李叔,麻烦问你个事。"被叫作李叔的村民一开始不想搭理这傻子,丢下句"今天没有杂活给你干"就准备离开,王宗玮赶紧又补充道:"不是干活的事,我想跟你买点东西。"

傻子想买东西?这太阳打西边出来了。

李叔来了兴趣,问道:"买什么?你有钱吗?"王宗玮点头说自己有钱,想买十斤黄米糕,问总共需要多少钱?实际上十斤不算多,李叔家最近正好做了不少,但他想不通眼前这傻子是真想买糕还是又发了疯?于是随口一说:"5 元一斤,给得起钱我就卖给你。"农村的粮食便宜，所以在李叔眼里自己报的这个价可不低，傻子真能出得起这个钱的话，这几天的喝酒钱就赚出来了。但他却不知道，王宗玮从大叔那接到的报价是这个价的三倍。

"好的，李叔，但你能不能先把糕给我，过几分钟我再把钱给你？"这个要求让李叔有些摸不到头脑，不过傻子脑袋缺根筋很正常，再说十斤糕又不值几个钱，他便答应了下来。李叔带着王宗玮回家称了十斤糕，王宗玮拿到后就傻笑着跑了。约么着过了十来分钟，傻子跑了回来，手里还攥着一张五十的人民币，李叔接过钱，啧啧称奇。

就这样，王宗玮赚到了他人生中的第一笔钱，也第一次花了十几块钱买了一斤猪肉和几个馍。兜里揣着钱，手上拎着肉，伴着夕阳的余晖，王宗玮像个凯旋的勇士一样回到了家门口。他的傻媳妇依然坐在门口的土路上，痴痴地傻笑，仿佛在欢迎自己家的汉子回来。

"娟，我今天挣到钱了，咱有肉吃了！"王宗玮把手中的塑料袋在媳妇面前晃了晃，但宋玉娟似乎对生肉不感兴趣，抓过装馒头的塑料袋，拿出馒头啃了起来。王宗玮见状赶紧把馒头给抢了回来，对媳妇说道："娟，等我把猪肉煮熟了再就着肉吃，好不好？"但宋玉娟显然没听懂，手里的馒头被抢走后她看上去有点失落，竟然开始捡地上的馒头渣往嘴里塞，王宗玮见状赶紧拉着他的傻媳妇进了屋。

接下来，王宗玮第一次学会了生火和做饭，由于家里没有调料，他所谓的做饭其实就是把猪肉扔进开水里烫熟罢了，但两个傻子依然吃得香甜。晚上，王宗玮像往常一样坐在床头拉着媳妇的手，只不过今天没有傻笑，而是找了条毛巾认真地帮媳妇擦她那脏兮兮的脸蛋。王宗玮第一次认真地看宋玉娟干净的面容，他发现媳妇的五官其实挺漂亮，只不过容貌被傻里傻气的表情给毁了而已。

"娟，我一定会让你过上天天吃肉的生活的。"王宗玮摸着媳妇干净的脸蛋，认真地说着，而宋玉娟"嘿嘿"傻笑了一声，似是作为她的回应。

◆ 3 ◆

"过来把票补一下，喂，说你呢。"售票员不耐烦地喊着，王宗玮抱着个破麻袋站了起来，有些不知所措。他这是第一次坐长途汽车，平时看其他村民都是站在国道边等一会儿就直接上车，却没想到还有在车上补票这回事。他小心翼翼地问售票员多少钱？售票员没好气地说："15元。"然而王宗玮在全身的口袋里翻来找去，最终只凑出来13元。

"15元，没听明白吗？"售票员瞪了王宗玮一眼，以为眼前这土包子是想讲价。但王宗玮身上真没钱了，之前赚到的钱大部分都已经拿来给媳妇买肉吃了，却忽略了坐长途车还要花钱买票这件事。此刻，王宗玮在售票员面前就像一个做错了事的孩子，不敢直视对方的眼睛，怕极了被直接赶下车。

"算了，懒得跟你这土包子计较。"僵持了好久，或许是看出王宗玮真的没钱，售票员给了他一个白眼，一把夺过王宗玮手里攥着的 13 元钱，不再搭理他了。王宗玮则点头哈腰地道谢，尴尬地回了自己的座位。

长途车很快就到达了县城，王宗玮背着三十斤的麻袋，一边打听路一边徒步行走。上次那个大叔给他留了一个电话号码，因此王宗玮没钱后联系了大叔想再做生意，没想到大叔爽快地答应了。原来，大叔在县城里开了家小饭店，上次买完黄米糕后试着卖给顾客吃，结果反馈非常好，因此这次一下子问王宗玮要了三十斤。

徒步走了很久，直到王宗玮已经满头大汗，才到达了与大叔约定的地点。他蹲在马路边，防贼似的把那一麻袋糕紧紧抱在怀里，看了一眼天空的太阳，感觉已经到了约定的时间。然而，那个大叔却一直没有出现，没有手机的王宗玮没法联系，就只能蹲在地上干等。

这一等，就等了好几个小时，就在王宗玮以为糕卖不出去而有点失落时，一个熟悉的身影向他走了过来。

"不好意思啊小伙子，有事来晚了。"

大叔一见面就热情地打招呼，王宗玮则连忙摆手说没事。他现在只想赶紧把这一袋子黄米糕卖出去，毕竟媳妇还在家里等他回去呢。这大叔很爽快，直接付了钱，说以后可以继续合作，王宗玮自然是满嘴答应，说下次还亲自给大叔送过来。

最终，望着大叔离开的背影，好久没傻笑的王宗玮又一次露出了傻傻的表情。

王宗玮赶上了县城的最后一班长途车回村。天色渐黑，他匆匆忙忙地跑回自己家，却发现一直没等到他回来的傻媳妇依然坐在门口的土路上，只不过没有了平日里的傻笑，低着头玩自己的手指，看上去有点不高兴。

"娟，我回来了，给你带了县城里买的猪头肉！"

王宗玮远远就听到媳妇的肚子在咕咕叫，连忙蹲在宋玉娟面前揭开塑料袋。一阵肉香扑出，那份傻笑再次回到了宋玉娟脸上，她抓起猪头肉开始狼吞虎咽，而王宗玮看着媳妇吃得满脸油，也傻笑了起来。

自那以后，王宗玮发现了卖黄米糕能赚钱。

从此，那个每天在村口歪脖子树下晒太阳的傻子变了，不再一副呆呆傻傻的模样，而是变得神神秘秘，到各家各户去收黄米糕，然后有事没事还往县城跑。慢慢地，村里传出了一种猜测，这傻子是不是突然变聪明了？

随着时间推移，王宗玮的生意越做越红火，现在除了大叔之外，县城里又有好几家饭店愿意跟他合作。这种忙碌的生活他以前作为傻子时从未体验过，但一想到可以赚到很多钱，他就充满了干劲儿。

　　不知怎的，王宗玮现在非常热衷于赚钱，虽然这些钱早就足够他每天大鱼大肉，但他总觉得钱依然不够用。为了节省成本，他现在开始自己在家制作黄米糕，还考了驾照并买了辆二手面包车给县里供货，俨然一副小老板的模样。现在村里已经没人再把他当傻子了，都在传他在县城里发了财，这让王宗玮获得了一种从未体验过的满足感。

　　不过忙着赚钱也让王宗玮越来越难以照顾家里的傻媳妇，有次他在县城里待了一夜，结果第二天中午回来后发现宋玉娟竟然还在门口等他。家里明明有吃的，但这傻媳妇却不吃不喝了一整天，硬是要等王宗玮亲手把食物拿到她面前，才傻笑着狼吞虎咽。宋玉娟痴痴傻傻的模样经常引得看热闹的村民哈哈大笑，但王宗玮却不再像以前那样用自己的傻笑来回应了，而是把傻媳妇拉回屋里，免得被人笑话。

　　如今，村里人再次开始在王宗玮背后指指点点，只不过这次不是笑他傻，而是背地里说他就算变聪明了也还是个傻子命，老天故意给他安排了个孩子都生不出来的傻媳妇。面对流言蜚语，王宗玮只能当作自己什么都没听到，但心里依然很难受。

　　"娟，我要去县城待几天，你老老实实待在屋子里别出去，别再给我添乱了，可以吗？"某天夜里，王宗玮结束了一天的工作坐在床上，拉着宋玉娟的手说道。但这傻媳妇似乎完全听不懂他的话，眼珠子盯着天花板，始终在傻笑。王宗玮无奈地叹了口气，松开手，点上一支烟，疲惫地靠在床头吞云吐雾起来。

　　第二天早晨，王宗玮临走时犹豫了良久，最终在周围村民的指指点点中锁上了自家院子的大门，然后开着他的破面包车去了县城。在县城里一忙就是整整两天，由于担心宋玉娟自己在家里会出问题，于是他第三天就火急火燎地赶回了家里。然而一进家门，眼前的一幕让王宗玮愣在了原地——他看到自己已经制作好的一大堆黄米糕上面竟然铺满了剩菜和泔水，有些米糕甚至已经发霉变质，这让他过两天可怎么交货！

"你这个傻婆娘是疯了吗？老子真是倒了八辈子霉娶了你！"

这天，气急败坏的王宗玮疯了一样地抢救那些被他视作宝贝的黄米糕，浑身脏兮兮的宋玉娟则惊恐地蜷缩在墙角，捂着嘴不敢再傻笑了。

◆ 4 ◆

"玮哥，来，祝你生意越做越红火。"一个年轻人端起杯子敬酒，王宗玮笑呵呵地与他碰杯，然后二人一饮而尽。这个年轻人是县城大叔的儿子姜文波，王宗玮送货时经常跟他见面，一来二去就认识了。姜文波高中毕业后没找过正经工作，一直在社会上瞎混，今天这家伙闲得无聊非说要到农村体验"农家乐"，王宗玮就把他带回了家里吃午饭。

"人家玮哥以后可是做大生意的人，还用你来说好听话？"说话的是一个坐在姜文波身边的女人，叼着根烟，化着浓妆，头发染得花花绿绿，跟姜文波那一头黄毛倒是挺搭配。她是姜文波的女朋友，今天听说要来农村玩，也非要跟着过来见见"世面"。

破旧的瓦房里，三人你一言我一语地闲聊，在酒精的作用下脸色都开始泛红。但其实房间内还有一个人，正傻笑着看着三人喝酒，却没什么存在感。

姜文波似乎有些喝高了，突然拍着王宗玮的肩膀说道："玮哥，兄弟我说句掏心窝子的话，你真是个纯爷们儿，现在挣着钱了还对嫂子不离不弃。"说罢，竖起了大拇指。姜文波的女朋友立刻瞪了他一眼，接过话茬："怎么，你的意思是我要是变成个傻子，就一脚把我踹了呗？"

"才不呢，你这么漂亮，变傻了我也养你。"姜文波赶紧嬉皮笑脸地否认。

"哼，男人的嘴，世上的鬼。"

眼前这对情侣打情骂俏，让王宗玮根本没地方插嘴。他瞥了一眼坐在床头傻笑的宋玉娟，给自己倒了满满一杯酒，一饮而尽。

午饭过后，姜文波提议打扑克，王宗玮从来没玩过，但见两人兴致勃勃就点头同意。一直当傻子的他从未打过牌，本来只是抱着试一试的心态，谁成想这东西玩起来竟然让人上瘾。然而，姜文波和他女朋友玩了几把后却表现得有些无聊，总感觉少了点什么似的。姜文波突然眼珠子一转，对王宗玮说道："这么干巴巴地玩没意思，咱加点彩头吧。"

所谓彩头，就是钱，当扑克与钱挂上钩，性质可就变得模棱两可了。三人的彩头虽说不大，但对于王宗玮而言却是异常刺激，他现在对钱很执着，因此玩起牌来很认真，大脑在不停思考着能挣钱的牌路。三人玩了整整一下午，最终以王宗玮赢了一百多元告终。

"牛哇，玮哥，刚学会打牌就这么厉害。"虽然输了钱，姜文波依然笑呵呵地称赞，对他来说这点钱就是图个乐，并不在意输赢。但对王宗玮而言就不同了，他第一次感受到把钱作为筹码竟然是这么刺激的事，心情到现在还没完全平复。

天色渐晚，姜文波准备带着他的女朋友坐长途车回去，临走时除了对王宗玮道别，还特意向床上坐着的宋玉娟摇摇手，说："嫂子，我们走了啊。"宋玉娟自然是没有反应，一直仰头盯着房梁傻笑。见状，姜文波突然又笑眯眯地对王宗玮说道："玮哥，啥时候跟嫂子要个孩子啊？"

听到这话王宗玮愣了一下，有些尴尬地说："暂时还没有计划。"他突然看向姜文波的女朋友，问了一嘴："你俩现在是同居吗？"

姜文波的女友点点头，说："对，怎么了？"

"没……没事。"

把二人送上车后，王宗玮回到了家里，他把中午的剩菜重新热了热，给自己倒上一杯酒，独自喝了起来。王宗玮看向坐在床头的宋玉娟，突然想起傻媳妇似乎一天都没吃饭，这才忙不迭地端着菜盘来到她面前。宋玉娟见到吃的刚想用手抓，王宗玮却怕她弄脏被子赶紧拦住，亲手把饭喂进她嘴里。

这一刻，王宗玮的心里突然产生了一个疑问 —— 他娶这个傻媳妇到底是图什么？

实际上宋玉娟目前只是他名义上的媳妇，就像许多地方农村的做法一样，两人拜了堂却没在民政局领证结婚，所以法律上二人依然是单身。说来也可笑，两个傻子一起生活了这么长时间，却压根不懂男女之事，作为夫妻到现在连嘴都还没亲过，更别提生孩子了。以前，王宗玮只要每天能拉着宋玉娟的手就会觉得幸福，但如今……

他记得自己虽然曾经饥一顿饱一顿，但每天都在快乐地傻笑。如今变聪明了，也有钱了，却总觉得日子一天不如一天。他早已忘记那个雨夜到底发生了什么，只记得是为傻媳妇去寻帮助，然后第二天早晨醒了过来，自那以后就莫名其妙变聪明了。但自从变聪明后，他却感觉自己像是受了诅咒，在不断迷失掉真正的自己。

想着想着，王宗玮越想越觉得憋屈。他看向与自己同住一个屋檐下多年的宋玉娟，伸手轻轻抚摸着她的脸蛋，心头仿佛烧起一把火，突然伸出脖子亲了上去。这个举动把宋玉娟吓了一跳，不停地挣扎，看上去想要摆脱王宗玮。但王宗玮死死抓住她不放，直接按倒在床上，借着酒劲开始扒宋玉娟的衣服。

"不要！"宋玉娟难得说了一句话，抬起手"啪"地给了王宗玮一个巴掌。这一巴掌一下子把他的酒劲给拍掉一半，愣愣地松开了宋玉娟。他看着傻媳妇那惊恐的眼神，心中五味杂陈，抬起手也给了自己一个耳光。

"娟，对不起，我喝醉了。"王宗玮试着再去拉宋玉娟的手，但她看上去依然很害怕，蜷缩在床上不停地往后躲。王宗玮无奈，只能退到餐桌旁，举起桌子上的那瓶烧刀子，狠狠往自己喉咙里灌。

那晚，王宗玮醉得不省人事。

第二天醒来时，王宗玮发现自己躺在冰冷的水泥地面上，浑身酸痛。好在宋玉娟似乎已经忘了昨晚的事，依然坐在床头冲着王宗玮"嘿嘿"傻笑。

之后的日子里王宗玮没再强迫过自己的傻媳妇，他依然每天忙活着赚钱，生活仿佛又回归正常，但如今他却多了一个爱好——打麻将。这是在县城里跟姜文波学的，他发现这东西可比扑克好玩多了，尤其是挂上彩头，简直让人欲罢不能。现在他除了忙着卖黄米糕赚钱外，大部分时间都跑去县城跟姜文波那帮街溜子朋友混在一起，不是喝酒就是搓麻将，渐渐融入了这个俗气的社会。

如今，王宗玮经常一连好几天不回家，宋玉娟似乎也在慢慢适应这种变化。她学会了自己在家里找东西吃，学会了不去碰那些黄米糕，学会了不出门被村里人嘲笑，否则王宗玮会凶她。这种日子一天天地过，宋玉娟傻笑的时间越来越少，大部分时间都惊恐地看着家里面堆满的黄米糕，生怕自己又犯了什么错受到王宗玮的训斥。

不过宋玉娟的傻脑瓜子并不懂得埋怨王宗玮，在她心里那依然是每天给自己肉吃的最亲近的人，每当王宗玮回到家，她就会兴高采烈地傻笑。然而，在一个大雨瓢泼的晚上，王宗玮从雨幕中跌跌撞撞地回了家，宋玉娟再次用傻笑迎接自己最亲近的人回来，但这份笑容却慢慢僵在了脸上。

因为她看到王宗玮头上裂了个大口子，还在不断流着血。

◆ 5 ◆

"小子你还敢逃，欠债还钱天经地义，懂不懂？"

破旧的瓦房内，宋玉娟惊恐地蜷缩在角落，看着一个光头大汉把王宗玮踹倒在地，嘴里骂骂咧咧，身后的马仔也跟着他一起对王宗玮张牙舞爪。王宗玮已经被打得满脸是血，带着哭腔求饶说："龙哥给我点时间，等我挣了钱就把输的钱全还给你。"但这个叫龙哥的人不依不饶，依然催促王宗玮去找亲戚朋友借钱，今天必须还钱。

那可是几十万元啊，得卖多少黄米糕才能把钱给还上！

就在昨天晚上，王宗玮被龙哥做了局，输红眼的他仿佛又变回了一个不长脑子的傻子，总觉得再赌一次一定能翻盘，结果越陷越深。他已经被关了一整天，龙哥百般虐待逼他还钱，但王宗玮实在是拿不出钱来只能咬紧牙关硬挺。到了今天下午，王宗玮趁着一个马仔打瞌睡的空当逃了出来，一路逃回村子。没想到龙哥竟从姜文波那里打听到了他的住址也追了过来。

　　"早就听小姜说你小子娶了个傻子老婆，没想到这娘们傻成这副模样。"龙哥给马仔使了个眼色，马仔会意，走到宋玉娟面前一把薅起她的头发，宋玉娟立刻露出了痛苦的表情。龙哥满意地笑了，蹲在地上拍了拍王宗玮的脸，说道："是个爷们就赶紧找亲戚筹钱，省得让你的傻老婆吃皮肉苦。"头发被紧紧拽着，宋玉娟拼命挣扎，流着鼻涕号啕大哭。王宗玮看着这个单纯的傻姑娘因为自己遭这种罪，恨得牙齿咬得咯咯作响。

　　此刻，他恨极了眼前这帮人渣，却只能像个废物一样躺在地上毫无办法。

　　他想起了自己还是傻子时，那时在村口听别人喊他一声"傻子"就会傻笑大半天，因为那代表着能给自己心爱的傻媳妇讨口饭吃。如今的他总在抱怨自己娶了个傻子图什么，但实际上是宋玉娟在他还是个傻子的时候给了他一个家，她又图什么？他一直以为让傻姑娘天天吃上肉就尽到了自己的责任，但从不去想傻姑娘经常饿一天也不去碰餐桌上的肉，其实一直在等的是那个能把肉送到她面前的人。

　　想着想着，王宗玮的眼眶红了，他突然很想做回那个无忧无虑的傻子，想再一次心无旁骛地把傻姑娘视作自己一生的宝贝。

　　王宗玮恶狠狠地看向那个正在揪着宋玉娟头发的马仔，满脑子全是死也不能让这帮人渣继续欺负自己的媳妇。他突然大吼一声，爬起来扑向那个马仔，一口咬住那人的脖子！

"啊!"马仔发出一声哀号放开了宋玉娟,用力捶打王宗玮,但王宗玮就像一头饿狼一样死死咬住不放,摆出一副同归于尽的架势。见到这情况龙哥也慌了,赶紧招呼其他马仔一拥而上,一顿拳打脚踢过后,王宗玮终于失去力气松开了口,只能抱着头任这群恶霸继续在自己身上发泄怒火。

然而,就在王宗玮以为自己或许就要被打死的时候,他看到一个身影扑向了龙哥。

宋玉娟刚才趁着没人管她,从一旁的柜子里拿出了一把菜刀,朝着龙哥狠狠地砍了下去,龙哥抬手抵挡,胳膊上瞬间多了一道血口子,疼得他龇牙咧嘴。但平日里呆呆傻傻的宋玉娟今天似乎也疯了,拼了命地胡乱挥着菜刀,令一众马仔全都傻了眼,根本不敢近她的身。

所谓愣的怕横的,横的怕不要命的,这群混子通常都是虚张声势图财,却根本没有闹出人命以身试法的勇气。他们见这对疯子夫妻表现出一副不要命的架势,气势上立刻怂了,早就没了要继续图财的打算。

"撤!"龙哥想到神经病杀人不犯法,还真怕眼前的疯婆娘不顾一切地闹出人命,于是赶紧招呼小弟开溜。当然,就算跑路也不能丢了气势,龙哥叫嚣了几句"你们给我等着"这样的经典台词后,捂着胳膊上的伤口,带着一众小弟夺门而出。

"娟,他们跑了。"倒在地上的王宗玮见宋玉娟依然对着空气胡乱劈砍,柔声说道,希望她能冷静下来。这句话似乎起了作用,宋玉娟慢慢停下动作，拎着菜刀面无表情地看向门外的雨夜，但剧烈起伏的胸口预示着她情绪仍未平复。就在王宗玮起身想要安慰一下媳妇时，却见宋玉娟突然又激动地喊叫了起来，头也不回地冲进了雨幕里。

"娟！"宋玉娟的行为吓了王宗玮一跳，喊了一嗓子希望能把她喊回来，但宋玉娟的身影一下子就完全没入夜色，不知跑去了哪里。来不及多想，王宗玮立刻也追了出去。

在大雨中，王宗玮四处寻找，小小的村子里找不到，他就跑出村子找。王宗玮在荒郊野岭里转了一圈又一圈，却始终没找到宋玉娟的踪迹，他又不敢停下脚步，因为怕宋玉娟自己在外面会出事，此刻经历了刚才那一切的他，已容不得傻姑娘再有半点闪失。

这一找就找了近两个小时，王宗玮不知道自己已经跑到了哪里，却突然在天边看到了似曾相识的一幕——远处的天空中有一个光点。

王宗玮顺着光的方向继续寻找，随着他离光点越来越近，光点也慢慢变成了光球，最终看到一个巨型球体横亘在了前方的夜空里，不断散发着亦真亦幻的诡异光芒。而在这个光球方向的半路上，王宗玮发现地面上扣着一个半圆形的光罩，雨水落到光罩上纷纷被弹开，仿佛是在保护着里面的什么东西。见状，王宗玮毫不犹豫地跑了过去。

"娟！你没事吧！"走到光罩附近，王宗玮发现宋玉娟竟然躺在里面，于是他立刻冲进光罩，试图唤醒看样子在沉睡的傻媳妇。
然而，任他怎么呼唤，宋玉娟都毫无反应，好在看上去呼吸平稳，
仿佛只是睡着了。王宗玮不知道这是怎么回事，但他猜想宋玉娟现
在这副模样或许与天上那个光球有关，于是向着光球方向跑去。

　　来到光球下方，王宗玮发现有一束光柱正打在不远处的地面
上，光柱里面有两个一高一矮的人型黑影，却模模糊糊看不清具体
样貌。"难道是遇见外星人了？"王宗玮心想。这种奇遇让他心里有
些忐忑，但为了问宋玉娟到底怎么了，他还是硬着头皮一步步走向
光柱。

　　"又一个基因有缺陷的人类？"王宗玮刚走到光柱前方，一个电
子合成音从高个子黑影处传来，似是在问王宗玮，又似是在对他的
同伴说。只听矮个子黑影回答道："不，这是一个已修复的样本。"

　　王宗玮不知道两个黑影在说什么，却鼓起勇气问道："娟到底
怎么了？"说罢，他指了指远处地面上的光罩。两个黑影沉默了一
会儿，似乎在分析王宗玮想要传递的信息，紧接着矮个子黑影回答
说："那个人类没事，正处于深度睡眠状态。"

　　"意思是你们安抚了她的情绪让她睡着了，是吧？"

　　"是的。"

　　听到这话王宗玮放下了心，毕竟对方根本没有必要骗自己。

　　"我还有个疑问……"王宗玮顿了顿，"我变成现在这样是不
是跟你们有关？"他从刚才就在怀疑这件事，因为这个场景令他有

种似曾相识的感觉。

"有关。"高个子黑影的回答言简意赅。

"那你们能把我变回原来的样子吗？"

"为什么？"

"因为我失去了快乐……"王宗玮把目光投向远处那个光罩，继续说道，"我想要再次变得单纯，变得无忧无虑，想要继续陪着我的傻姑娘傻笑。"说着，王宗玮的眼眶开始慢慢泛红。

王宗玮的回答似乎让两个黑影陷入了迷茫，沉默了好久都没有再次说话。它们想不出一个基因被修复完整的人类，为什么希望再次回到基因残损的状态。这种自我寻求退化的情况超出了它们的认知，因为它们的理念是永恒地追求智慧与理性。

最终，矮个子黑影问了一句："人类，你确定吗？"

王宗玮点点头。

下一刻，一束光打在他身上，令他失去了意识……

早晨，王宗玮醒了，在一片干燥的草地上。他醒来的第一眼就看到自己的傻媳妇坐在他身边，正望着已经放晴的天空发呆。似乎是听到了王宗玮起身的动静，宋玉娟把目光从天边收回，看向王宗玮，露出了一个傻乎乎的笑容。

昨晚发生了什么？王宗玮似乎记得，又似乎记不得。他感觉整个世界都像是被蒙上了一层纱，令他完全看不透远方，也不想去眺望远方。好在眼前就是他世界的全部，于是他拉起傻媳妇的手，也傻笑了起来。

◆ 6 ◆

"傻子，这是你今天的工钱。"见王宗玮吃完饭收拾好碗筷，一个村民从兜里掏出一角钱递了过去。如今，王宗玮干完杂活后除了蹭一顿饭，所有村民都会都默契地给他一角钱作为工钱，而王宗玮拿到钱后如获至宝，会小心翼翼地装进兜里，然后给主家鞠个躬作为答谢。

王宗玮拿着钱回了家，从柜子里掏出一个铁盒子，打开盒盖把钱放进去，满意地傻笑了起来。但当他环顾空空荡荡的家时，那份傻笑却慢慢凝固在了脸上，因为他想念自己的傻媳妇了，想让她赶紧回家。

实际上，距离那个雨夜已经过去了一年多的时光，那时王宗玮又变回傻子的事一度引得村民们议论纷纷，后来大家慢慢习惯后，又开始传言说村子的守护神回来了。

然而，村民们发现，王宗玮的傻媳妇不再坐在门口的土路上傻笑了，她开始打扮自己，开始帮村妇们做些零活儿挣钱，甚至把自家院子都打扫得干干净净。这一变化不禁让村民们啧啧称奇,甚至有些神神叨叨的村妇私底下还在说王宗玮的"聪明气"被媳妇给吸走了。

对于王宗玮而言,那段时间他最大的变化就是不敢傻笑了,因为自己只要一傻笑,媳妇就会唉声叹气,有时候还会独自抹泪。他不知道自己到底做错了什么,只能努力控制自己不再傻笑,然后把家里的肉都让给媳妇吃,只希望媳妇能给自己一个微笑。然而,换来的往往是宋玉娟的一句"对不起",然后她还会一边哭着一边笑给王宗玮看。

之后的半年里,宋玉娟开始频繁往县城跑,王宗玮独自待在屋子里总感觉心里空落落的,就会待在村口的歪脖子树下日夜等他的傻媳妇回村,只希望她能在回来的第一时间见到自己。但奇怪的是,宋玉娟每次回村看到王宗玮在村口都会哭,这令他不知如何是好,只能继续傻笑,宋玉娟却哭得更伤心了。

直到有一天,宋玉娟去了县城,再也没回来。

那时,王宗玮在村口不吃不喝等了三天三夜,最终还是李叔实在看不下去了,对他说:"傻子,别等了,你媳妇不会再回来了。"但王宗玮不明白李叔为什么这么说,一边傻笑一边摇头。无奈之下,李叔只能骗王宗玮说:"宋玉娟走前跟我说了,她说你攒够1000元的时候她就会回来。你别等了,赶紧赚钱吧。"听到娟会回来,王宗玮一下子来了精神,傻笑着冲李叔点头。

自那之后,村民们就有了一种奇怪的默契,每天给村子的守护神一角钱。

如今，对王宗玮而言，他人生全部的希望都在手中的铁盒子里，里面已经攒了不少钢镚。或许他觉得，只要自己每天努力帮村民们干活，努力挣钱，他最爱的傻媳妇很快就会回到身边吧。

想到这里，王宗玮凝固在脸上的傻笑再次绽放，因为他相信自己的傻媳妇就快回来了，那时他会用自己的一生去守护好她……

日暮途穷

索何夫\作品

换句话说,为了得到在那些类地行星上生活的权利,我们必须奉献出我们生而为人所拥有的最宝贵的东西——我们赖以思考的器官?然后呢?我们要像被圈养的猪一样生存?

科幻
硬阅读
DEEP READ
不求完美 追逐极致

"我们开始吧……"

在暗影幢幢的舱室中，唯一的光源是飘浮在房间中央的那团变幻莫测的光晕。用人类的语言很难准确地描绘出这团色彩的形象：它既像是一片烟雾弥漫的立体涂鸦，又像是自内而外散发着朦胧微光的蒸汽；它像是在水中洇开的血迹，更像是被烟雾稀释的彩色墨水。第一眼看去，它似乎是某种实打实的存在；但在下一秒钟，它看起来又更近似于一个虚无缥缈的幻影。

一个幻影，但却是完全真实的幻影。它的谈判对手紧盯着它，默默地思考着，是的，就像我们一样真实。

在舱室的一角放着一张压塑成型的塑料扶手椅，椅子上坐着一个男人。这个男人曾经强壮、英武、充满朝气，但如今已经疲态尽显、青春不再。他有着维京武士那种仿佛由整块大理石砍凿出来的粗粝面孔和饱经风浪的波利尼西亚航海者般的黝黑肤色，线条坚硬的下巴上长满了杂草般的胡茬，灰白的长发凌乱地披在宽阔的肩上，黑曜石般的双眼中流露着希望与理想被时光之风吹蚀殆尽后所淤积的沧桑，就像一名在苦寒之地流放了大半生的王子或者一位离位已久的国王。

"那么，你最终还是同意和我们谈谈了。"男人举起放在扶手椅托盘上的一只式样老旧、绘有玫瑰与黄雀图案的搪瓷杯，啜饮了几口杯中之物。他的双眼紧盯着舱室中央那团不断变换着的光影，仿佛那是一个人 —— 或者准确地说，一个值得认真对待的对手。

"你所试图传达的信息逻辑混乱，难以理解，令人迷惑。自从你们进入这一区域以来，我 —— 我们一直都试图和你们接触并进行谈判，"低沉的声音从流转的光环中传出，就像是男人声音的回声。错了，那其实就是他的声音 —— 如果有人愿意将这段对话录制下来，然后对其进行比对识别的话，他将发现电脑会把这两句话识别为同一个人的自问自答，"但你们每次都拒绝谈判，直到现在。"

"我的话并没有任何逻辑混乱，也不难理解，更不会令人迷惑 —— 当然，既然你们并不是人，那么对此感到迷惑倒也不算奇怪。"男人整了整身上披着的蓝色制服，这件制服领口上的铂金色领章的边缘已经开始磨蚀，露出了土黄色塑料的本来面目。但领章上的三道红色纹饰仍然表明了他的身份，一个来自许久之前的、已经被久远的时光所湮没的身份，"毕竟，你们只是通过截取并分析我们的通信借用了'谈判'这一词汇。在你们的文化中没有'谈判'的概念。你们只懂得提议，然后选择接受或者拒绝，你们不明白何谓妥协与让步。"

"我们确实不明白。"他的回声如是答道。

"你们当然不会明白。"男人点头表示同意,"谈判,以及所有与之相关的概念都源自另一个高级概念,这个概念被我们称之为'私有制'。当个体拥有对某个物体——包括具象的和抽象的——的所有权时,他同时也就具有了对这一物体的处分权。他可以决定分割、使用、转让、放弃乃至销毁这一物品。如果另一个个体希望以某种形式影响这个个体对于私有物的处分方式,但又不准备动用暴力时,他就必须进行谈判。但这一概念对你们并不适用:你们并没有私有制的概念,因为你们甚至连最基本的私有物——自己的身体——也不具备,你们甚至算不上是严格意义上的个体,因此,在你们的概念中,'谈判'仅仅是提出条件,并且只给出两个选择:接受或者不接受。"

"没错。"

"但现在你来了。"

"我们一直在拦截与分析你们的通信,研究你们的社会模式,"那团光骤然收紧,然后又缓缓膨胀,就像一只受到刺激的原生动物,"我们利用一切机会了解你们的思维,学习你们的沟通模式。而分析结果显示,与你们进行即时的、互动的交流将比仅仅向你们单向传递讯息更为有效——尽管我们仍然无法理解这种做法为何有效。"

"因为单向传递的信息无法自行做出调整,而如果要达成妥协,谈判双方必然会全部或者部分地改变自己最初的立场,"男人随意地挥了挥手,一只闪烁着金属光泽的机械臂立即从他身后的黑暗中伸出，取走了扶手上的搪瓷杯，"但在进行妥协之前，双方必须先表明自己的立场。说出你们的条件吧。"

"我们的条件不变：只要你们同意与我们……共存，我们就向你们提供这附近唯一的一个可以让你们继续生存下去的行星系——也就是我们的家园——的坐标。"

"根据你的上下文语境分析，"男人在椅子上微微朝前欠了欠身子，"我是否可以认为，你刚才所说的'共存'一词所表述的含义仍与你们之前的提议中所使用的'共存'一词相同？"

"是……的，"在一阵电磁白噪声般的"嘶嘶"声中，那团光的颜色开始转暗，从鹅黄色的小球变成了火焰般的橙红色漩涡，看上去就像摩西在西奈荒漠中首次朝觐的上帝本尊，"我们如此定义'共存'一词：你们可以居住在我们的行星系里，那里至少有三颗岩石行星处于宜居圈内，其中一颗已经有了非常简单的本土碳基生命形式，而另两颗也只需稍加改造——也就是你们所谓的'地球化'——就能让像你们这样的碳基生命形式居住。我们不会干涉你们的事务，甚至可以在你们定居的过程中为你们提供力所能及的帮助，比如将最适宜定居的地点和已探明矿区的位置通报给你们。你们在日常生活中甚至不会感受到我们的存在，因为对我们而言，那些行星无关紧要。我们唯一的要求就是，你们必须永远居住在这一行星系。为了确保这一点，你们的宇航技术水平应当受到限制，维持在只能在行星系内航行的化学火箭或者裂变反应堆飞船水平。"

"否则呢？"

"死 ——"这个词的词尾辅音被拖得很长,听起来活像是一只被戳破的气球正在朝外漏气儿,"我们做得到这点,不必怀疑。"

"我也相信你们能做得到,"男人温和地点了点头,"在你们第一次与我们的舰队接触之后,科学家委员会和舰上人工智能已经对你们可能具备的科技水平进行了分析和估测。按照他们的说法,你们尽管并非典型的智慧生命 —— 恕我唐突,这个'典型'是以我们这种生命形式为判断标准的 —— 但却已经发展到了第二级文明的水平,要让一个行星系变得不宜居住,对你们而言应当并非难事。"

"那是当然的。"那个声音似乎对此感到颇为自豪,"我们可以在主序星核心部位的隧道效应上动手脚,让氢核聚变为氦核的能耗大幅度提高,从而降低恒星内部产生的辐射能强度。这么一来,恒星的外壳就会因为内部辐射压力的下降而在引力作用下收缩,猛烈撞击星核物质 —— 我相信你知道这一过程的后果。"

"我知道,那仿佛就是一场迷你版的超新星爆发,虽然强度远远不如真正的超新星,但炸掉半径几十个天文单位之内的东西大概不成问题,"男人耸了耸肩,仿佛对方只是在抱怨本周伙食的口味有多么糟糕,"而你们也会就此完蛋。"

"对,如果这么做的话,我们会和你们同归于尽。失去了恒星持续提供的辐射能和高能粒子,我们将无法继续复制自身的信息,正如你们一旦脱离了核酸和蛋白质来源就无法继续自我复制一样。我们 —— 用你们的通俗说法来讲 —— 会被饿死。"旋转的光柱黯淡下来,又变成了一个满月般的银色小球,"所以从博弈的角度来讲,这是一种最有效的安全机制:我们能确保对你们保持最低限度的威慑,但你们只要遵守约定,就不必担心我们采取单方面行动。我相信你们应该能理解……"

男人点了点头:"我的种族恰好对这一点有着非常深刻的感受:在很久以前,我们的种族曾经隶属于两个相互对立的政权集团,每个集团都掌握了——当然,就我们现在的标准而言是原始而粗陋的——大规模杀伤性武器,而这些武器的威力足以让我们所居住的那颗行星在相当长时间内变得不宜居住。由于任意一方的主动攻击都会导致双方的毁灭,这两个集团一直保持着大体上的和平,直到一方和平地取得最终的胜利为止。"

"武器,"银色小球发出一串嫌恶的嘘声,"无意义的东西。其存在的价值就是为了让一个个体具有摧毁另一个个体的能力。可憎,不合逻辑的存在。"

"如果我的先人们也能有你们这样的觉悟就好了,"男人说道,"但话说回来,在大多数时候,恰恰是战争促进了我们文明的进步。"

"那只能证明你们的文明是惰性的文明。"银色小球摇曳了片刻,变成了一片乳白色的稀薄光雾,"你们需要外界的刺激才有发展的动力。而我们不同,我们主动、积极,我们的行为模式基于理性思考,而非对刺激的盲目回应。"

"也许吧,"男人用粗大的中指骨节敲了敲椅子扶手,片刻之后，另一杯饮料被递到了他的手边，"但我现在很想知道，你们如此大度地邀请我们与你们共享一个行星系，又不惜以这种方式确保我们不能离开，到底是出于什么样的理性考虑？"他将杯子举到面前，吹了吹杯沿上的热气。白色的水汽摇晃了片刻，像一个从躯壳中逃逸的幽灵般缓缓散逸在幽暗的舱室中，"你们到底想从我们这里得到什么？"

"你们的思维能力——至少是其中的一部分。"那个声音嘶嘶地答道，像一条正在吐信子的蛇，"我们对你们的思维很感兴趣。我们是纯粹的能量与高能粒子组合的产物，或者用你们的话来说，是带有电磁能、可以通过捕获空间中带有能量的粒子并利用天体电磁场自我复制与增殖信息。我们的思维不受各种干扰因素的影响，单纯、直接而理性，高度近似于线性方程。相反，尽管你们的思维与意识同样基于带电粒子在磁场中的量子叠加态而存在，但你们的思维过程从总体上讲是高度复杂的非线性算法，受到诸多因素的干扰：荷尔蒙、内啡肽和各种激素的分泌水平，外界刺激因素的随机变化……而我们对这种充满随机性的算法很感兴趣。"

"哦？"

"我们希望体验这种非线性算法——体验复杂的不可预测性本身。如果能够同时利用线性和非线性算法思考问题，我们的文明将发生前所未有的重大飞跃。但要做到这一点，我们必须利用你们的思维器官：也就是那个被你们称为'大脑'的物体。"那个声音继续说道，"因为单纯的数学模型不能真正有效地模拟复杂程度如此之高的混沌模型，只有当我们处于你们的大脑中时，我们才能像你们一样思考。"

"有意思，"男人说道，"换句话说，为了得到在那些类地行星上生活的权利，我们必须奉献出我们生而为人所拥有的最宝贵的东西——我们赖以思考的器官？然后呢？我们要像被圈养的猪一样生存？"

"我想你严重地误解了我们的意思。"稀薄的光雾颤抖了起来，"我们已经注意到，你的种族在每一个等同于你们起源的行星完成一次自转的时间循环中，都会有大约三分之一的时间停止有目的地使用你们的思维器官。在这段时间中，你们的思维器官仍然处于低强度运转状态，但这种运转对你们毫无价值可言。"

"从某种角度上讲，你说得没错，"男人答道，"我们将这种现象称为'睡眠'。而你们所谓的'低强度运转'则被我们称之为'梦'。"

"而我们需要的仅仅是你们的梦——以你们的标准来看，我们的数量不多，因此你们的大脑用于做梦的低强度运转已经足以满足我们所需。你们需要做的仅仅是将三分之一的时间交由我们主宰，而作为回报，我们将不会干涉你们在清醒状态下的生活。事实上，你们在日常生活中甚至感觉不到我们的存在。"

"总而言之，你们开出的条件就是：我们同时放弃自由与做梦的权利，以此从你们手里换取一个坐标。"男人总结道。

"但那是一个能拯救你们的坐标！"那个声音说道，"我们了

解你们的现状 —— 或许了解得比你们还要清楚：你们是远离故土、无法回头的一小群，与母星的联系早已断绝。因此你们既得不到后援也无法求助。尽管从理论上讲，你们的世界舰可以让你们无限期地生存下去，但事实上，你们能生存多久取决于你们的反应堆剩下的运行时间 —— 或者说，取决于你们的磁吸附式发动机能够找到的氢原子的多寡。一旦反应堆中的氢核耗尽，你们的空气循环系统、照明系统、人工重力和一切维生设施都会失去作用。"

"事实上，我们的聚变反应堆技术水平比你们想象的要高些。在必要的情况下，我们可以利用氦聚变，继续维持一段时间。但总体上来说，你说得没错 —— 我们的能源并非无限。"

"而现在，你们正面临着一个可以通过简单数学逻辑推导出的未来，"那个声音变得低沉了一些，"你们的殖民舰队在 210 个标准年之前 —— 这是你们的时间计算单位 —— 错误地驶入了这个'空域'，而现在，你们大致位于这一区域的中央地带。如果以我们的位置为圆心，在半径为 200 光年左右的三维空间内，只有一颗恒星和三颗大气层中富含氢气的气态行星可以为你们补充足够的氢。但这唯一的一颗恒星隐蔽在密度很高的暗星云中，因此你们既无法观测到这些恒星在无线电、微波、红外线、可见光或者紫外线波段散发出的任何形式的辐射能，也不可能观测到不发光的星云本身。当然，你们的引力场探测器虽然可以免受这种干扰，但据我们的估算，要探测到像这样的小质量恒星，你们至少需要接近到距星体半光年之内。换言之，假如我们不提供坐标，你们单凭自己找到这两个恒星系的概率极低，而你们的反应堆氢原子储量不足以支撑你们的飞船航行到已经被你们观测到的、离你们最近的恒星，即使你们启动氢聚变也不够。也就是说，假如不接受我们的帮助，你们极有可能被困死在宇宙空间中。我说的是事实吗？"

"有些是，有些不一定是。"男人耸了耸肩，"我承认我们的舰队因为舰载人工智能的重大故障而误入这一区域的时间已经超过了210个标准年。我也承认我们确实没有在半径200光年范围内观测到任何星体，而且我们的反应堆燃料储量确实不足。但我不承认你最后的一项结论：这一区域的暗星云或许不止一处，隐藏在这些暗星云中的也许不是一颗恒星，而是10颗，20颗，甚至200颗，我们凭自己盲目搜索的成功概率也许是你所说的'极低概率'的几十倍乃至数百倍，因为你无法、也不可能证明这里确实只有一颗恒星。"

"而你打算用你们全体成员的生命去赌这种可能性？这种冒险——"

"是愚蠢的——至少从概率论上来讲确实如此。"男人答道。

"没错，"那个声音赞同道，"一旦你们剩余的资源全部耗竭，你们就只能在黑暗、窒息与饥饿中走向注定的灭亡。你们的船舰可以以最高效率循环利用几乎一切物质，但一旦失去了能源，你们就会失去维持你们碳基躯体生存的一切：水、食物、药品和循环空气，你们将在死于窒息与绝望之前被迫以彼此为食、饮用你们同伴的体液和分泌物苟延残喘。即便你们选择再度进入冬眠——我们不认为那些老旧的设备还能正常运转太久，有人能活着抵达下一个恒星系的机会也极为渺茫。"

"没错，但概率最渺茫的冒险也好过永远放弃自由。"

"放弃自由？不，我们不认为我们的提案会让你们失去……自由，"那个声音稍微提高了音量，"我们允许你们在整个行星系内的任何地方自由活动——从恒星周边直到最外侧的行星轨道。尽管我们从未离开过这一区域，但这不代表我们无法接收到来自其他文明的信号。你是否知道，在这个宇宙中，有多少文明甚至还未离开它们母星的大气层就已经夭折？又有多少文明自始至终没有走出它们母星所在的行星系？没错，对于那些不幸诞生在危机四伏的双星或多恒星系统中，或者随时可能面临其他重大天文灾难的文明而言，寻找一个更安全的新行星系确实是当务之急，但这里的空间相当空旷，在可预见的未来，不会有任何灾难打扰你们的安宁。你们可以安全地在这些行星上生活到它绕转的恒星熄灭为止，离开这里既无必要，也无意义，而我们向你们索取的东西微乎其微！告诉我们，你们到底还对什么感到不满？"

"你们的提议本身。"男人将杯中的饮料一饮而尽，长长地呼出了一口气，"不，我不会对此做出任何解释，因为我知道你们不可能真正理解我的解释——这是我们两个种族的巨大差异所决定的。你们并不能算是真正拥有情感，因此你们也不可能真正地理解这一概念。对你们而言，一切基于非线性算法的逻辑都是不能自洽、无法存在的，因此无论我如何与你们沟通，最终的结果都注定是徒劳的。"他从座椅上站了起来，"我们的谈判到此为止。"

"你不想再考虑一会儿吗？"

"你们所谓的非线性算法并不代表彻底的混沌与随机，在某些情况下，同样的条件只能得到同样的结果。换言之，无论你们多少次提出这项建议，我或者我们中的任何人对此的答复都不会有丝毫不同。"男人转过身去，像一艘沉入海底深渊的沉船般渐渐隐没在了舱门外深邃的黑暗中，"你可以离开了。"

在他身后，光晕像风中的烛焰般摇曳了片刻，熄灭了。黑暗重新填满了舱室的每一个角落。

星光于此闪耀

张量子\作品

就让这些生命自由发展，等到一个合适的时机
再让他们知晓行星和卫星们的存在吧。
这可是行星生命自己的小心思。

科 幻
硬阅读
DEEP READ
不求完美 追逐极致

阿尔特拉感到了孤独，自她诞生以来的第一次。

在这之前，她穿行于无际的尘埃中，自转与碎石摩擦噼啪作响。新生的黄矮星将拥有创世之力的光芒洒向四方，却被稠密的固态颗粒阻挡，昏暗无力地打在她身上。

她已记不清自己是从何时起拥有了意识，只知道无比漫长的记忆中全部都是这一片死寂的景象，偶尔有几颗彗星上的氮气和甲烷受到恒星光线照射而蒸发，向真空中喷射出一道道气流，在进入阴影后又凝为细小的晶粒。而剩下的岩石拖着晶莹的薄雾旋转着隐入小行星群。

最开始她还对这片世界充满好奇，以足够融化岩石的热量跃动着自己生命的磁场，捕获着质量。可热情终究会被耗光，即使自己铁镍核心的温度已经可以媲美远处那颗恒星的表面，即使体积已不知比开始大了多少，彗星持续不断的撞击还是令她烦躁，不停翻转的自转轴也使她头昏脑胀。

但最让她害怕的，还是孤独。

好在星系中还有几个与自己相似的存在，他们之间能通过弥漫在静电尘埃中的电磁场交流，互相交换着彼此看到的景象。从沟通中她了解到，整个星系一共十颗大行星，包括她自己在内的九颗都和她一样拥有意识，她还知道自己是属于靠近恒星的四颗岩石行星之一，向外是两颗气体巨星和两颗冰巨星，再向外又是一颗小一些的岩石行星，上面与众不同地流淌着深厚的氮氨大洋。而且外侧的五颗行星都有自己的大卫星，有相当一部分也拥有意识。

但有一颗行星不同，尽管九颗行星都曾尝试和它联系，但它却总是保持着静默，在极度扁平怪异的轨道上公转，绕恒星一圈的时间比她要长 1 400 倍，而且体积很小，温度极低，也没有全球磁场。渐渐地，他们开始认为它没有意识，于是也就不再尝试和它交流了。但他们还是给它起了个名字：弗莱斯提格。

这种日子没有持续多久，随着时间的推移，当几颗行星在尘埃云中绕行了恒星上亿次，尘埃云逐渐被吸收殆尽，彼此之间交流的介质消失，于是浩瀚的空间中只剩下稀薄的太阳风和宇宙射线，冲击着她的磁场。而隔着如此遥远的距离，没了静电尘埃，即使是磁场最强大的奥马什特格，也无法与相隔最近的拉伯直接交流。只有在相距最近时，奥马什特格、拉伯和特里尼诺，拉伯、阿尔特拉、夸克海特、罗曼蒂史之间才能拥有短暂的交流窗口。虽然十分困难，但他们也乐在其中，大家都盼望着窗口期到来的时候，相互之间也会传递别的行星都和自己说了什么。

为了照顾无法和他们交谈的三颗外侧行星，奥马什特格还会在与他们相距较近时打开自己未完成的大气，裸露出金属氢幔层，然后尽全力扰动它，给他们三个表演足以撼动特里尼诺深层大气的电磁风暴，哪怕在恒星另一侧的行星都能感受到。

可时间继续流逝，一些行星的青年时代已经悄然过去，在阿尔特拉表面的火山还在间歇喷发出熔岩河流时，拉伯因壳层的发电机效应而产生的磁场已经逐渐减弱，阿尔特拉最后一次和他通信时信号已很不清晰。他说自己只剩下这一次机会了。他的体积太小，无法保存热量，熔铁核心迅速冷却，他快要失去足够进行行星际交流的全球性磁场了。

他说得没错，自那之后，再也没有行星能联系上他。在茫茫太空中，只有两个不规则的石块孤独地围绕着他。而失去了他的中介后，外侧行星的信息也无法再传达过来，一道通信隔离带骤然划分出了清晰的内外。

随后又过了不长的时间，夸克海特和罗曼蒂史的磁场也开始减弱，阿尔特拉知道，随着时间的推移，包括自己在内所有行星的磁场终有一天会降至不足以进行任何交流的程度。外侧的五颗行星还能靠引力和自己的卫星交流，但内侧的四颗行星在核心冷却后就只能与太阳风做伴。

无情的命运就这样展现在阿尔特拉面前，曾经的朋友现如今只是星空中八个暗弱的光点，昔日让自己烦躁困扰的自转偏移此时成了她排解孤单唯一的出路，但不安感却随着对这唯一安慰停止的担忧而不断膨胀。

直到那次深深镌刻在她电子记忆中的九星连珠。

当时九颗有意识的行星连成一线，可弗莱斯提格正处于从星系边缘坠向近日点的引力井底部。刚开始他们还没当回事，可在其掠过特德时，他发现这次流浪行星扁平的轨道与九颗行星的连线几乎重合，在坠落的过程中受到强大的引力牵引，本就已接近内侧行星的运行轨迹此时被弯曲得几乎与恒星重合，有相撞的风险。而弗莱斯提格一旦高速撞破光球层，恒星核心内足够气化万物的等离子体就会不受控制地向外喷发，形成的火流会延伸至内侧行星的轨道高度，而那几颗行星就会在与等离子火流的摩擦中一点点失去速度，最终纷纷坠入恒星。

为了避免这种后果，特德必须推算出弗莱斯提格确切的轨道以引力对其进行轨道干涉，让它从另一侧绕过恒星，在新的轨道上运转。可惜他和自己卫星系统的运算能力太弱，无法推算出弗莱斯提格确切的轨道，盲目干涉有可能导致其撞上其他行星。而对于正以令人发指的速度冲向恒星的弗莱斯提格，每一刻的引力干涉都至关重要。

唯一的希望是远处的威斯海特，他和四颗有意识卫星组成的计算系统足以破解弗莱斯提格的运行轨道，但他距离太远，察觉到异象时很有可能已来不及。如果在以前特德还能通过超载自己的磁场来与威斯海特交流，可现在自己的全球磁场已经消失，无论如何也不可能将信息送到如此遥远的地方。

在他还活着的前提下。

他知道，不用再考虑了。

寒冷行星的核心开始流动，幔层的低温岩浆挤压着壳层板块，从缝隙中以能在瞬间将石墨压成金刚石的高压渗进氮氨大洋底部的冰层，传递的热量让液氮与液氨超临界沸腾，翻涌着冲向高层海洋。这颗行星正在积蓄着力量。

一声震动整颗星球表面的轰然巨响在洋底回荡，冰层的薄弱处被高压炸开，高热岩石射流刺入海洋，幔层积聚的能量开始向表层释放。在整个星体被触发时，核心的涌动转变为在瞬间释放全部力量的暴烈迸发，一鼓作气将幔层炸开，沸腾的氮氨洋面如同一颗因点燃了内部核聚变而鼓胀成一颗等离子火球的褐矮星一般急剧气化膨胀，然后被彻底炸入太空。

只有抛弃了幔层以上的外壳，才能将核心彻底裸露于太空中，磁场强度才足以将警报传递给威斯海特。特德于是就这样毫不犹豫地把自己炸开，即使滚烫的核心会迅速冷却为一团毫无生机的灰烬，即使硅基胶质大脑会变成一束束不能再传递任何神经信号的光纤，即使从此以后不会再有九星连珠的壮观景象，都不再重要。就让生命的火光在这最后时刻于绝对零度的虚空中以光速熊熊燃烧。

纷乱的磁场爆发，特德和他的一颗卫星在同时从内部将核心以外的部分抛进太空，强烈的磁暴被威斯海特接收，与其解体的景象一同传入冰巨星庞大的计算系统。

从威斯海特到切尔，再到特里尼诺和奥马什特格，然后是整个星系都有清晰可见的电磁爆发。4颗有能力进行计算的气态行星开始投入干涉，尽全力拖曳着弗莱斯提格。

在从特德发现弗莱斯提格到它掠过特里尼诺轨道的这段时间内，几颗巨行星一直没有停止过对弗莱斯提格轨道的运算和干涉，威斯海特和切尔还将自己深层的钻石海洋和漂浮于其上的大块固体钻石转移至朝向弗莱斯提格的位置以增强对其的引力，这导致他们的磁极变得极度混乱。用力过猛的切尔甚至还把自己的自转轴倾斜了四分之一圈，现在几乎是横着在轨道上自转。气体巨星过于激烈的行星活动还带来了一个后果：他们的卫星遭了殃。特里尼诺的3颗有意识的卫星中有2颗被剥离了全球性磁场，切尔的2颗有意识卫星中较小的那颗被因主星引力异常所影响的彗星群砸得千疮百孔。

但弗莱斯提格在冲过一颗颗行星后轨道依然处于危险状态，现在已经抵达公转一圈后回到原位的奥马什特格附近。他是行星们的最后一道防线，决定了整个星系的存亡。

以特德和其卫星解体后的红热残骸还有3颗巨星与流浪行星激战数年所吸引来的彗星群为最悲壮的背景，奥马什特格和他的52颗有意识的卫星严阵以待，准备在弗莱斯提格进入引力范围内后开始最终行动。

在特里尼诺的拦截失败后，奥马什特格星体内的巨大熔融金属氢板块就开始流动，核心内混杂的高压岩石也被牵连着翻腾，创造出对弗莱斯提格激增的引力。扁平的气态巨星高耸的赤道被液氢海面下的汹涌扰动，氢氦大气按照新的引力分布逐渐聚集在弗莱斯提格一侧，更加剧了引力强度。

在阿尔特拉又公转四分之一圈的时间后，这一过程终于结束，最终形成了一颗看起来像是被挖掉一块底部的椭圆形星球，提前转移轨道避难的有意识卫星聚集在远离突出部分的高轨道上。

此时弗莱斯提格已经按预测轨道进入了奥马什特格的引力井，赤道上突出的重力异常部分始终对准着流浪行星，令强大无匹的引力拖拽着它，这对弗莱斯提格轨道的影响十分明显。可由于它在前几次引力弹弓中获得了过高的速度，尽管奥马什特格及其卫星已竭尽全力，似乎仍无法避免它被恒星捕获后逐渐坠入恒星的结果。

必须要有个什么东西来拦住它。

而就在这关键时刻，弗莱斯提格朝向恒星的表面突然喷发出了大量气体与石块，这在之前也经常被观测到，行星们普遍认为这是浅表地层的氮冰或固态甲烷之类的物质受阳光照射后气化膨胀将岩石炸开的结果。可这次的规模大得有些夸张，大量物质被加速到超过逃逸速度永久进入太空。虽然在之前它每次掠过试图改变其轨道的巨行星时都会出现远高于正常情况下的表层爆炸，却一直被行星们解释为薄层岩石因受到激增潮汐力的影响而抗压能力下降。

但如果是这样，每次大喷发时的方向都应该与恒星和气态行星的引力合力的方向一致或者至少与其中一个力大概对齐，而之前的喷发方向也确实每次都沿着恒星引力的路径。

可这次不一样，它最开始在向着以恒星引力方向为对称轴，与行星引力对称的方向抛射着物质。可在其掠过行星后却又立刻将喷发方向改到行星引力的反向延长线上。这可不是潮汐力能做到的。

一个念头突然窜进阿尔特拉的脑海：它是在利用奥马什特格的引力弹弓努力试图改变自己的轨道，避免自己与恒星相撞。而掠过之前几颗大行星时，他一直在用这个方法减速，就是为了在质量达到整个星系中其他 9 颗行星质量总和 2.5 倍的奥马什特格的引力井中完成最大的一次变轨。

他应该有自主意识！

就在此时奥马什特格的信息传来，表示他也察觉到了异象，而且还送来了这样的消息："如果弗莱斯提格保持现在的运动状态，他将能成功从恒星另一侧掠过，然后进入新的轨道。可目前弗莱斯提格仍未脱离奥马什特格的引力井，但喷发物质的活动却已经停止，大概是因太小的体积而已到达自身极限了。也就是说，他已经无法继续维持自己的加速，依旧会坠入恒星。"

"但你此时正挡在他的运行轨迹上。"

她明白，没有丝毫犹豫，"让他撞上我吧。"

岩石行星本就不强的磁场产生的电磁波跨越如此遥远的距离被几近失控的奥马什特格勉强接收，而他已经做好了准备。

巨行星赤道上堆积的百倍于阿尔特拉质量的导电金属氢板块被暴烈的磁场与核心层的引力拖拽到朝向恒星的位置，离子化的质子和电子高速切割磁感线产生的电流传遍了奥马什特格，氢氦大气中几乎被单次就能击毁一颗小型彗星的巨型电弧填满。

如此多的质量突然转移，施加在弗莱斯提格身上的引力骤然减小，在精准的计算中被操控着逐渐稳定于一条确定的轨道上。

而奥马什特格原先通过高速抛出壳层物质而躲避在高轨道的卫星此时根本来不及转移，虽然主星已提前将该消息广播至整个星系，引力场过于仓促的变化还是让无意识卫星无力抵抗，纷纷坠入巨星的高层大气，最终"撞上"越来越稠密的氢氦气、液相态交界的海面。

当阿尔特拉公转了四分之三圈后，弗莱斯提格已经掠过了拉伯，她已经能感受到来自弗莱斯提格引力的牵引。这是从未有过的感觉，她很紧张，但也很激动。她这么久以来一直盼望着那一刻。

终于，又是六分之一圈的时间，弗莱斯提格以阿尔特拉公转速度三分之一的相对速度从后面"追来"，与她倾斜着相撞，这是她这么久以来受过最严重的一次伤。两颗行星除了核心与少部分幔层以外的物质均被炸进太空，产生的热量将全部物质融化甚至蒸发，自己的磁场瞬间像被炸出一个缺口，天旋地转的感觉持续了几百圈公转。

当她终于回过神来后，才发现自己的自转轴都被撞偏了十六分之一个圆的角度，而弗莱斯提格白热的核心已经老老实实地待在绕自己公转的轨道上了。

　　他们就这样又绕着恒星转了几十万圈，撞击时被抛离的大部分物质都陆续落回了两颗行星的核心上，形成新的红热外壳，只有少部分撞击处的岩层超过了逃逸速度，成为漂浮在内侧轨道的彗星。而在阿尔特拉对弗莱斯提格无休止的提问下，她终于肯开口说话了。

　　"嘿，那颗行星，你到底什么时候才能恢复交流能力啊？虽然损失了八分之七的质量，但离得这么近，你应该还是能交流的吧？"

　　"早就恢复了，或者说，我从来没失去过。"

　　"啊？被撞成那样之后也没有失去交流磁场吗？！"

　　"我交流不靠磁场，我是用熔融核心对流产生的引力变化来传递信息的。你竟然没发现。"

　　"呃，真不好意思，我一个人待惯了……等等，那你怎么会我们的语言？"

　　"你们以前不是天天讲吗？我的核心能接受磁场，时间长了就懂了。"

　　"那你叫什么名字啊？"

　　"艾妮萨姆。"

　　"艾妮萨姆，真好听。太好了，以后总算有个人陪我说话了。"

　　"……"

　　"诶，对了，艾妮萨姆，你既然有生命，为什么之前不和我们说话啊？"

"因为我不想。"

"为什么？"

"因为我和你们不一样，我核心的结构从原理上就和你们不一样。"

"哪里不一样？"

"我也不清楚……总之我不想和你们说话，怕你们排斥我。"

"那你一个人这么长时间就不会无聊吗？我可是极度害怕孤独的。"

"我也觉得很无聊，但我总是给身边的人带来不幸，我不想再去危害你们。"

阿尔特拉意识到，艾妮萨姆过去似乎有一段不堪回首的经历。

"那，你为什么又和我说话了？"

"因为我好像已经变成你的卫星了，想不说也没办法。你可要小心点。"

"啊，这不也挺好的嘛，我的质量好像还比撞击之前大了一些。自转轴虽然被你撞歪了，但还蛮习惯的。而且烦人的自转轴翻转也消失了，终于不用头晕目眩地自转了。"

"可那颗表面覆盖着液态氮氨的白色行星，他就是因为我现在才会这样生死未卜的，还有那么多颗卫星……"

"你说特德啊，你往恒星的右边看，那里有一颗还没你现在一半大的矮行星，旁边还有一颗更小的卫星，他们两个就是以前的特德和他的卫星。他们两个解体之后核心并没有在残骸中冷却，而是像我们这样分别凝聚成了一个新的行星系统。虽然现在没办法和我们交流了，但我能看出，他们彼此之间还是那么好。"

如果我们两个也是这样就好了。阿尔特拉如此想着。

"再看看左边最大的那颗行星，他叫奥马什特格，他原来有 196 颗卫星，现在只剩 52 颗有意识的了。至于那 100 多块无意识的石头和冰，掉进氢氦大洋里也无所谓，反倒是给这 52 颗让出了轨道。"

但在我这里不用担心拥挤。她望向已回归平静的奥马什特格悸动的核心磁场。

"总之大家都没什么事，要说稍微惨一点的大概就是切尔，他现在得躺着自转。再说了，这一切都是复杂到根本无法计算的引力摄动的结果，你也已经尽了力。"

"而且我还收获了你呀。"这颗行星久违地笑了。

艾妮萨姆如释重负。久违的归属感回到她身上，那远在所有行星之前的伤口被触及，却不是寒冷刺骨的疼痛，而是如柯伊伯带的彗星刚刚形成时，液态二氧化碳柔软流过坚冰外壳一般的温情；如她在引力作用下吞并最后一个同伴时，表面融化又升华的眼泪，晶莹剔透。

"你已经受过太多伤害了，而现在终于落到我手里啦。我可是等了你那么久。"阿尔特拉的磁场努力向外延伸，缓慢地包裹住艾妮萨姆，磁感线温柔地拂过她刚凝结不久的壳层。

"我可不会再让你受伤，不会再让你跑掉了。"

艾妮萨姆的引力场瞬间紊乱成一团，全球壳层都发生了密集的板块震动。

"以后，我们就是永远的伙伴了。答应我，我们永远不分开，你也一定要高兴起来，好吗？艾妮萨姆。"

冰冷的半流体金属核心，在此刻已被彻底融化。

"好！"自她诞生以来，第一次被越过重重屏障所直接触动的内心慌乱不知所措，于是心底最深处萌发的想法便脱口而出。"我从来没有这么开心过，我们永远都不分开！"

艾妮萨姆核心中密集的液晶胶束内奔跑的电流，其复杂程度和强度自亘古以来绝无仅有，甚至激发了短暂的全球性磁场。

在距离黄矮星不算太近也不算太远的位置上，两颗星的磁场紧紧相拥在一起。

现在，这个故事已经告一段落了。但新的故事却刚刚开始。

阿尔特拉在与艾妮萨姆的撞击中获得了来自艾妮萨姆的大部分水冰与固态氮氧，由此逐渐形成了海洋与大气。而一颗来源于拉伯的彗星携带着上面未来得及开枝散叶就因磁场减弱和温度降低而陷入冻结的生命来到了阿尔特拉，在深海中逐渐扎下根来。

其他行星还是那样依然按部就班地绕着恒星公转，绕着自转轴自转。但也会有一些意外。比如从事件结束算起阿尔特拉公转10亿圈后罗曼蒂史上也出现了原始的生命，在她因板块变动而缺乏水分和氧气、富含硫酸和二氧化碳的浓厚大气中繁衍生息，却似乎演化到了瓶颈，最终转入了地层深处生活。

又公转10亿圈后夸克海特与一颗高速运行在星系内侧轨道的小行星迎头相撞，原本只比拉伯小一点的体积直接被炸飞了三分之二，彻底失去了足够强的磁场。

阿尔特拉是怎么知道这些事的呢？因为艾妮萨姆与众不同的核心结构使她接收微弱电磁波的能力很强，只要特德和威斯海特不是处在最远的位置，几乎可以听到整个星系内发生的大事。而阿尔特拉也被艾妮萨姆教会了一些通过引力控制下的液态铁镍对流来类比接收微弱电磁信号和定向发送的能力。这样通过艾妮萨姆接收，阿尔特拉的转译和发送，还有奥马什特格强劲的广播，所有行星和卫星都能每隔一段时间知晓一次这些信息。

就这样又公转了10亿圈，艾妮萨姆已经被阿尔特拉潮汐锁定了，而且两人都发现了一个残酷的事实：艾妮萨姆在离阿尔特拉越来越远。

不过同时还发生了一件大事：阿尔特拉上的海洋中孕育的生

命开始大爆发了。这冲淡了两颗星的恐惧与悲伤。

生活还要继续。

为了避免对阿尔特拉海洋中的脆弱生命造成影响，大家都约好不会再进行行星规模的电磁或引力活动了。阿尔特拉和艾妮萨姆更是停止了全部的活动，一心一意地守护着这些生命。

但当大冰期来临时，当来自宇宙深处的伽马射线暴笼罩阿尔特拉时，当海底的火山将天然气水合物大规模释放进大气层时，当致命微生物将死亡扫遍整颗行星时，当小行星撞击激起遮盖星球全部表面的撞击尘时，她们都没有任何干预。生命需要自力更生，这点她们知道。

而自生命的最后一次大灭绝开始算起又公转了6 500万圈的时间后，这些生命中有一部分演化出了和她们类似的智慧。这下子星系中所有有意识的星体都彻底陷入了静默。

就让这些生命自由发展，等到一个合适的时机再让他们知晓行星和卫星们的存在吧。这可是行星生命自己的小心思。

在这之后，这些智慧生命的发展速度快得惊人。仅仅公转几万圈的时间，他们就已能掌握了最基本的自然现象。而和这段日子比起来，他们再次发展到能掌控自然，然后肆无忌惮地对其展开破坏的时间又是那么少之又少。

阿尔特拉能从他们造出的无线电波中了解他们的各种信息，知道了他们社会内部存在的矛盾；知道了因这矛盾激化而能在14年内导致数亿人死伤的，叫作"战争"的东西；知道了他们为了"战争"这种自相残害的东西而选择"积极使用核武器"。尽管他们创造出的威力最大的爆炸还不如她一次呼吸所释放的能量，但毫无理智的疯狂迟早会让他们付出无比惨痛的代价。这样自己摧毁自己，不是阿尔特拉和艾妮萨姆所希望看到的"自然选择"。

于是当他们在"月球"上建造的电磁发射导轨将搭载着 5 亿吨三相热核炸弹的导弹以每秒 200 千米的速度发射向"地球"上自己的同胞时，已保持了 6 亿年安静的地月引力系统再次开始了摄动。

艾妮萨姆背面的岩石爆炸，巨大的定向月震彻底摧毁了其表面所有的人类军事设施。而太空中以骇人速度飞行的那数百颗导弹在行星暴烈的引力爆发下被硬生生扯离了攻击轨道，与阿尔特拉大气底部的滔天巨浪和突出正常高度数倍直抵电离层的大气漩涡共同在 38 万千米距离的空间上翻滚着，整个星系的磁场都开始以前所未见的强度喷发。

星光于此处闪耀。

星光于此地闪耀。

地球上正处于夜晚的东半球一半以上的建筑受损，如《圣经》中所描述般猛烈的洪水淹没了旧大陆；而西半球的港口干涸，搁浅的巨轮在重力潮汐于东半球退去后又被巨浪卷起砸向码头，轻微但持续数天不断的地震和火山喷发席卷了整颗星球。

已经是时候了，该向人类展现一下行星的力量了。在这次极度克制的攻击下，他们会失去很多东西，但愿这能让他们长长记性。而整个太阳系的其他智慧生命也在同时用磁场向全人类宣告着自己的存在。而他们独特的宣告方式是以气势磅礴的天球谐调，舞出的一首交响乐，人类管这首曲子叫《行星》。

星光于此时闪耀。

星光于此刻闪耀。

现在，这个故事也结束了，可行星们的生活还远远没有走到尽头啊。在这无边无际的宇宙中，尽管时间之矢还在继续无情地分开一切物质与能量直到世界终结，尽管地狱般的烈焰和永暗沉寂的极寒会是他们唯二的归宿。但行星们可不在乎这些，他们知道，点点星光仍会于此闪耀的。

而且明亮依旧。

妈妈，我收集了十颗头骨

杨晚晴／作品

最终，它吐出50年来的第十颗头骨，开始结茧。它将和它吃掉的所有孩子一起，成为全新的生命形式。

妈妈，我收集了十颗头骨

十颗头骨，十颗中空的珍珠

一又三分之二个省略号

它们美丽而无用

让我不知如何是好，干脆

用五十岁的童年，我把它们

串在一起，挂在

时间的脖子上

听头骨用刹那的音节

谈论永恒

蛾人第一次到铭铭家，差点儿进不了门。它的身躯高大肥胖，费了好大的劲儿才挤进屋去。那一天铭铭高兴极了，大家都知道，被蛾人选中是巨大的荣耀。他只顾着观察蛾人，甚至没有注意到爸爸妈妈惨白的脸。从前他在街上看到蛾人，就纳闷它们为什么叫"蛾人"，因为它们既不像蛾，也不像人。在铭铭看来，它们只是长着许多对附肢的巨型菜青虫，这个比喻虽然贴切但很没有礼貌，铭铭想把它从心里抹去。

"贝贝麦子小梦齐悦欧阳诗诗大卫小杰艾米。"声音不知从蛾人身体的哪个部位冒了出来。

"你说什么？"铭铭问。

蛾人蠕动乳白色的身躯，向他靠近了些："你叫什么？"

"我叫吕思铭，"铭铭说，"爸爸妈妈都叫我铭铭。"

"铭铭，铭铭，"蛾人咀嚼着他的小名，语调里透着满意，"铭铭，你会作诗吗？"

铭铭扭头看爸爸妈妈，此刻他们正挤在屋子的一角，好像那是这个房间里唯一温暖的地方。"可现在是夏天呀！"铭铭想。

"你会作诗。"蛾人说，"我听见你作诗了。你是不是说过，冬天来的时候，太阳都冷得缩了起来，你想为她披上外套？你是不是说过，你爱妈妈，爱到九十九个数，九十九个就到头了，因为你还没有学到一百？"

铭铭低头想了一下："我是说过呀，但这些是诗吗？"

"当然是。"

蛾人圆滚滚的身体缩了一下，铭铭猜那应该是在点头，因为它们不符合逻辑呀。铭铭听不懂蛾人在说什么，但既然蛾人说是，那么就是了，铭铭为此感到更加高兴。爸爸曾经对他说过，蛾人们是热爱诗的种族，它们不远千万光年来到地球，就是为了寻找诗，而且它们固执地认为，只有孩子才能写出真正的诗。于是它们一旦发现哪个孩子会写诗，就会到那个孩子的家里，成为这个家的一分子，只为记录孩子的诗。

那天蛾人在家里待了很久。它和爸爸妈妈叽里咕噜说了一大堆话，铭铭看到，妈妈的肩膀一耸一耸的，好像哭了；爸爸的拳头捏得很紧，指节发白。铭铭想，他们一定是被巨大的荣耀砸得不知所措，巨大的荣耀是一块幸福的陨石，砸得爸爸妈妈眼冒金星，铭铭很满意自己的这个比喻。

蛾人走后没几天，铭铭一家就搬进了更大的房子，有更多的房间和更大的门，餐桌上也有了更多的蔬菜和水果，甚至还有了餐后甜点。蛾人经常来，再也不会被卡在门上。一开始，铭铭不确定每次来的是不是同一个蛾人，直到蛾人告诉他，贝贝麦子小梦齐悦欧阳诗诗大卫小杰艾米就是它的名字。铭铭说："你的名字真奇怪，它长得有你这么长。"蛾人急忙从虚空中唤出一个屏幕，在上面敲下奇奇怪怪的字符，然后满意地抖了抖。

蛾人来了不久之后，第二个变化发生了：妈妈的肚子慢慢鼓了起来。妈妈说，她的肚子里是铭铭的弟弟或者妹妹，铭铭摸着妈妈的肚子说："你这个淘气的小皮球呀，这不是很奇怪吗？你要打足了气，才能从妈妈肚子里蹦出来。"妈妈突然捂住了嘴，大滴大滴的眼泪从她的眼睛里滚了出来。铭铭搞不懂这些大人，他们总能从他的话里读出很多意义，然后就自顾自地相信那是事实，而事实总会让他们仪态尽失，比他还要像一个喜怒无常的小孩儿。

还是蛾人好，它只是默默地听，铭铭说什么它都高兴。铭铭没有朋友，蛾人是他唯一的朋友。

有时候，蛾人会带铭铭上街，这是他最喜欢的活动之一。在被蛾人选中之前，他每周只有半个小时外出活动的时间，世界是匆匆掠过的剪影，他总是看不够。而现在，只要他愿意，他可以在外面待到夕阳西下。

屋子外的世界是多么美丽神奇啊，碧蓝的天空上悬着蛾人们硕大无朋的银色星舰，在远方的山丘上投下常年不散的阴影；鸽灰色等高的住宅一直绵延到视野尽头，让铭铭感觉自己是穿行在围棋棋盘中的小小跳蚤；偶尔，他还会看到高大建筑的残骸，蛾人告诉他，那是战争的遗迹，人类一直为争夺资源而自相残杀，如果不是它的种族为人类带来了冷核聚变技术和先进的社会体制，人类早就自我毁灭了。铭铭点头，蛾人说的和全息广播里说的一模一样，他为自己是个人类感到惭愧，也为蛾人的友爱与坦诚感到欣慰。

在外面的时候，蛾人会让铭铭说出他的感想，关于一花一草、一片云或者一阵风，随便说什么，它都会记下来，然后不由自主地浑身颤抖。外面的世界真的很好，虽然能碰到的人寥寥 —— 大多数情况下都是由蛾人陪着的孩子，这些天选之子们会远远地互相招手致意，脸上满是自豪，而他们身边的蛾人会翘起尾部，发出"哒哒哒"的声音，铭铭猜那是它们在相互打招呼吧。有时也会碰见没有蛾人陪伴的一家人，铭铭永远也看不懂那些大人脸上写的是什么，孩子们的脸上则是羡慕无疑了。

爸爸告诉铭铭，在蛾人到来之前，他是个学者——就是懂很多东西的人。于是铭铭问他，在蛾人到来之前，世界是什么样子呢？爸爸低头想了一会儿，指节又攥得发白。

"和你知道的差不多，"爸爸说，"人类打成一团，差点儿把自己从地球上抹去。然后蛾人来了，它们制止了战争，制订了规则，并带来新技术，让我们不必去承受匮乏。"

"那么蛾人为什么要帮助我们呢？"铭铭问。

爸爸想了更长的时间。"它们想要学习，"最后爸爸说道，"它们认为地球人掌握了诗的艺术。"

"这个就有点儿让人琢磨不透了。"铭铭想，"学习不是孩子们的事情吗？可爸爸说过，贝贝麦子小梦齐悦欧阳诗诗大卫小杰艾米比他的年纪都要大。"

于是他去问它，这一次，蛾人鼓了一下身体，铭铭不知道这代表什么意思，蛾人说："我也还是孩子呢，只不过我们的童年比你们的要长得多。"

铭铭又问："你们学诗做什么呢？诗一点儿用都没有呀。"

蛾人说:"我们学诗才能变成大人 —— 你刚才怎么形容那盆天竺葵来着?"

蛾人越来越像这个家里的一员了。每次来的时候,它都会给妈妈带一束花,给爸爸带一本书,这些都曾是弥足珍贵的东西,如今那些花因为找不到足够的花瓶而枯萎,那些书因为无处摆放而沦为印着油墨的砖头。爸爸妈妈不再像蛾人刚刚到来时那样拘谨,妈妈会被蛾人的俏皮话逗乐,尖尖的肚子在笑声中一颤一颤;爸爸会和蛾人争论历史问题,说到激动处,眼镜会从他的鼻梁上滑落。一切都很好,蛾人依然满意铭铭的诗,依然从来不坐下来和这一家人一起吃饭(铭铭也没法想象它该怎么坐,怎么吃)。

一切都很好,直到那群人闯进铭铭的家。

那天早上,是爸爸去开的门。也许他只看到了敲门的那一个人,但门刚敞开了一条缝,十多个人就泥鳅般挤了进来。铭铭抱着妈妈沉甸甸的肚子,惊恐地看着那十几张紧绷绷的脸、黑漆漆的披风,他的手心感受到了来自小皮球的撞击。他抬头看妈妈,妈妈的脸煞白。

"老师,"爸爸对为首的老头说,"您这是要干什么?您知道它们不允许这么多人集会。"

老头咧开嘴(他缺了一颗门牙)说:"吕皓森,我来救你的儿子。"

爸爸的身体僵了一下:"老师,我听不懂您在说什么,您还是请回吧,再不回就晚了。"

老头四处打量一下,还是笑:"吕皓森,你家可真阔气,你现在是那群寄生虫的走狗了吗？"

爸爸说："老师，您说谁是寄生虫？我们用人家的技术，接受人家的施舍，住人家为我们建起的房子。您说谁是寄生虫？"

老头敛起笑容："糊涂！"随即抬手。他身边的壮汉将爸爸推搡到铭铭和妈妈身边。

老头转到三人面前，说："吕皓森，你怎么忘了那场用来制止战争的战争？那么多人死了，难道活下来的人是自愿被豢养的吗？还有，语言寄生这个概念不是你最先提出来的吗？你难道没对你的老婆和孩子说过？"他的目光扫过铭铭和妈妈。

"啊，看来是没说过。"老头背着手踱步，油亮的光头上反射着冷白的弧光。

"那么就让我来告诉他们，"老头自顾自地说道，"我们的大脑里有专门的语言结构，而语言结构里又有专门负责语法的子结构。你们可以把语法宽泛地理解为限定词语与词语、词语与概念之间相互关系的一套规则，为了有效地传递思想，这套规则在进化与文化中趋于固定。而孩子……"老头直勾勾地看着铭铭，铭铭被看得发毛，躲到了妈妈身后，老头继续说："由于大脑中的语法子结构没有发育健全，孩子们有时会忽略这套规则，这让他们的语言充满了匪夷所思的联想和天马行空的创造性，甚至偶尔能跳过言语的边界和沟壑直指世界和人心的真相。无怪乎有人会说，孩子是天生的诗人。"

"老师，"爸爸打断了他，"我求您了，回去吧，您会害死我们一家的。"

"你的孩子是诗人中的诗人，"老头继续说，"所以它们选中了他。蛾人是高度进化的智慧生物，然而在进化中它们丢失了某种东西，这种东西一定和语言有关。诗人是语言的魔术师，向诗人学习是重新掌握丢失技艺的最佳途径。这就是为什么它们征服了我们的文明，然后寄生在我们的文明之上，吸食孩子们的诗句……"

"您说的都是猜测！"爸爸吼道，"您没法证明！"

"我是没法证明，"老头说，"但你就没想过，它们最后会把孩子带去哪里？"

铭铭悚然，他抬眼看向爸爸，他看到爸爸脖颈上晶亮的汗珠。

"我 —— 我 ——"爸爸支吾着，说不出话来。

"你猜不出来，或者说你不愿意猜，"老头说，"催眠自己总要好过直面事实，对吗？"

"来了！"门口的人压着嗓子说。男人们亮出披风下黑洞洞的枪管（后来铭铭在家里的书上认识了枪，在同一本书上，他还认识了一件在很长一段时间里让他辗转反侧的器物），将铭铭一家驱向客厅的角落。老头打了个手势，几个人便埋伏在大门两侧，有人擎着类似水桶的东西，另几个人则提着一个大麻袋。铭铭看到爸爸妈妈瞪大眼睛，脸上写满绝望，突然明白这些人要对蛾人不利，但他的嘴被一双粗糙的手掌捂住，发不出声音，只能双脚乱蹬。

熟悉的敲门声响起，一下两下三下。无人应答时，贝贝麦子小梦齐悦欧阳诗诗大卫小杰艾米会自己推门而入，就像这个家庭的成员一样——现在便是如此。蛾人推门而入，向屋里蠕动了半米，刚察觉到不对，伏兵们就已扑了上去，有人扣"水桶"，有人按尾巴，另有两三人紧抱它的躯干，乒乒乓乓挣扎了一会儿，蛾人才终于瘫软下去，白色身躯泛起灰斑。他们七手八脚地把它塞进麻袋，又用尼龙绳把麻袋一圈一圈扎起来，像扎一个圆柱形的粽子。

"放心，"老头对爸爸妈妈说，"我现在不会弄死它，我要带它回基地做研究。它头部的电磁波交流器已经被屏蔽掉了，蛾人们一时半会儿搞不明白状况。"

"搞不明白状况的是你，"爸爸的声音带着哭腔，"人类永远不是蛾人的对手，反抗只会加速我们的灭亡。"

"我们在夜里出发去基地，"老头说，"即使打不过，我也不会用孩子来交换苟活。吕皓森，让我看看你的血性。"

爸爸沉默不语了，妈妈瘫在沙发上，铭铭停止了挣扎。他在这群人脸上看到了一种并不抽象的决绝，如果要他来形容，他会说这群人都戴着死亡的面具，并且随时准备把这张面具变成他们真正的面孔。可他现在没这个心情，太多东西在他心中搅扰：朋友的安危，亲人的安危，自己的安危，成人世界那幽暗深邃的迷雾森林。

过了好大一会儿，爸爸对老头说："老师，让我给媳妇弄点儿吃的吧，快生了，耽搁不得。"老头盯了爸爸一会儿，然后摆摆手，枪口垂下，爸爸独自一人进了厨房。

老头看了看铭铭，又看了看沙发上喘着粗气的妈妈，说："所以说这是个交易。如果你的孩子被带走，你还会像爱他一样爱肚子里的这个吗？"

妈妈的眼睛里忽然盈满泪水："两个都是我的孩子，不会有谁多谁少。"老头给了她一个缺了牙的笑容："在抵抗军基地，你想生几个就生几个，没人会把他们夺走，也没人会和你们做交易。"

抵抗军，他们叫抵抗军。铭铭记住了这个名词。

终于到了半夜，聚集在铭铭家里的人们鱼贯而出。铭铭跟在老头身后，妈妈行走已经非常不便，她一手托着肚子，一手被爸爸搀扶，缓慢步行。几个相对壮实的男人排成一列扛着麻袋，像扛一具棺材。铭铭从未在夜里出过门，恐惧和忐忑渐渐消散后，他的感官开始进入夜色之中。这是怎样的夜啊，城市里所有的灯火都已熄灭，黯淡的月亮在夜幕中晕开一片淡绿色的影，璀璨的星空被蛾人的星舰咬掉一角，依然壮阔如歌，而此起彼伏的虫鸣就是这歌里的伴奏，他们沙沙的脚步声被淹没在绵密的虫鸣之中。"就像海底，"铭铭来了诗兴，"我们步行于海底之下，我们呼吸咸水，我们进入了最黑的黑暗，再向前走就只有光明……"

星空中的一角忽然亮了起来，一束光同时打在人们身上。所有人都愣住了，只有老头立即反应过来，他跑向队尾，揪着爸爸的衣领："你出卖了我们！"

"老师，对不起，"爸爸泪流满面，"我不能让家人冒险。"

老头挥出拳头，砸在爸爸脸上，眼镜飞起，高个子男人跌坐在地。星舰上溢出五彩斑斓的光点，如轨迹诡异的流星坠向这支夜行军。"准备战斗！"老头振臂一呼，所有人都掏出了枪。

光点的速度极快，须臾之间，便近到能够看清：每一个都有流动着光澜的透明翼翅、分成三节的身体、暗红色的巨大复眼、微微弯曲的触角。"它们明明是那么美丽的蝴蝶啊，"铭铭想，"为什么要叫它们'蛾人'呢？"

第一波攻击在枪声响起前到达，几个靠近贝贝麦子小梦齐悦欧阳诗诗大卫小杰艾米和铭铭一家人的抵抗军被闪电击中，瞬间化为灰烬，而近在咫尺的人却没有被燎到一根汗毛。抵抗军手中的枪开始嘶吼，向夜空喷吐火舌和硝烟。战场如一列火车径直碾压过来，铭铭蒙了几秒钟，然后跌跌撞撞跑向爸爸妈妈。在妖冶的夜色中，他看到妈妈躺在地上，攥着爸爸的手，裤裆一片深色的水迹。她扭曲着脸，将叫声抛进枪声、咒骂声和哭泣声的交响之中。"原来大人也会尿裤子呀！"这么想着，铭铭身体瞬间一轻，恐惧溜走了大半。

蛾人们没有继续投掷闪电。大约有半分钟，它们在半空中盘旋，子弹打在它们身上，激起五彩涟漪，似乎未伤它们分毫。重整队形之后，蛾人们再次俯冲下来，这一次，它们抛下了火焰。抵抗军一个接一个被点燃，他们尖叫着奔逃，点亮街道，继而扑倒，噼噼啪啪地燃烧。几个回合之后，蛾人们似乎有意放慢了杀戮的节奏，一个人形火炬燃尽后，它们才慢条斯理地寻找下一个 —— 铭铭在它们的行为中嗅闻到了某种乐趣，这让他想起小时候是怎样一只一只摁死列队爬进窗台的蚂蚁的。

"孩子！"老头不知在何时跑到了铭铭身边，他一把拽过铭铭，面目狰狞地瞪了他几秒，然后将一样冰凉的东西塞入他的手中。"你的命运应该掌握在你自己手里。"说完老头便跑开了，一边跑一边将满心的愤怒和绝望射进天空。很快，老头也被点燃，他没有像其他人那样奔逃，而是就地盘腿而坐，如倦极的僧人打坐参禅。

老头是最后一截燃尽的烛火。就在他熄灭之时，铭铭听见一声响亮的啼哭。

那是他的妹妹。

第二天，铭铭和爸爸上了街——几乎所有能够走动的人都被蛾人们驱赶着上了街，去参观烧焦的抵抗军。这些姿态各异的人体残骸被钉在金属架子上，支在人行道的正中，还保持着生的狰狞。空气中烤肉的味道久久不散，有人哭泣，有人呕吐，更多的人厌恶地撇过头去。爸爸的手在用力，想要拽着铭铭逃过这些景象，但铭铭用肌肉和体重默默对抗着。他想要记住，记住每一张焦黑的、失去全部面貌的脸，他记得他们中的某一个对他说过，在抵抗军基地，没有人能把他从妈妈身边夺走。

然后他看见了盘腿而坐的焦尸，看到了焦尸的笑，两排白牙中一个黑色的缺口。

贝贝麦子小梦齐悦欧阳诗诗大卫小杰艾米受了伤，那一夜之后过了很久，它才重新出现在铭铭家。每个人都心知肚明，有一些东西已经永远地改变了：蛾人身上有了一圈一圈的青色疤痕，这个家里多了一个叫念念的女孩儿（而铭铭总喜欢叫她小皮球），铭铭则揭开了世界帷幕的一角。他依然会写诗，蛾人依然会埋头把他的诗记下来，但有时会犹豫，铭铭的诗已经跳出了它熟悉的范畴，变得冷硬和执拗。毕竟，这位诗人知道了什么叫等价交换，听闻了一场止战之战，也目睹了黑色的死亡和杀戮场上新生命的诞生，他没法再回到曾经的天真烂漫了。

夜深人静的时候，铭铭会翻出藏在床底下的铁疙瘩，那是老头在临死前交给他的东西。他会用指肚反复摩挲它粗糙的纹理，感受它身体中蕴藏的复仇烈火和死亡凉意。更多的时候，他会想要把它丢掉，他还只是个孩子啊，老头交给他的东西太过沉重了，总叫他噩梦连连。有时，他会梦见橙色的火焰爬满星舰，舰上的蛾人尖叫着飞舞，如飞溅的火星；有时，他会梦见黑色的老头白色的笑，笑中又套着一个黑色的洞；有时，他会梦见被一圈一圈捆绑的贝贝麦子小梦齐悦欧阳诗诗大卫小杰艾米，梦见那绳子越来越紧，最终将它截成一个个颤动的同心圆……

可是，从梦中惊醒时他想："蛾人是我的朋友呀，唯一的朋友。"

就这样过去了 5 年。铭铭 13 岁，长高了，也变得沉静了。他会枯坐几个小时去思虑一句诗，而即便如此，他吟出的诗句也很难令蛾人满意。铭铭预感到，那个时刻即将来临。他并不恐惧，因为恐惧已经与他共存太久，久到已经成为他灵魂的一部分，而一个诗人应该完全接纳自己的灵魂。终于在某一日清晨，当蛾人来到家里时，铭铭平静地对它说道："我已经写不出一首诗了。"

告别的时候，铭铭最舍不得的是他的妹妹，他的小皮球。他拥抱她良久，贪婪地嗅着她耳畔清甜的香味儿。生机蓬勃的香味儿，一句诗飘过心头，极美丽极动人的诗，想想就会让人泪流不止的诗，他捉住它，将它埋入心底。妈妈哭成泪人，眼泪在她眼角的皱纹里纵横流淌，像是有了自己的生命意志。爸爸伛偻着，几乎缩水到与他同高，他看到他鬓角蔓生的白发，想要跟他说点什么，又忽然想起，5 年来他们几乎没有说过一句话，既然 5 年都没说，此刻也就不必说了。

他和贝贝麦子小梦齐悦欧阳诗诗大卫小杰艾米被隐形力场托举着，缓缓升向星舰。蛾人说："今天是童年的终结——你的和我的。"他看向蛾人："你不是对我说过，你有很长很长的童年吗？长得令人绝望。"蛾人说："但今天结束了，我学会了诗的艺术，这意味着我终于可以进入成人的世界。"铭铭说："我们人类正好相反，只有忘掉怎么作诗，才能进入成人的世界。""真羡慕你啊，"蛾人说，"诗是你与生俱来的天赋，为了能够达到和你同样的水准，我学习了 50 个地球年。"可是，沉默片刻后他问道："对于你们这种等级的文明来说，诗又有什么用呢？"

蛾人的身体滚过一圈水波纹："诗可以让我们在对宇宙确凿无疑的认知中不至于自我终结。"

星舰空阔得令人惊讶，有巨大的弧形穹顶和好似延伸到无尽远方的白色四壁。在前往目的地的传送力场中，铭铭看到了远方飘行的成年蛾人们。美丽冷血的蝴蝶，把杀戮当作一种审美，也许，他想，它们还会围绕着杀戮作诗，很多很多的诗。"我们去哪儿？"他问道。"我的舱室。"蛾人回答。

十几分钟后，他们到了。在星舰辽远的白昼中，这里是一片狭小的黑夜。他们在黑暗中默立很久，坠落的预感漫上铭铭的心头，又散去，他仿佛经历了一场生死轮回，仿佛参透了灰烬中的涅槃，从而能够坦然接受接下来将要发生的一切。他闭上眼睛，眼前晕开一片玫瑰色的星云。

"开始吧。"他说。

"你是我的朋友，"贝贝麦子小梦齐悦欧阳诗诗大卫小杰艾米说，"你有权知道真相。"

"真相是什么？"

"真相是，我会把你吃掉。"

"哦。会疼吗？"

"抱歉，我不知道。"

"好吧，谢谢你。"他用手指摩挲着衣兜中温热的手榴弹，想象着手榴弹炸开的情景。对于他和蛾人来说，那将是极其迅捷的死亡，花朵怒放般灿烂，诗意的终结。之后呢，时间会重整旗鼓，复仇，对复仇的复仇；欺骗，为了掩饰欺骗的欺骗。一切都不会改变，属于诗的永远属于诗，不属于的永远不属于。

"那么这就是最后的决定了。"铭铭叹了口气，将手榴弹小心翼翼地放在蛾人的附肢上。

"这是什么？"蛾人问道。

"我的命运。"他回答。

"你接受了它吗？"

"抱歉，我不知道。不过现在已经无所谓了。"

几秒钟的沉默，黑暗中潮起窸窸窣窣的声音，如涨潮，如落潮。比黑更黑的黑暗落了下来，铭铭忽然感到了温暖，从神经的最末梢直抵布洛卡区的温暖。他忽然很想作首诗，为此刻的温暖作首诗，这首诗中的每个字、每一个标点符号都会是温暖的。

只是诗的题目他还没想好。

一场艰难的消化，困难不在于铭铭瘦长的青春期身体，而是在于他神经元集群同仇敌忾的姿态。贝贝麦子小梦齐悦欧阳诗诗大卫小杰艾米尝到了他的愤怒、他的悲伤、他的妥协，这滋味曼妙辛烈，是它童年时代收到的最后一份大礼。最终，它吐出 50 年来的第十颗头骨，开始结茧。它将和它吃掉的所有孩子一起，成为全新的生命形式。在蛾人的文化中，失去诗意后，死亡是最好的终结。地球的孩子诗人们得到了蛾人们最大的尊重。而在另一重生命中，他们将拥有无限广阔的诗意。

和宇宙一样广阔的诗意。

舱室里 15 个精心调制的故乡日夜飞驰而过，琉璃般的绿色半透明翅膀终于破茧而出。另一个成年蛾人早已候在这里，它等待着新的蛾人舒展翅膀，整理思绪。

"妈妈。"几个时间颗粒后，蛾人鼓动着腹部的发声器，说道。

"你是谁。"

"我是——贝贝麦子小梦齐悦欧阳诗诗大卫小杰艾米铭铭。"

"请证明你的资格。"

贝贝麦子小梦齐悦欧阳诗诗大卫小杰艾米铭铭鼓了鼓气，清理了发声器里的残液，现在，它的嗓音清朗，配得上 50 个地球年的酝酿：

妈妈，我收集了十颗头骨

十颗头骨，十颗中空的珍珠

一又三分之二个省略号

它们美丽而无用

让我不知如何是好，干脆

用五十岁的童年，我把它们

> 串在一起，挂在
>
> 时间的脖子上
>
> 听头骨用刹那的音节
>
> 谈论永恒

漫长如永恒的一个时间颗粒。母亲的触角前后摇晃，它说：

"欢迎加入我们，贝贝麦子小梦齐悦欧阳诗诗大卫小杰艾米铭铭，宇宙的诗人。"

超频交易商

谢云宁＼作品

我说得没错吧，人类真是一种奇怪的动物，

个性固执，骨子里充满了反抗精神，

不过这或许也是他们创造力的保证。

科 幻
硬阅读
DEEP READ
不求完美 追逐极致

耀斑基金

在"耀斑基金"主办的慈善晚宴上，盖文第一次见到卡尔森。

当时卡尔森正在台上滔滔不绝地演说，他身后的墙上是一面硕大的"耀斑公司"标志：猩红色激荡的太阳表面闪耀着一束束炽白色亮斑，似乎象征着"耀斑公司"在变幻莫测的投资市场中始终翻云覆雨的态势。

盖文悄然穿梭到了人群的最前排，仔细打量起了卡尔森，这位"耀斑基金"的创始人，被称为"近 10 年来胜率最高的股市投资家"，已年近五十，穿着笔挺的黑色礼服，身材仍保持得很好，相貌算得上英俊，目光睿智而极具穿透力。

他正在大谈美国经济的创造力，以及呼吁更加开放的金融市场，当然话题也不忘提到此次晚宴的主题 —— 资助全世界穷苦的孩子完成学业，他反复强调着孩子才是世界未来的主人翁。

不过在盖文听来，这无非是一些夸夸其谈的陈词滥调，美国经济的持续低迷与他这样贪得无厌的投机商不无关系。同样可笑的是，与世界上很多"恶魔"般的金融大鳄一样，充满原罪的他们总喜欢将自己伪装成乐善好施的慈善家。

半小时后，卡尔森结束了演讲，接下来是一场排场奢华的晚宴。

富丽堂皇的大厅中亮起了璀璨交辉的灯光，现场乐队开始演奏起舒缓的音乐，会场中的宾客大部分都是来自上流社会的名流：年轻名模、好莱坞明星、政治掮客、金融投机商，无不身着熠熠华服，一个个显得容光焕发，在杯觥交错中低声交谈着。

盖文在一个角落远远地观察着卡尔森，只见他端着红酒杯，来回游走在宾客中，不时与人亲切地打招呼，频频碰杯，谈笑甚欢。不得不承认，他的举手投足即使在这一群气质不凡的男男女女中仍显得格外引人注目与优雅。

他在寻找一个靠近卡尔森的时机。

终于，卡尔森的身旁暂时没有了其他人，盖文快步走到了他的跟前："卡尔森先生，请允许我占用你几分钟的时间。"

"我以前有没有见过你？"卡尔森尽管略微有些惊讶，但还是彬彬有礼地说。

"可能没有，但你一定见过约翰·克莱尔。"盖文压低了声音。

卡尔森微微一愣，但他很快又恢复了像是洞悉一切的笑容："当然认识，美国证券交易委员会的王牌调查员，过去几年里我们打过好几次交道。"

"很好,"盖文冷笑着说,"我想告诉你的是,现在我是他的接任者。"

"很高兴认识你,在美国法律划定的范围内我非常愿意与你们合作,请你相信,我是一个遵守游戏规则的人。"卡尔森不紧不慢地说。

"我想,你所谓的游戏规则不过是一些蹩脚的戏法,"盖文针锋相对地回击道,他紧盯着卡尔森,目光中充满了挑衅,"要不了多久我就会拆穿你的戏法,让你原形毕露。"

卡尔森仍然保持着微笑:"我拭目以待。"

高频交易

时间退回到 10 天前,FBI 探员盖文第一次走进位于世界金融中心三号大楼的美国证券交易委员会。

他被安保引进了一间窗明几净、装饰豪华的办公间,一位身材高大、穿着铁灰色西装的中年人正在等候着他。

"盖文,我是'耀斑基金'调查小组的负责人克莱尔。欢迎你加入我们的队伍。"中年人扑克牌般僵硬的脸庞勉强挤出了一丝笑容，"这里是委员会为你提供的办公室，从今天起你就可以在这里办公了。"

"非常感谢，这里的办公环境真是不错。"盖文打量着整间办公室，缓步走到了巨大的落地玻璃前，透过玻璃他能够俯瞰到整个纽约金融区全貌，视野中全是一栋栋鳞次栉比的摩天大楼，其繁华景象令人赞叹。

"这些档案全都是关于卡尔森以及他的基金的，你可以慢慢阅读。"克莱尔指了指阔大的办公桌，上面堆着一叠厚厚的档案。

"我会的。"盖文说。

克莱尔点了点头："在你阅读这些档案之前，我想还是有必要先向你厘清几个基本概念。"

"请讲。"盖文将身体倚靠在了落地玻璃上，定定地注视着眼前的这位克莱尔，虽然他看上去表情坚毅冷峻，就像是一位精于计算的金融师，但作为追缉破案的侦探似乎还缺乏几分锐利。

"你需要调查的耀斑基金是一家'高频交易'公司。"克莱尔不动声色地开口。

"高频交易？你能否为我解释一下这个概念？"盖文露出了虚心请教的表情，"我对你们金融界的认识还停留在《华尔街》这样的好莱坞电影中。"

克莱尔蹙了蹙眉："如今的证券交易大厅里早已不是《华尔街》

呈现出的人声鼎沸的交易现场，过去声嘶力竭喊价的报价师，以及手动下单的交易员，早已让位于高速高效的计算机网络。如今盛行起来的高频交易，正是指利用强大的计算机硬件与程序从瞬息万变的股市变化中获利。"

"高频交易，你能解释得再详细一些吗？"盖文已被搞得有些晕头转向。

"好吧，还是让我为你举一个形象的例子。你是否知道内森·罗斯柴尔德？"

"我似乎有些印象……"盖文迟疑道，"他是金融世家罗斯柴尔德家族的一员吧？"

"是的，他是这个传奇家族最早创始人老罗斯柴尔德的第三个儿子，他在 1798 年被父亲从法兰克福派到英国伦敦开办银行，同时做起了债券与股票生意。当时正值拿破仑的铁骑横扫整个欧洲大陆，这场旷日持久战争的转折点出现在 1815 年，英国与普鲁士联军在滑铁卢战役中出人意料地击败拿破仑的军队。内森·罗斯柴尔德先于其他债券交易者得知了英国不会被法军占领的消息，于是他抓住了这个机会，通过买入英国政府债券大赚了一笔。据说这就是他日后神话般巨额财产的主要来源。"

"当时他使用什么方法率先得到了消息？"

"方法说起来很简单，他使用的信鸽飞得比英国政府的信鸽更快。"克莱尔说。

"原来如此。"盖文恍然道。

"这就是'高频交易'的一个雏形，金融市场的投资者利用抢先获得信息赚取高额利润。"克莱尔介绍道，"如今高频交易商手中握有的超级计算机就是飞得更快的信鸽。大量高频交易商使用比普通交易商更加高速的计算机，能够在毫秒之内自动完成成千上万次买卖指令，通过极其复杂的算法从股市点差中赚取利润。另外，除了计算机本身性能的优势，有的高频交易商还会为了赢取毫秒级别的时间优势，选择将服务器安置到距交易所最近的地方。由此，金融业最终变成了比拼计算机性能以及信息传递物理路径的竞技场。"

"这听起来像是在作弊。"盖文思考着说道。

"不，这样的高频交易都是受到美国法律保护的，毕竟高频交易商只是比其他股市竞争对手更迅捷地获得了股票涨跌信息，能够比竞争对手更快一步做出预判，其本身的投资风险是同样存在的。"克莱尔平静地说着，突然他的话锋一转，语气变得冷厉了起来，"但是，卡尔森领导的耀斑基金并不是一家普通的高频交易公司，他的交易手法中存在着太多匪夷所思的蹊跷之处，这些蹊跷甚至已经动摇了股市交易的根基。"

"先生，我不太懂你的意思。"盖文不解道。

克莱尔的目光变得奇怪起来："请耐心地听我解释几句。众所周知，目前美国的股市交易地点共有两处，纽约与芝加哥，这两大金融中心相隔 700 英里①，两地之间的交易数据通过一条埋设在地

———————

① 1 英里 =1609.34 米

下的光缆传输，信息传输时延只需 7 毫秒。但是这样一来，如果身处一地的证券投资者获得从另一地传来信息的时间延迟短于 7 毫秒，投资者将可以提前做出决策，及时下单买进或抛售，永远只做稳赚不赔的买卖。"

"你说的是真实存在的情况吗？"盖文疑惑道。

"这当然不是真的。因为纽约交易所与芝加哥交易所之间的专用光缆以物理上最近的直线铺设，且选用了目前世界上最为先进的光纤，信息在其中的传递速度可以达到光速的 99% 以上。因此，光速的物理极限决定了世界上很难有比交易所更快获得信息的机构。"

"这么说来，你的假设并不成立。"

"是的，在理论上假设是不成立的，但让人难以置信的是，卡尔森的耀斑基金似乎可以办到。"

"什么意思？"盖文诧异道。

"耀斑基金的大量获利的交易总是发生在某一间交易所股价出现波动后一毫秒之内。"克莱尔目光凝重地望着盖文，然后一字一顿地说道，"也就是说，卡尔森获取股票信息的速度超越了相对论所决定的宇宙物理极限 —— 光速。"

"这怎么可能？"盖文喃喃道，这与他的常识相悖。

"这就是现实，"克莱尔苦笑道，"一个暂时超出了我们认知范围的现实。"

"也许是他发明了时间机器。"盖文思考了半天，然后纯属玩笑地回应道。

"这倒是一个不错的解释。这么说来他的时间预测超能力只能提前那么几微秒。"克莱尔附和道，他的嘴角终于浮现出一丝自然的笑容，然后他又正色说道，"不过我们还是倾向于认为卡尔森已经掌握了某种超光速通信方式，并将其用于股票交易。"

"超光速通信？"盖文吃惊道。

"是的，过去几年我们委员会对卡尔森的调查一直走错了路，我们把所有精力都放在了调查假想中的交易市场暗箱操作上，但最后我们逐一排除掉了这些可能性。这样一来，剩下的选项也就直指他拥有超光速通信这个可能性了。只是要想继续调查下去并不是我们证券交易调查员所擅长的。"克莱尔顿了顿，目光直直地望着盖文，"我想，这也是上级调派有着多年 FBI 侦查经验的你加入我们小组的原因。"

盖文笑了笑，对克莱尔的说法未置可否。

克莱尔继续说道："好了，我的介绍就到这里了吧。如果你有什么需要，尽管开口，也尽可以向我们征要人手。"

"谢谢，需要时我会吱声的，不过我一般还是习惯于独立破案。"盖文以他一贯自信的口吻说。

"很好，独行侠，期待你早日取得突破。"克莱尔向盖文伸出了右手，握完手便转身离开了房间。

在随后的时间里，盖文一个人留在了房间中，迅速地进入了自己的角色，他坐在办公桌前快速浏览起了克莱尔留下的资料。

很快地，他就被卡尔森的传奇经历所吸引。尽管他在 FBI 时曾经调查过形形色色的怪异之人，但这位新对手的故事还是让他多少有些惊叹。

卡尔森出生在德州一个瑞典裔中产家庭，从小是一个安分守己的孩子，专注于学习，顺利地考上了加州理工。他的大学专业是生物学，在博士毕业后顺理成章地留校成为生物系的一名助理教师。他波澜不惊的人生的转折点出现在 10 年前，当时已成为教授的他突然离开了学校，出人意料地投身到了陌生的金融投资业。

迅速地，他在股市中风生水起，赚得第一桶金，成立了耀斑基金。从那以后，他带领耀斑基金创下了一连串难以置信的业绩，成了一股能够左右美国金融界的新生势力。

好几个小时后，他大致阅读完了档案，大脑中还是一片茫乱无绪。接着，他又打开了携带的电脑，试图通过网络搜索可能的蛛丝马迹，去破解卡尔森超越光速魔法的来源。

不觉之间，窗外已是一片深沉的夜色，一间间摩天大厦亮起了炫丽的霓虹灯。

盖文仍在全力以赴地搜寻着，思考着，他觉得自己就像是一位被卷入巨大漩涡的落水者，慌乱的双手抓不到任何攀附物。

直到他把警觉的目光投向了出现在网页上的费米实验室——位于芝加哥以西 30 英里处的巴达维亚。这一刻，他终于感到自己抓住了一根稻草。

费米实验室

盖文乘坐直升机前往费米实验室，飞机从纽约出发，一路向西，三个小时就抵达了芝加哥，掠过芝加哥同样高楼林立的金融区，很快飞出了繁华的都市，进入视野开阔的原野。

飞机翱翔在晴朗无云的天空中，忽然间，盖文的视野中出现了两圈巨大的圆环状白色隧道，深嵌在绿色草甸上，就如同巨人用圆规画出的一大一小的标准圆圈。飞机驾驶员告诉他，这就是费米实验室的粒子加速器，大的那个圆环的直径达到了 2 千米。

飞机开始徐徐下降，盖文惊奇地看到了加速器所包围的土地上还有成群的美国野牛正在悠然地吃草，这与他想象中秩序森严的军事要地相去甚远。

飞机最终降落在一座具有欧洲大教堂风格的宏伟建筑前，一位戴着眼镜、身穿星云图案 T 恤衫的中年男子正在等待着他。这位正是负责接待他的费兰德博士。

　　这一次访问是由美国能源部秘密促成的,对实验室方面盖文隐瞒了真实身份,将自己假扮成了一位有意资助实验室的金融家。

　　西装革履的盖文缓步走下了飞机,与费兰德博士握了握手,这位一脸胡茬的博士看上去神情疲惫,目光忧郁。

　　"现在你看到的费米实验室就像是一位曾经风光阔绰,如今却没落潦倒的贵族,正濒临关门的边缘。"费兰德注视着远处的加速器开口道。

　　盖文一愣,他没有想到费兰德的开场白是这样一句话。

　　费兰德继续说道:"你看到的这台粒子加速器曾经是世界上规模最大的加速器,过去的 30 年中我们也曾取得了一连串激动人心的发现。可是谁也没想到,1995 年顶夸克的发现,竟成为实验室在新粒子发展领域最后的荣光。"

　　"后来发生了什么?"盖文好奇道。

　　"2008 年欧洲核子研究所名为 LHC 的大型强子对撞机服役了,他们加速器的周长是我们的四倍,对撞机最高能量可达我们的七倍,于是全世界高能物理界的目光全都转向了那里。最后,甚至连上帝也没有站在我们一边,2012 年 LHC 发现希格斯玻色子粒子[①],更是给了费米实验室最后的致命一击。"费兰德顿了顿,"面对这一前所未有的困境,美国国会没有通过我们升级粒子加速器的

————————————
① 又名上帝粒子。

申请，反而雪上加霜地逐年缩减了我们的预算，用于弥补美国财政的赤字，几年下来实验室大部分的物理学家都已被解聘。"

"真是遗憾。"盖文怔怔道。

"我知道你来自华尔街，说来可笑，我们很多被解聘的物理学家最后也流向了华尔街，他们在那里凭着深厚的数理功底为你这样的投资者完成股市的数学建模。"

"他们完全可以胜任。"

"美国如今的社会真是荒诞，"此刻的费兰德像是陷入了喃喃自语，语气中带着强烈的情绪，"金融寡头绑架了华尔街，华尔街又绑架了整个美国经济。贪婪的金融寡头们整天玩弄着不产生任何价值的零和游戏，赤裸裸攫取着社会财富。华尔街先生，你可以留下联系方式，或许哪天我可能会找上门向你讨要一份金融业的工作。"

"博士，你可能对金融界有些误会。"盖文平和地说。

"好吧，我们不说这些。"费兰德挥了挥手，"华尔街先生，方便告诉我你此行的意图吗？"

"当然，我此行主要是考察中微子通信。"盖文说出了早已准备好的理由。

"你们怎么会对这个感兴趣？"费兰德皱起了眉头。

"事实上，金融界对于前沿科技一直充满了热情，你知道信息传递的速度对于证券交易有着至关重要的作用，我们正在考虑未来采用中微子传导技术取代现有光纤的可行性。"盖文缓声说道，说话时一直关注着费兰德脸上的表情。

"你真是来对了地方。"费兰德神经质地干笑了几下，"我们实验室在高能粒子领域被欧洲人挤压得没有空间，现在不得不转而主攻中微子领域。"

"是吗？"盖文尽量表现出惊喜的样子。

"你跟我来。"费兰德说。

费兰德领着他走进了庞大的建筑，穿过了几个房间，赫然间，一个蔚为壮观的大坑出现在了盖文眼前，如峡谷般巨大的坑中散布着各种大型设备。

"这里是对撞机的粒子生成器，与外面的隧道相连。不过现在这些设备基本上陷入了冬眠。"费兰德有些漫不经心地介绍道。

盖文跟着他沿着梯子下到了足有20多米的坑中，他感到自己就像是进入了一个巨大无比的异形怪兽体内，应接不暇地目睹了蔓生交错、奇形怪状的内脏器官：几十米高的线圈、轰鸣作响的发电机、无处不在的电缆、闪烁不定的显示屏，还有忙碌其间的科研人员。

盖文全神贯注地观察着各个角落，不想放过任何可疑的细节，可是周遭的这一切对他来说实在太过深奥，难以捕捉有用的线索。

最后，费兰德领着他走进了坑中央一座铁皮圆塔中，这是一间向下的电梯。

"我们去哪里？"盖文问。

"地下。"费兰德递给了他一项安全帽。

电梯瞬间启动，经过一段漫长的下降后，电梯抵达了终点。

盖文走出电梯，发现自己正身处一个人为挖掘出的巨大洞窟中。

"这就是中微子探测室，距地面 200 米。"费兰德开口道。

盖文环顾四周，灯光明亮的洞穴中，除了几台大型计算机外，最为醒目的是悬挂在洞窟正中的一个巨形金属圆球，直径足有十几米，黑色表面如同有着纹路的铠甲一般。

"这是什么？"盖文问道。

"中微子探测器，它的外层由光电倍增管构成，内部包裹着几吨重的重水。"费兰德介绍道，"重水中的氘原子核包含一个原子与一个中子，当有中微子进入重水中，将有概率撞击到某一个中子，使之变成一个质子与一个电子。一旦发生这样的反应，光电倍增管将准确地探测到。"

说着，费兰德走到了一台显示屏前，熟练地输入了一串指令。

很快，空无一物的显示屏如创世的宇宙般浮现出了一个字母"N"，然后半分钟后又闪现出了一个"E"，就这样，每隔半分钟，显示屏上都会浮现出一个不一样的字母。最后当屏幕停止了变化，一个"中微子"的单词（neutrino）最终定格。

"这是怎么回事？"盖文问道。

"现在我给你演示的是几个月前完成的一次中微子通信，实现通信的设备分为两部分：发射端与接收端。发射端就是我们头顶上全世界第二大的粒子加速器，我们让质子在隧道中加速，然后用碳靶拦截它们，碰撞出高强度的中微子束。由于中微子只参与非常微弱的弱相互作用，能够毫无阻碍地穿过 200 米厚的固态地表，抵达我们面前的这台探测器。同时，中微子束携带的信息被编码成一系列二进制的 1 和 0，我们的探测器可以完成译码。"

盖文陷入了沉思，中微子通信如此复杂，如果真有人动用这些设备传递股市讯息显然也不是一件容易的事情。接着，他装作随意地问出了他最关心的问题："实验室探测到的中微子传递速度有没有超过光速？"

费兰德耸了耸肩："当然没有，爱因斯坦的狭义相对论定义了光速是我们宇宙速度的极限。中微子尽管特性古怪，但还是得规矩地遵守我们宇宙物质最基本的特性。"

"可是我知道几年前似乎有一家欧洲实验室宣称测量到了中微子超光速，虽然后来发现是一起乌龙事件。但我想知道，这究竟是怎么一回事？"盖文请教道，这是他来之前做的功课。

"你是指 2011 年意大利名为 OPERA 实验小组接收来自欧洲核子研究中心的中微子那一次？"费兰德扬起了眉毛。

"应该是吧。"

"那一次他们测量出中微子的速度比光快了 0.0025%，这件事一时间在全世界闹得沸沸扬扬。当时这个消息的爆出让费米实验室的所有人都深感沮丧，大家都在怀疑我们实验室过去对中微子的测试是否有问题。于是我们按意大利人的实验条件反复验证了几次，都没有得到任何超光速的结果。"说着，费兰德脸上浮出一丝讥讽的笑容，"你知道意大利人的误差来自哪儿吗？"

"我无法想象。"

"最后 OPERA 小组自己出来承认，中微子速度的误差是由于连接 GPS 接收器和电脑之间的光缆松了造成的。"

"这……怎么可能？"盖文诧异道。

"这个谬差产生的原因就是这样令人瞠目结舌。那个 GPS 接收器是用于校准中微子飞行时间的。当研究人员拧紧这根连接线之后，重新测量，发现数据通过这么长一段光纤所需的时间比之前提前了 60 纳秒。由于校准时间变慢，这样计算出的时间自然就变快了。"

"这确实让人哭笑不得。"盖文说。

"你说得很对，意大利人从'二战'时起就主要负责搞笑。"时至今日，费兰德的语气中仍充满了怨忿与揶揄，说着他又顿住了，"不过，说起来我们伟大的费米先生也是意大利人。"说完，他又不由得笑了笑。

接着，费兰德不忘继续调侃起了盖文："华尔街先生，我可以向你保证你看到的已经是当今世界上最先进的中微子通信器。怎么样，有没有心动订购两台这样的仪器？"

"喔，我会考虑的。"盖文顺着他的话说。

费兰德接着说："一旦你们的交易所采用了中微子通信，你们的数据再也不用沿着地球球状表面的那些光纤奔跑，也不用担心鲨鱼会咬断你们的海底光缆。中微子穿过地壳直接传递你们股票的涨跌信息，这无疑将帮助你们节省不少的时间。"

费兰德的话让盖文的心"咯噔"了一下，他的大脑又飞速运转了起来，思考着信息如果从芝加哥到纽约穿过地壳以直线传递会节省多少时间，但他很快排除了这种可能性，这显然也缩短不了太多的时间。

"那么，世界上除了中微子还有没有其他更快的通信方式……比光速更快？"盖文斟酌着开口。

"在相对论不存在的另一个平行世界或许存在。"费兰德加重了语气，显然他对盖文反复纠结于超光速的问题有些不耐烦，但在这一刻，他又突然顿住了，像是想起了什么，"不过抛开通信的要求，某些不确定态信息的传递倒是有可能超光速的。"

"我不理解你的意思。"盖文心中一紧。

"根据量子物理的理论，量子纠缠态可以超距瞬时传输。目前世界上已有实验室成功实现量子纠缠态的隐形传输，但这种传输无法满足股市信息传递的需求。"

盖文愣怔住了，他对于费兰德的话仍是如坠云雾，但他敏锐地意识到，这会不会是他新的突破口？

"目前世界上实现这一技术的实验室有哪几家？"盖文急切地问。

"已经有好几家实验室实现了这一技术，说起这个领域如今的领先者，"费兰德想了想，"应该是奥地利维也纳大学的蔡灵格教授，以及中科大的潘若溪教授领导的团队。"

盖文思考着点了点头，他心中已经有了新的目标。

量子纠缠态

半个月后，盖文只身飞抵了维也纳。这是一座以音乐闻名于世的城市，城市每个角落无不流动着美妙的音符，但他无暇驻足欣赏，径直前往了维也纳大学。

这一次他的身份是一名高科技杂志的记者，此前他通过关系让美国大使馆帮忙预约了对蔡林格教授的专访。

在维也纳大学量子信息学院，他见到了蔡林格教授。眼前的蔡林格六十多岁的年纪，满脸的胡茬，一头爆炸式的卷发，专注而深邃的眼神，看上去有些像休·杰克曼扮演的"金刚狼"。

"蔡林格教授，我知道是你在1997年第一次实现了量子纠缠态的实验验证。但我对神奇的量子纠缠还是一个十足的外行。能否为我简单介绍一下你的研究成果。"盖文开门见山地介绍起他的来意。

蔡林格爽朗地笑了笑，开始娓娓讲述起来："量子纠缠态的概念最早出现在 1935 年薛定谔关于'猫态'的论文中。"

"你是指薛定谔的猫？"盖文兴奋地说。

"是的，薛定谔用盒子里的猫处于一半概率生一半概率死形象地阐述了量子态，与此同时，薛定谔也引出了另一个概念——量子纠缠态。打一个比方，现在存在两个装有半死半生猫的盒子，当你随手打开任何一个盒子，都会发现猫的生死状态与另一个盒子里的猫始终相反。这种情况下，我们就可以说两个盒子中猫的状态就形成了纠缠态。"

"我能明白你的意思。可真实世界中你们又是如何实现纠缠态的？"

"当我们将一束光射入非线性晶体，出来的一对光子将形成相关联的状态，其中一个光子的自旋方向为向上，而另一个光子自旋方向为向下，这两个光子就处于量子纠缠态。纠缠态的神奇之处在于，对一个光子的测量，会瞬间作用到与之纠缠的另一个光子上。也就是说，即使这两个光子分处宇宙的两端，这一现象也会幽灵般瞬间发生。"

"真是奇妙，"盖文肃然起敬道，"这么说量子纠缠态的传递速度是可以超过光速的？"

"当然，如今我们最远已经实现了从维也纳到北京的量子通信路径，从北京发射一个纠缠光子到地球同步轨道上的量子通信卫星，再通过卫星中转发射到维也纳，这个光子最终被我们实验室接收到。我们比照发射到我们实验室的光子与留在北京的另外一个光子，它们纠缠状态的揭晓完全是实时的。"

"也就是说信息瞬间穿越了从维也纳到北京的距离？"

"是的，北京的团队由潘若溪教授领导，他们的站点设在长城脚下。这很像是古代中国人在长城上使用过的通信方式——烽火台上燃起的熊熊狼烟，只是现在连光传播的时延也没有了。"蔡林格说着脸上流露出了得意的神情。

"可是我听说光子的纠缠态是无法用来实现通信的，是这样吗？"盖文谨慎地说出了他最关心的问题。

"是的，至少目前无法实现。"蔡林格坦率地说，"目前光子纠缠态只能应用于通信的数据加密。"

"为什么呢？"

"因为光子量子态的测量遵循着测不准原理，一旦从纠缠态中提取信息，量子的波函数将立刻随机坍塌。打个比方，这就如同你抛硬币，你无法控制从空中落回的硬币最终会朝向哪一面，这是一个完全随机的过程。也就是说，量子纠缠态无法人为确定信息，因此也没办法实现通信。"

盖文顿住了，蔡林格的话泼熄了他心中的激动，半晌过后，他又试探着问："教授，请原谅我这样一个外行突如其来的奇怪想法，我在想，会不会存在着一种更高层次的机理，量子纠缠态可以赋予确定的信息，从而实现通信，只是我们的认知还没有达到这样的高度。"

蔡林格沉默了一下："你的问题很好，这也是我们一直在思考的问题。我们目前所了解的量子力学是不是一个终极理论，量子信息的随机坍塌是不是因为人类现有的观察技术破坏了量子确定的波函数，这一切都未尝可知。"

蔡林格缓声说着，失神的目光像是游离到了宇宙某个遥远的地方。

"假设纠缠量子能够自由传递信息，"盖文低声说，他尽量让自己表现得不动声色，"你能够想到的量子通信会是以什么样的形式呈现呢？"

"需要让两个量子系统实现相互纠缠，然后将两个量子系统分置在任意两处，通过操控一处系统的量子态，另一处的系统就将瞬时获得信息。"蔡林格仔细思考着说，"我并不认为在可见的未来会出现这样的通信。"

盖文茫然点了点头，线索戛然中断，他又退回到无路可走的迷宫中。

他不甘心地追问道，"除了你们这样的实验室外，还有哪些地方有可能生成量子纠缠？"

"没有了，目前量子纠缠态的产生条件极为苛刻，维持时间也不过几百微秒，但是……"蔡林格顿住了，他像是突然想起了什么，"几年前英国的《自然》杂志刊发了一篇文章，牛津大学的斯科尔斯教授取得了一个令人难以置信的发现，有一种叫欧亚鸲①的鸟类眼睛中能够维持量子纠缠状态。"

"欧亚鸲的眼睛中存在着量子纠缠？"盖文怀疑自己听错了，欧亚鸲是一种非常常见的鸟类。

"没错，后来我与斯科尔斯取得了通信，他告诉我他们发现欧亚鸲的眼睛中含有一种称为隐花色素的蛋白质。这种蛋白质能够生成一对对相互处于量子纠缠态的电子。"

"这些量子纠缠态的电子对鸟儿有什么用？"

"用于感知地球磁场，以确定飞行的方向。"

"这……如何办得到？"

"研究发现，当地球磁场微弱的能量进入欧亚鸲眼睛时，会影响隐花色素蛋白质，使处于量子纠缠态中的一个电子获得能量，移动数纳米，而与它同处于纠缠态的另一个电子将探知到微弱不同的磁场。理论上，大量这类反应叠加在一起，会使鸟类眼中呈现出明暗不同的图像，这样的图像就是地球磁场的分布。就这样，欧亚鸲能用眼睛'看见'地球磁场。"

"真是难以想象。"盖文感叹道，蔡林格的话让他得到了启发，他猛地想起了卡尔森曾是一名生物学家，他会不会研究过这种鸟类？

"我们同样感到非常困惑，在一个有机生命系统里能够进化出

---

① 欧亚鸲，俗名知更鸟，因为广泛分布于欧亚大陆而得名。

人类需要在诸多苛刻的实验条件下才能搞出来的量子态，这让人不得不惊叹于大自然的神奇。"蔡林格意味深长地说。

"着实令人惊奇。"盖文赞同道，此刻的他强压住心中的激动，直觉告诉他欧亚鸲应该就是破解卡尔森超光速之谜的钥匙。

欧亚鸲

几天后，盖文出现在了阳光明媚的加州帕萨蒂纳。

这一次，他的身份变成了一名传记作者。

一身休闲打扮的他来到了加州理工大学校园，走进了气派的生物系大楼，在这里，生物系主任接待了他，这是一位姓叶的华裔，戴着一副无框眼镜，看上去温文尔雅。

说起卡尔森，叶教授的语气仍充满了惋惜："他是我同一级的博士同学，在生物学研究上很有天赋，他的研究课题非常具有前沿性，在我看来就如同是在寻找生物学的圣杯。"

"生物学的圣杯？"盖文心中一个激灵。

"是的，他的方向是探究基因如何指导生物的习性与行为。"

"这……与其他的生物研究有很大的不同吗？"盖文不解道。

"通常我们遗传学研究的是基因的功能，比如你眼睛的颜色、鼻子的形状，你可能会患哪类遗传疾病，都能从浩繁的 DNA 序列中精确地找到某一段遗传密码与之对应。但这样的研究解释不了生物一些天然的习性，就如鱼类天生会溯游而上产卵；大象到了临死之时会悄然离开象群，孤独走向自己一生从未踏足过的象冢。拿最常见的候鸟来说，每年都按固定不变的路线穿越上万千米的路径，我们相信这也是体内基因铸就的能力，但暂时还无法弄清楚具体是哪一部分对应的基因通过怎样的机理作用。我记得当时卡尔森向我提到过，生物学家应该跳出基因一一对应的固有思维，以更高的层次去思考这个问题。他认为或许是一些分散的基因以近似模糊算法的方式映射到了生物体的行为上。"

"这样的工作真是了不起。"盖文由衷地赞叹道。

叶教授继续说："当时卡尔森在这个领域做了很多创造性工作，现在看起来，他如果没有那么早放弃科研的话，到今天应该会有很多突破性的成就。"说着，他不由得又笑了笑："当然，后来他在金融界取得了巨大的成功，这相对于科学或许带给了他更大的成就感。"

盖文装作赞同地点了点头："卡尔森离开教职之前有没有什么特别的地方？"

"特别的地方？"叶教授扶了扶眼镜，"我倒记不得有什么了，当时他与他的助手一道去了安卡斯岛考察候鸟，回来后没几天两人同时向学校提交了辞职信。"

"安卡斯岛？在哪里？一同辞职的还有他的助手？"盖文迫不及待地打断了叶教授的话。

"安卡斯岛是位于太平洋秘鲁海域的一个小岛，每年秋冬季都会汇聚很多候鸟。"叶教授说，"是的，还有他的助手。"

"安卡斯岛上有欧亚鸻吗？"盖文急切地问道。

"你说得很对，岛上有许多欧亚鸻。"叶教授向盖文投来了惊诧的目光，显然他对一个外行突然问起这个问题很是奇怪。

盖文迅速地消除了叶教授的疑惑："我查阅过卡尔森的后期论文，他似乎对欧亚鸻有着很深的研究。"

"似乎是这样的。"叶教授回忆着说，这一刻，他又恢复了没有戒备的微笑。

"相比其他鸟类，欧亚鸻具有怎样的特点？"盖文趁机追问道。

"欧亚鸻似乎能够更为准确地寻找到迁徙的方向，甚至在落单的情况下。我记得当时卡尔森就是因为这个原因去了安卡斯岛。"叶教授说。

"叶教授，我的问题问完了。非常感谢你提供的宝贵信息。"盖文起身向叶教授告别，此刻的他极力掩饰着内心的狂喜，他相信自己距离最终的真相只有一步之遥了。

在返回纽约的路上，盖文迫不及待地调查起了卡尔森当年助手的背景，呈现在他眼前的结果令人瞠目结舌，这一位名叫古勒的美国人经历同样不可思议，在与卡尔森一同离职后，古勒也曾经在股市短暂地闯荡了一段时间，但很快就收手了，后来成立了一家很小的网络游戏公司。在之后的十余年，这家小作坊以惊人的速度发展成为国际领先的互动游戏开发商，最新推出的一款名叫"深渊中的奇点"的游戏风靡全球。同时他还查出了一个令他振奋不已的信息，这家游戏公司与耀斑基金在台面下有着千丝万缕的资金关系，或许这家游戏公司只是卡尔森用来洗钱的工具。

盖文冷静地思考了起来，网络游戏或许也是自己的一个突破口，但这并不是他熟悉的领域。他第一时间想到了自己的二儿子汤姆，还在读高中的他是一位忠实的游戏玩家。

回到位于纽约布鲁克林区的家中后，他径直走进了汤姆的卧室，果然不出他所料，现在放暑假的儿子正头戴一顶如机器人头颅一般的游戏头盔，忘我地沉浸在网络游戏的世界中。

盖文将儿子从激战正酣的游戏中拉了出来。"你又宅在家里玩游戏。"他板起脸教训起了儿子。

"老爸——"汤姆摘下头盔，不好意思地摸了摸自己圆乎乎的脑袋，"现在是暑假啊。"

"你也可以出门找同学运动啊。"盖文收起了严厉的目光，然后一脸关切地问道，"你在玩什么游戏？"

"当然是如今世界上最酷的一款游戏——深渊中的奇点。"父亲的询问让汤姆眼睛亮了一下。

盖文心中一阵窃喜，但他还是装作随意地问："这个游戏到底有什么吸引人的地方？"

"深渊中的奇点与过去所有的第一人称网络游戏都不一样。"汤姆兴奋地介绍道，"在这个游戏中，没有固定情节，只有一个粗略却又充满想象力的世界背景构架。在这里，你既是玩家，又是游戏的构建师，无数的玩家一同倾力创造一个繁复的新世界。更让人叫绝的是，我不知道这家游戏公司从哪里找到了这么多的天才设计师，庞大的游戏分了好多个专区，但是每个专区的背景与人物设定都绝不雷同。"

"听上去是有些意思。"盖文不动声色地说。

"更为有趣的是，这个游戏是没有黑夜的。"

"这怎么可能？"

"游戏会保证每个游戏人物在 24 小时都在线。就像刚才我断开了链接，马上就有其他的玩家链入游戏，迅速顶替掉我。"汤姆解释道，语气中充满了对父亲打断他游戏的抱怨。

"也就是说，当你上线发现其他玩家在操控你选中的人物，你不得不选择等待？"

"是这样的。"

"这不会让你感到不耐烦吗？"

"完全不会的，老爸，就算只作为一个旁观者观摩游戏也不会让我感到丝毫乏味，因为'奇点'游戏的剧情比我在现实中看过的任何一部小说或是电影都要精彩上几百倍，每个人物的经历都像是一部气势恢宏的史诗。我说老爸，只要你试着玩一下，你就知道这个游戏有多棒了。"汤姆嚷道，此时的他开始有些心不在焉，像是急于回到游戏的世界中。

盖文思考着点了点头，让儿子重新坐回了电脑屏幕前。

在他的注视下，儿子玩起了"奇点"游戏。

计算机屏幕上呈现的画面着实让盖文感到眼花缭乱，无数奇异造物充斥在光怪陆离的游戏界面中，骑着喷着火焰的翼龙的盔甲骑士，绿色丛林中奇形怪状的精灵，闪亮钢铁身躯的狰狞怪兽，造型奇特的宇宙飞船，以及波澜壮阔的黑洞与星云这些只在 *Discovery* 天文特辑里才会出现的天文奇观……还有更多新奇得让他无法用言语描述的事物。

整个过程中，他的儿子并没有操纵角色，只是全神贯注于其他玩家操控下的游戏情节，像是在仔细揣摩着如果是他来玩，又会怎样更好地驾驭这个角色。

盖文无法理解儿子这种疯狂沉迷于游戏的行为，这或许是两代人天然的代沟，不过让他真正玩上一段时间，兴许他也会迷上这个奇怪的游戏。

神秘鸟岛

南美洲大陆以西的太平洋海域，在波涛澎湃的蔚蓝色海面之上，一艘小型快艇正在破浪前行。

颠簸的船头伫立着一位眉头紧锁的男子，充足的阳光直射在他的脸上，男子一直若有所思地注视着远方空空荡荡的海天尽头。

这正是盖文，他此行的目的地是十年前卡尔森与古勒考察过的安卡斯岛。

这艘快艇上除了他之外，还有一位正在船尾驾驶快艇的本地人，这是一位体格干瘦、皮肤黝黑的印第安老头，总是沉默寡言，他也是盖文此行的向导。

就在几天前，盖文来到秘鲁想找几位当地人带他出海，但让他感到非常奇怪的是，本地原住民一听是去安卡斯岛都断然拒绝了他。最后，他好不容易花了几倍的价钱才找来了这么一位年老体弱的向导。

后来在前往安卡斯岛的途中，他才从这个老头口中得知了缘由，原来在当地传说中安卡斯岛遭受过远古神灵不祥的诅咒，过去登上过此岛的人在离岛后都不明缘由地暴毙而亡，因此原住民都不愿意上到该岛，以至于无视岛上常年累积的巨量鸟类粪便资源。

对此，盖文也只有一笑置之，因为他知道 10 年前卡尔森与古勒上过岛，如今还不是活得好好的。只是让他有些心神不定的是，直觉告诉他这个人烟罕至的海岛上一定隐藏着卡尔森惊人的秘密以及未知的危险……

快艇在茫茫大海中行驶了半天，盖文见到天空中成群结队的飞鸟越来越多，这让他感到目的地已经近了。果然，没过多久盖文的视线中出现了一个由赭红色礁石构成的海岛，在正午明晃晃的阳光下，如同一座兀然矗立在碧蓝海水之上的岩石城堡，还可以远远见到不计其数的飞鸟围绕着海岛上下翻飞。

此刻从船尾传来向导充满颤音的喊声，前面正是安卡斯岛。

快艇加速向海岛驶去，绕过海面上奇形怪状的崖石，最终停靠在了一处浅滩中。

当盖文背上行军包准备登岛时，他的向导仍呆立在船上，目光不安地望着海岛，久久不肯上岛，最后他唯唯诺诺地告诉盖文他要一直待在船上，等着盖文返回。

盖文无奈地摇了摇头，只得一个人登上海岛。

当他沿着崎岖的岩石爬上海岛后，被眼前壮观的景象震惊住了，视野中充斥着密密匝匝的飞鸟，这些鸟儿或是一动不动地静立，或是频繁地起起落落，呈现出形态各异的样子。阔大的海滩上，各种不同种类的鸟类泾渭分明地占据着不同的区域，在其中他见到了鸬鹚、鲣鸟、鹈鹕、信天翁，还有一些他叫不出名字的鸟儿。

但他一时还没有寻找到欧亚鸲的踪影。

于是他在海岛上没有方向地转悠了起来，鼻子中充满了地下厚厚的鸟粪散发出的呛人的氨气味，耳畔此起彼伏地回响着混杂着海浪声的鸟鸣声。

这个海岛看上去比他想象的要大，除了寸草不生的外围礁石外，视线的远处还有一大片葱郁的森林。

蓦地，他看到一大群色彩鲜艳的飞鸟低低地从头顶飞过，如同天空中飘舞的一大块彩色纱巾。

这些鸟儿体型娇小，脑袋呈现黝黑色，胸口全是红色的羽毛，长着一双黑宝石般透亮的眼睛，这正是欧亚鸲！

他不由跟着奔跑起来，可是这群欧亚鸲飞得实在太快，很快就飞进了森林，消失在了他的视线中。

他失望地停下了脚步。正在懊恼之时，他又看到有一群数量更大的欧亚鸲从森林深处飞出，盘旋着掠过他的头顶，向着大海飞去。

这让他意识到，森林腹地中的某个地方应该才是这些欧亚鸲的大规模栖息地。

于是，他快步向远处的森林走去。

当他走进了森林，发现这里完全是一个从未有人踏足的原始世界，一棵棵年代久远的参天大树巍然屹立，如同一个个远古巨灵，人在其中显得异常的渺小；层层叠叠的树干与树叶完全遮蔽了阳光，地上长满了潮湿的苔藓，望不到尽头的丛林显得幽暗而阴森，弥散着一种异常神秘的气氛。

盖文不自觉地掏出了配枪，紧握在手中，警觉地四下张望着小步前行。

他想象着十年前卡尔森与古勒第一次进入这片密林中，当时发生过怎样惊心动魄的事件。

随着他不断深入，森林愈发地幽静起来。在这深沉得可怖的寂静中，他隐隐地听到丛林深处传来了窸窸窣窣的鸟鸣，他循着声音的方向走去。

鸟鸣的声音越来越喧哗，盖文加快了步伐。当他越过了一道山脊，他的视线一下子豁然开朗了起来，他已经走出了森林，眼前是一片极为广阔的山谷，山谷中层层叠叠伫立着数以万计的欧亚鸲。

盖文惊奇地俯瞰着笼罩在暮色之中的山谷，这里如同一幅色彩缤纷的现代派抽象画，充满了密集而微小的色斑，每一粒色斑都是一只灵动的欧亚鸲，有的安闲地静立着，有的在用喙梳理着羽毛，有的扑棱着翅膀起起落落，全然没有注意有一位人类的来到。

面对眼前的奇景，他莫名地想到了一句话：亚马逊热带丛林中一只蝴蝶不经意扇动几下翅膀，引发了一连串的多米诺骨牌效应，最终促成了华尔街的一场金融风暴。

可眼前这些欧亚鸲又是如何作用到遥远的美国股市的呢？欧亚

鸻眼中光子纠缠态的秘密，当年是如何被卡尔森发现，又如何被加以利用的？

他久久地凝望着这些鸟儿，陷入了沉思，鸟类比人类在地球出现的时间早得多，或许在人类尚未形成的年代，这些欧亚鸻就来到了这个海岛，几亿年来，在这片山谷中栖息繁衍，永不停歇地翻飞，一饮一啄似乎都传递着某种不为人知的奥义。

蓦然间，一个意象陡地生成在他的脑海中：山谷中每一只欧亚鸻忽闪的双眼都是一台微小的量子纠缠态格点，不计其数的格点汇聚在一起，组成一个庞大的计算机矩阵，运行着某种隐秘的指令……一念至此，他的心里一个激灵，是否卡尔森正是利用了这样一个纠缠态网络？

蓦然间，山谷中的欧亚鸻就像是在应和着他的想象，整个鸟群突然变得躁动了起来，所有的鸟儿都不约而同地扑棱起了翅膀，腾空而起，疾速地忽上忽下，甚至在空中相互碰撞在一起，发出的巨大声响如同澎湃的海浪。

盖文怔怔地望着惊飞的鸟群，有一种奇怪的想法闯入他的脑海，这些欧亚鸻就像一个沉睡已久的整体意识，此刻正因为自己的来到而幡然苏醒。

转眼间，鸟群的动作越来越剧烈，就如同一场不断积聚着能量的龙卷风。

猛地，盖文惊恐地看到遮天蔽日的欧亚鸻向着他汹涌袭来，似乎要狠狠惩戒他这个贸然的闯入者！

他的心猛地一紧，一个念头闪现脑海："快跑！"

他转身拼命奔跑了起来。

然而已经晚了，大群的欧亚鸲以不可思议的速度飞来，很多绕过他的身体，将他团团包围了起来。

盖文不得不停下脚步。

这一刻，庞大的鸟群突然停止了对他的进攻，只是密密麻麻地盘旋在空中，急促地扑棱着翅膀，尖锐地鸣叫着，像是与他对峙了起来。

鸟群发出的激烈声响鼓动他的耳膜，令他感到毛骨悚然，全身不由自主地战栗了起来。

他后退了几步，本能地举起手枪，向着鸟群猛扣扳机，一连串清脆的枪声怦然响起，几只飞鸟应声落地。但庞大的鸟群并没有被枪声惊吓到，没有丝毫退缩，反而前赴后继地猛扑向他。

他打光了所有子弹，眼睁睁看着鸟群潮水般涌来。

他已无法闪躲，被鸟群硬生生地撞上，身体倏地失去控制，倒向了身后。但在这一刻，他惊恐地感到，自己并没有跌到地面上，而是被身后一大团飞鸟猛地托起，离开了地面。

盖文四肢拼命挣扎着，然而密集的飞鸟就如一团毯子紧紧包裹着他的身体，让他无法动弹。

就这样，飞鸟簇拥着他飞到了高空中。

在数十米的高空，他过去自认为坚不可摧的意志彻底崩塌了，空白的大脑中剩下的只有对血色死亡的极度恐惧。

很快，一种令人窒息的眩晕涌上他的大脑，他昏迷了过去。

随之而来的无尽黑暗吞噬了他的意识。

也不知过了多久，他苏醒了过来，发现自己躺在山谷中润湿的草地上，视野中已没有鸟群的影踪。此时夜幕已经降临，四周万籁俱寂，连一只鸟儿的叫声也听不见了。

惊魂未定的他站起身来，紧张地检查起了自己的身体，出乎他意料的是，除了手臂上的几处瘀伤外其他都安然无恙。他抬头惊慌失措地环顾四野，心仍怦怦跳动不止，周遭幽暗诡异的空间中，似乎有无数双阴鸷的眼睛正在冷冷注视着自己。

恐惧的寒意渗透了他身体每一个角落。

这一刻，他大脑中唯一的反应就是赶紧逃离这里！

他转身不顾一切地冲向了丛林，凭着来时的记忆在阴暗的树木中一路跌跌撞撞地摸索前行。

在一片黑影幢幢的晦暝中，他真切地感觉到身后那无数双可怕的眼睛仍在紧随着他，让他不敢停歇，也不敢回头。在跌倒又爬起了很多次后，他终于幸运地穿出迷宫般的丛林，见到了远处朦胧夜色中幽静的大海，一轮橙红色的圆月高悬在黑魆魆的天空中。

他大口喘息着向大海狂奔，海岛上无数正处在睡梦中的鸟儿被他慌乱的脚步惊醒，凄厉惊叫着，纷纷地冲向天空。

当他穿过黑色噩梦般的鸟群，来到了海边，让他稍稍松了口气的是，小船还停在原地等他。

他踉跄着滑下海崖，登上了小船，在诡异的月光下逃离了海岛。

星海的彼端

盖文尽管有惊无险地回到了纽约，但在安卡斯岛的可怕遭遇仍然盘绕在他的脑海中，他无时无刻不感受到铺天盖地的欧亚鸲歇斯底里地鼓噪在他的周遭，在这些疯狂的鸟儿背后，他似乎还看到了卡尔森那鬼魅般狡黠的笑容，像是在警告着他这只是一个小小的教训。

他认定卡尔森就是暗藏在幕后的黑手，复仇的火苗在他体内嗞嗞地燃烧，令他热血贲张。

他必须做出反击！

一回到证券交易委员会，他第一时间找到了克莱尔，向他坦承了自己想要当面质问卡尔森的想法。克莱尔听后非常支持他，立即调给了他十几名调查员与他一同前去，甚至授意盖文可以伺机逮捕卡尔森。

但是出于一位 FBI 探员的谨慎，为了防患于未然，盖文还是强压住心中的怒火，向一位与他一直保持单线联系的 FBI 上级发去了一封电子邮件。

　　尊敬的 N 先生：

　　经过几个月来的调查，卡尔森的秘密终于浮出水面。

　　卡尔森在美国股市超光速获取讯息的武器，来自一种叫作欧亚鸲的鸟类体内的量子纠缠态。

　　尽管目前我还不能完全弄清这些纠缠态如何传递确定的信息，卡尔森又是如何借助这些鸟儿实现股市操作，但可以确定的是，数亿年生命进化的鬼斧神工铸就了欧亚鸲这一独特的生理结构。10 年前一次偶然的安卡斯岛考察之旅让卡尔森窥见了这一奥秘，于是他利用了鸟儿体内的纠缠态为他服务。

　　另外，无须赘述，超光速的绝对实时操控在外太空开发中有着无可比拟的优势，这也是我们军方一直以来迫切想要获得的技术。因此，控制卡尔森，迫使其交出这项技术，或许是目前我们应该采取的最佳选择。

　　期待您对此事的看法。

　　　　　　　　　　　　　　　　　　　　　　　盖文

在反复确认邮件已发出后，盖文起身离开了办公室。

在他的带领下，一大队全副武装的调查员出发前往耀斑基金总部。

很快，浩浩荡荡的车队抵达了位于曼哈顿第五大街的一处顶级商业写字楼前。

尽管有保安的极力阻拦，但一大队人马还是气势汹汹地闯进了大厦，径直冲进了卡尔森的办公室。这是一间装饰极为豪华的房间，阔大的空间可以停下一架商务客机，卡尔森正站在锃亮的顶级桃木办公桌前，手里夹着一只雪茄，他的身旁还站着另一位中年男子，盖文认出了他，他正是卡尔森当年的助手古勒。

对于盖文的来到，两人并没有表现出丝毫的惊讶。

"古勒，想不到你也在这里。"盖文取下墨镜，冷冷地瞪着两人。

"我们都在这儿等待你的到来。"卡尔森若无其事地熄灭手中的雪茄，脸上仍挂着那副一切尽在掌控的微笑。

"这么说，你知道我要来找你？"盖文咄咄逼人地说，"我说过我们会再见面的。"

"安卡斯岛的旅行还愉快吧？"卡尔森微笑着说。

"你的鸟儿非常热情地迎接了我。"

"当然，鸟类是人类永远的朋友。"卡尔森继续故弄玄虚地说。

"看来你什么都知道。"盖文不想再绕圈子了，"你是个聪明人，应该判断得清形势，现在摆在你面前的选择不多，识时务地交出你的超光速设备，与我们合作是你最佳的选择。"

"你真觉得你已经控制了我？"卡尔森扬了扬眉，不以为然地说。

"你觉得呢？"盖文冷冷地回击道。他下意识地望了眼身旁十几名戴着墨镜、荷枪实弹的同僚。

"好吧，还是先让你看看你进入我们大厦的录像吧。"卡尔森拿起一只遥控器，按了按，墙上的显示器上出现了画面。

盖文不明所以地将目光投向显示屏，他看到清晰的视频中出现自己的身影，但让他感到惊奇的是，他身旁并没有大队的追随者，形单影只的他看上去神情呆滞，举止恍惚，在大厦门口徘徊了好久，最后被一名安保带进了大楼。

"你在玩什么把戏？"卡尔森气急败坏地大吼道，但就在他的话音中，他看到身边十几名跟随者一下子消失了。

卡尔森惊慌失措地环顾变得空荡的房间，房间中只剩下了卡尔森、古勒与他三个人，他只感到一阵天旋地转，眼前的一切都在崩溃。

这个世界忽然变得如此扑朔迷离起来。

"不！"盖文喘息着吼叫道，他掏出了配枪，枪口对准了卡尔森。

卡尔森仍像雕塑般稳稳地站在他的面前，依然面带狡黠的微笑。

盖文拼命抑制着剧烈颤抖着的双手，终于，他扣动了扳机。

可就在这一瞬，他并没有听见枪声随之响起，紧接着，幻觉一般的场景再次出现在他的眼前，他看到自己手中的配枪凭空消失了。

盖文惶恐无助地望着变得空空的双手，他已分辨不清眼前的世界哪一部分是真实，哪一部分又是虚幻。

此刻，卡尔森的笑容终于凝固住了，他冷冷地开口："你知道我到底是谁吗？"

盖文颓然呆立在原地，一股沁人的寒意从他背脊升起。这一刻，他从卡尔森眼睛中看到了一种极度阴森扭曲的光芒，这不再是……一个人类的眼神。

"你……并不是卡尔森。"盖文充满恐惧地呢喃道，他的顿悟来得太晚了。

卡尔森没有回答，只是面无表情地注视着盖文。

"此刻有没有觉得人类的感知与记忆都是如此不可靠？"这一次是古勒开口了，他低沉而沙哑的声音回荡在空旷如墓穴的房间中，显得很是飘渺。

"你们对我做了什么？"盖文声音急剧颤抖着。

"我们只是稍稍改变了你大脑某个区域的神经元，就让你'真实'地觉得你有过'带领了一大队人马'的经历，以及'你手中握着一把手枪'的错觉。"古勒平静地回答道。

"你们怎么能够做到这一切？"盖文惊恐道，"难道在安卡斯岛 ——"

"是的，当你进入昏迷状况时，从欧亚鸲体内钻出了一些真菌孢子物种，侵入了你的身体，一直寄生在你大脑中，控制着你的一部分意识。"

"不 ——"盖文拼命地用双手拍打着自己脑袋，徒劳地想要把自己从可怖孢子的控制中挣脱出来，突然，他的双手停了下来，他惶恐地意识到了一件事，"我来之前发出的那封电子邮件 ——"

"是的，你从来没有发过那封电子邮件。这也是孢子在你大脑中产生的幻觉。事实上，你从安卡斯岛一回到纽约就打车来到了这里。"古勒不动声色地说。

盖文浑身颤抖着，他知道一切都完了。

"十年前你们也是用这样的方式对待了卡尔森与古勒？"盖文绝望地说。

"是的，大侦探，你总是太过聪明。"古勒露出了鬼魅一般的微笑。

盖文僵立在原地，半晌后，他怔怔地开口道："你们究竟是什么生物？"

古勒并没有回答他的问题，而是奇怪地问："你能够想象发生在相隔遥远的两颗星球之间的星际交流吗？"

盖文神情恍惚地摇了摇头："你们是外星人？"

古勒继续说道："这样的星际交流，绝不会像你们的科幻电影中出现的那些凶神恶煞、流着鼻涕的大虫子，驾驶着一艘艘船坚炮利的飞艇，在太阳系里横冲直撞。"

盖文木然重复着他的话："你们是外星人？"

"是的，我们来自银河系中心的一颗灿烂的恒星，距离地球两万光年，你们人类称之为麒麟座 V838。"

在古勒的话语中，盖文眼前浮现出了一团涡旋状的星云，紧接着，像是无形之中有人不断拉近着的焦距，星云疾速扩张，盖文看到了星云中密密层层聚集的星辰，正在潮水般汹涌着变大。

"这就是银河系的全貌。相比你们太阳系所在旋臂的荒凉，银河中心拥挤着不计其数的恒星，同时也孕育出了不计其数的文明。"盖文听到古勒声音飘忽地说。

猛地，盖文眼前的星辰定格了，在一片犹如圣诞树般星星点点的闪亮星辰中，有一颗巨大的恒星非常与众不同，它的外型就如一团膨胀到极致的血红色气球，闪耀着夺目的光芒，分外明亮。

"现在你看到最明亮的这一颗恒星就是我们的母星，它已在 2 万光年前爆炸，成为超新星，不过你不用担心我们文明的安危，我们早已围绕我们的母星建造了很多处大型生态系统，另外，我们整个种族在数千万年前就已实现了虚拟化生存。"

"失去了家园的你们……想要占领地球获得地球的资源?"盖文万分恐惧地意识到。

"不,完全不是你想象的那样。"古勒微笑着摇了摇头,"我早说了,我们并不是你们科幻电影所呈现的那种邪恶而凶残的外星入侵者。"

"可是你们——"

"我们,只是想邀请你们参加一场游戏。"古勒高深莫测地说。

"游戏?"

"是的,一场盛大的游戏。"古勒以布道者的口吻提高了语调,"实际上,我们的文明已高度发达,甚至连死亡也被我们征服,物质的繁盛早已不是我们所追求的目标。不朽的我们虚拟化生存在没有边际的网络世界中,尽可以自由自在地挥霍漫长的生命。"

"可你们又为何要来到地球?"

"你听我说,我们种族的生活方式你很难去想象,简单地说,在虚拟的世界中我们每一个生灵都是一位非凡的创世者,永不停歇地去创作一个个天马行空的全新世界,在其中追寻自己想要的任何奇妙经历。这就像是玩一个个精彩绝伦的游戏,可是我们缺乏一些在游戏中与创世者互动的角色。于是,热情的我们主动将游戏接口送到了你们地球,诚挚地邀请你们参与其中。"古勒说这些的时候一直注视着盖文的眼睛。

"深渊中的奇点——"他恍然明白了古勒为何会创立游戏公司。

"是的，你已经见识过了这个伟大的游戏，但你可能还不知道，每一个故事里都有着一两位主心骨的角色，国王、船长，或者是别的什么英雄，最终决定剧情的走向，这样的一个角色实际上就是我们种族的一名'创造者'。"

盖文已震惊得说不出话来。

古勒又继续说："当然你也许会有一些疑问，为何我们不使用人工智能充当游戏的互动者。这是因为通过算法实现的智能终归欠缺创造性，无法满足游戏对角色机敏应变的要求。如果你玩过'奇点'游戏，你就会清楚我们的游戏是一个交织着无限可能性的梦剧场。除此之外，相距两万光年的游戏在技术层面也不存在任何问题，量子纠缠态通信器能够保证你们的游戏数据与我们母星上的是完全同步的。怎么样，这个游戏够带劲吧？"

"这已不再只是一场游戏……"盖文呢喃道。

"为了寻找更多智慧种族加入我们的游戏，我们的天文望远镜一直在银河系各处孜孜不倦地搜寻，不断定位到了包括地球在内的多颗存在初级生命的行星。但即使如我们这样的文明，要推动庞大的舰队抵达太阳系这样偏远的银河系边缘也需要巨大的能量与时间，同时这也是一件得不偿失的事情。"

"你们……的欧亚鸲又是如何抵达了地球？"盖文又结结巴巴地说。

"我们选择了最为低耗的星际宇航方式，我们只需要向太阳系发射一些携带纠缠态光子的有机孢子，这些孢子被放置在特殊制成的超薄金属外壳中，能够抵抗宇宙射线的冲击，重量仅有几毫克。然后直接用定向高能粒子束持续地追击孢子，使其不断加速最终接近 50% 光速。"古勒解释道。

盖文想象着无数微小的孢子如蒲公英般飘散在宇宙中，经历漫长的星际旅途，而后悄无声息地穿透地球的大气层，以人类今天的科技无疑很难觉察到这些孢子的到来。

"可你们的孢子又如何变成了欧亚鸲？"盖文问道。

"当第一批孢子成功进入地球大气层，随机坠落在地表，又如纳米机器人一般逡巡在地球表面，考察当时地球的生物圈，直到寻找到了一种活动范围非常广阔的鸟类欧亚鸲作为寄主，很快控制住了它们的意识。从此以后，我们不断涌入地球的孢子会进入每一只新出生的小欧亚鸲体内，永远地与欧亚鸲结成紧密的寄生关系。如此一来，当这些欧亚鸲纷飞在地球各个角落，其携带的纠缠态光子系统也就运转起来，一张覆盖地球大部分角落的巨大即时通信网络形成了，能够无延时地与远在两万光年外的控制中心进行通信，接受中心的指令。"

盖文愣愣地倾听着古勒的解释，麒麟座人背后的科技已远远超乎他的想象，强大得无异于神奇的魔法。"这么说来，你们派来的间谍很早就潜伏在了地球。"

"是的，我们的第一批孢子在两百万年前就抵达了地球，那时你们人类还处于刀耕火种的原始状态。于是孢子在欧亚鸲体内悄然潜伏了下来，静静等待你们种族成熟。"

"一直到 10 年前——"

"你说的没错，直到充满学识的卡尔森与古勒登了安卡斯岛，我们期望已久的人选终于出现了。于是我们控制了他俩。接下来，我们计划的实现就变得水到渠成起来。卡尔森摇身一变成为金融巨鳄，借助超光速通信器在股市迅速鲸吞大量资金，这些赚取的资金一部分流入了古勒的游戏公司中，在全世界范围内推广'奇点'游戏，目前游戏已经吸引了上亿的玩家；而另一部分资金则投入资助全世界失学儿童的慈善基金中。"

"资助失学儿童……这真的是出于你们的本意？"这大大出乎盖文的意料。

"当然，这也是我们计划的一部分。"古勒肯定地回答。

"我不明白你的意图。"盖文茫然道。

"事实上，从一开始我们追求的就是一个双赢的结果，我们的做法悄然改变着你们贫富悬殊、不尽合理的社会结构。当然了，受到过良好教育的人类也更容易加入我们游戏中，同时，'奇点'游戏也欢迎更具创造力的玩家。而在另一个方面，我们的游戏也在潜移默化地提升你们种族的心智。所以，你不需要对我们的行为抱有敌意，尽可以安心地加入我们中来。"古勒提高声调说道，他悲天悯人的话语中充盈着蛊惑人心的力量。

盖文无力地点了点头，变得呆滞的大脑让他很难去细想，但他还是隐约地觉得，在古勒所描绘的美丽图景以及冠冕堂皇的理由背后，似乎有着很多不对劲的地方。

"你是想让我们人类充当你们游戏中的NPC[①]。"盖文哆嗦着说，"永远浑然不知地生活在一个被设计好的世界中。"

盖文的话让古勒微微一愣，他脸上的表情变得复杂起来："当然，从某种角度你也可以这么认为，看来你并不是很乐意成为我们的合伙人。"

盖文僵立在原地，内心陷入了激烈的纠结，与外星人合作意味着自己成为傀儡与帮凶，诱使自己的同伴进入'奇点'游戏，人类玩家将在游戏中不知不觉地丧失掉人类所珍视的自由意识，彻底沦为棋子，永远服务于高高在上的"创世者"。

"那好吧，我们还是把你变成卡尔森与古勒的样子。"古勒见他迟疑不决的样子，平静地做出了裁决。

"不要——"盖文从纷乱的思绪中恍然惊醒，现实的恐惧让他弯曲下了早已发软的双膝，跌跪在了地上。

然而，盖文的哀求没有改变麒麟座人的决定，他的身体开始痉挛般颤抖了起来，他的意识在一点点地失去对躯体的控制。

此刻的他就如一个可怜的木偶，远在两万光年外的提线者已然拉动了线绳。

---

① NPC：泛指一切互动游戏中不受玩家控制的角色。

伴随着肉体与意识的双重撕疼，他也感受到了一种醍醐灌顶的解脱，在电光火石间，他褪去转瞬即逝、卑微至极的人类生命，转而成为遥远光年之外一个超级智慧选中的子民，永远臣服于斯，从而获得灵魂的救赎与涅槃。

在他意识激变的过程中，他恍惚听到了一段并非人类语言的对话，这似乎来自"卡尔森"与"古勒"。

"我说得没错吧，人类真是一种奇怪的动物，个性固执，骨子里充满了反抗精神，不过这或许也是他们创造力的保证。"

"是这样的，这一次又验证了这一点，不到万不得已，我们还是不要与地球人硬碰硬。"

"可是现在已经有一些地球人对我们的行径产生了怀疑。看起来为了不让地球人觉醒，在地球上新增派一些全职监视员是极其必要的。"

"是的，这也是总部的意思。"

10 分钟后，盖文脸上挣扎的表情消失了，一种深沉的宁静降临在他的脸上。

他缓缓地站起身来，嘴角带着一丝从容的微笑。

"1261 号监控员，欢迎来到地球 ——"卡尔森向重生的盖文问候道，"这里的设定并不逊于你去过的任何一个副本。"

图书在版编目（CIP）数据

奇怪的外星人 / 刘慈欣等著．—北京：北京理工
大学出版社，2024.3
（科幻硬阅读．牧星人）
ISBN 978-7-5763-3379-4

Ⅰ．①奇… Ⅱ．①刘… Ⅲ．①幻想小说 - 小说集 - 中
国 - 当代 Ⅳ．① I247.7

中国国家版本馆 CIP 数据核字（2024）第 031852 号

责任编辑：刘汉华　　文案编辑：刘汉华
责任校对：刘亚男　　责任印制：施胜娟

出版发行 / 北京理工大学出版社有限责任公司
社　　址 / 北京市丰台区四合庄路 6 号
邮　　编 / 100070
电　　话 /（010）68944451（大众售后服务热线）
　　　　　（010）68912824（大众售后服务热线）
网　　址 / http:// www.bitpress.com.cn

版 印 次 / 2024 年 3 月第 1 版第 1 次印刷
印　　刷 / 三河市华骏印务包装有限公司
开　　本 / 880 mm×1230 mm　1/32
印　　张 / 11.125
字　　数 / 206 千字
定　　价 / 46.80 元

科幻不是目的，思考才是根本。
科幻小说是献给那些聪明的头脑和有趣的灵魂的一份礼物。
喜欢科幻的书友请加科幻 QQ 一群：26725844，QQ 二群：869132197。